筑摩選書

彭丹

Peng Dan

いにしえの恋歌

和歌と漢詩の世界

いにしえの恋歌　目次

いにしえの恋歌

和歌と漢詩の世界

まえがき

大津皇子の辞世歌

あしひきの　山のしづくに妹待つと　我立ち濡れぬ山のしづくに

大津皇子・万葉集一〇七

異母兄草壁皇子《くさかべのみこ》の恋人石川郎女《いしかわのいらつめ》との密会をこの清澄にして濃艶《のうえん》な一首に詠みあげたのは大津皇《おおつのみ》子《こ》である。大津皇子の放埒《ほうらつ》な性格を嫌った持統天皇は、二十四歳の若き皇子に謀反《むほん》の罪名で死を賜《たま》わる。朱鳥《あかみとり》元年（六八六）十月三日のことである。

死が刻々と近づいてくる黄昏。皇子は磐余《いわれ》の池のほとりに立ちすくむ。蒼茫《そうぼう》とした夕陽が耀《かがや》き、池の鴨が鳴く。目の前の光景を皇子は歌と詩で描写した。

ももづたふ　磐余の池に鳴く鴨を　今日のみ見てや雲隠りなむ

万葉集四一六

金烏《きんう》臨《りん》西舎《さいしゃ》　金烏《きんう》　西舎《せいしゃ》に臨み
鼓《こ》声《せい》催《さい》短命《たんめい》　鼓《こ》声《せい》　短命《たんめい》を催《うなが》す
泉路《せんろ》無《む》賓主《ひんしゅ》　泉路《せんろ》に賓主《ひんしゅ》なし
此《し》夕《ゆう》誰《すい》家《か》向《こう》　この夕《ゆう》べ　誰が家にか向かう

懐風藻

『万葉集』の歌人であり、『懐風藻《かいふうそう》』の詩人でもある皇子は辞世の想いを倭歌《わか》と漢詩の両方で残した。倭歌だけではもの足りない。漢詩だけでももの足りない。漢詩と倭歌がそろわなければ胸中を語りつくせないと皇子は思ったのではないか。

倭歌はすなわち和歌。今は「和歌」が一般的だが、皇子の時代では「和歌」は和して相手に答える歌の意味に使われ、「倭歌」のほうが正統的な表記であった。

倭歌は、やまと歌、倭《わ》の国の歌の意である。日本人は漢の国から渡って来た詩を漢詩と名づけ、自国の歌を倭歌と呼んだ。ちなみに漢詩は、中国では漢の国の詩ではなく、漢代の詩を意味する。中国人は晋詩（晋代の詩）、唐詩（唐代の詩）、宋詩（宋代の詩）、明詩（明代の詩）などと王朝の名を冠して呼ぶ。

倭の歌と漢の詩。名の付け方からも、日本人が漢詩への対抗意識から和歌の世界を創りあげたことがわかる。中国には立派な『史記』や『漢書』があるから、わが倭国でもそれに劣らぬ歴史書を作る。これが『古事記』と『日本書紀』の誕生である。中国には立派な詩集『詩経《しきょう》』や『文選《もんぜん》』があるから、わが倭国でも負けていられないと漢詩集『懐風藻』を作り、さらに倭歌の詩集を作る。それがすなわち『万葉集』である。さらに弘仁一一年（八二〇）頃に唐に留学した空海が六朝《りくちょう》や唐代の詩論をまねて、最初の漢詩文の理論書『文鏡秘府論《ぶんきょうひふろん》』を書きあげる。

皇子の「臨終」詩は日本における漢詩隆盛の濫觴《らんしょう》とされる。『万葉集』をひもとけば、漢詩とのかかわりが一目瞭然と言えよう。津田左右吉《そうきち》（一八七三―一九六一）は万葉の長歌も短歌も漢詩の模倣から発生したものであり、漢詩の影響で歌の形式が三十一文字《みそひともじ》（仮名で三十一文字）として固定されたと述べる（『文学に現はれたる我が国民思想の研究』岩波書店）。

『句題和歌』

寛平六年（八九四）、大江千里《おおえのちさと》（生没年不詳）は宇多《うだ》天皇から自作の和歌を献上せよという勅命を受ける。儒学の家系に生まれた千里にしてみれば、漢詩はよく勉強したが、和歌を詠んだことはない。どうすればよいかと不安になり病に臥《ふ》してしまった。いろいろ悩んだすえ、千里はよき方法を思いついた。

古の漢詩の句を題にして、新しく和歌を詠ずる。『句題和歌』の成立である。千里は唐代詩人、おもに白居易《はくきょい》の作から五言か七言の一句を取り入れた。たとえば、「鶯声誘引来花下《いんせいゆういんらいかげ》（鶯声に誘われ花下に来る）」（白居易・春江）の句を題として詠じたのが、「うぐひすの　なきつるこゑにさ

そはれて　花のもとにぞ我は来にける」（句題和歌・春部）である。

漢詩の物まねにすぎないと非難される千里の句題和歌だが、漢詩に示唆を求め、漢詩から和歌の発想を見出そうとしたところに大きな意味がある。のち中古三十六歌仙の一人として歌名をあげた千里にとって、その和歌はまぎれもなく漢詩から養分を吸収して成長してきたものである。

和歌と漢詩の融合を考えたのは千里だけではない。同じ頃に菅原道真《すがわらみちざね》撰と伝えられる『新撰万葉集』（八九三年成立）がある。この書は一首の和歌に四句の漢詩（絶句）を付する形をとる。

思ひつつ　昼はかくてもなぐさめつ　夜《よる》ぞ侘びしきひとり寝《ぬ》る身は
寡婦《かふ》独居《どっきょ》欲数年《よくすうねん》　容顔《ようがん》枯槁《ここう》敗心田《はいしんでん》　日中《にっちゅう》怨恨《えんこん》猶応忍《ゆうおうにん》　夜半《やはん》潸然《さんぜん》涙作泉《るいさくせん》
新撰万葉集二〇一

和歌と漢詩の佳《よ》さを同時に楽しもうと、和歌を漢詩で表現する。漢詩そのものは傑作とは言いがたいが、和と漢を常に対《つい》として考えていた時代の風潮がよく伝わる。これがのちの『和漢朗詠集』や、鎌倉時代に栄えた詩歌合《しいかあわせ》（一つの題について和歌と漢詩の両方を詠み、その優劣を競うもの）にもつながってゆく。

漢詩を取り入れて成長する和歌

そして、なにより私の興味を惹いたのは、『句題和歌』や『新撰万葉集』が世に現われる時期である。いずれも『古今和歌集』（九〇五年、以下『古今集』）の成立直前。言い換えれば、漢詩を模範にして和歌を磨きあげ、漢詩を土台にして和歌を育む過程のなかにこの時期はあった。漢詩の詞藻《しそう》を借りて和歌の語彙《ごい》を豊かにし、漢詩の技法を借りて和歌の表現を高め、漢詩の情緒を借りて和歌の境地を切り開く。

このような過程を経て和歌はしだいに熟してゆく。同じ千里の歌をみよう。

「燕子《えんし》楼中霜月夜《ろうちゅうそうげつや》　秋来只為一人長《しゅうらいいしいいちにんちょう》」（白居易・燕子楼）。この句に基づき、千里は「月見ればちぢに物こそかなしけれ　わが身ひとつの秋にはあらねど」（古今集一九三）を詠じた。

前に挙げた「うぐひすの」の詠《えい》が漢詩の翻訳の域に留まりまだ稚拙と言うならば、『古今集』に収められ、百人一首にも選ばれた「月見れば」の詠においては、吸収した「漢」が既に消化され、「和」が見事に出来上がっていることがうかがえる。

あるいは小野篁《おののたかむら》の和歌と漢詩をみよう。篁も歌人であると同時に漢詩を詠む詩人でもあった。八三九年に遣唐使に任ぜられたが、この命に従わなかったために隠岐の島に流された。その流謫《るたく》の途中に篁は詠む。

渡口郵船風定出《とこうゆうせんふうていしゅつ》　波頭謫処日晴看《はとうたくしょにちせいかん》　和漢朗詠集六四四

わたの原　八十島《やそしま》かけて漕ぎいでぬと　人には告げよ海人の釣舟　古今集四〇七

漢詩のほうがまだ和臭《わしゅう》から抜け切れていないが、和歌のほうはすこしの漢臭《かんしゅう》も感じさせない。和と漢はここにおいて完全円融たる境地に達していたのである。

だが、和歌は本来、漢詩への対抗意識をもとに成り立ったものである。詩人であり歌人である紀淑望《きのよしもち》（不明―九一九）は『古今集』の真名序で嘆いた。

大津皇子以来、人々はこぞって漢字を用いて異国の漢詩を作り、わが国の風俗まで変えてしまった。次第にすたれゆく和歌を受け継ぎ再び栄えさせるために、『古今集』編集の運びとなった、と。

はじめは漢詩に対抗するためにせっせと和歌を創った。和歌を創るために漢詩を学び、その養分を吸収した。たとえば『万葉集』である。そのうち漢詩にとらわれすぎたことに気づき、汲み取ってきた漢臭を消そうとし、漢臭を消すためにまたせっせと和歌を創った。たとえば『古今集』である。しかし不思議なことに、漢臭を消せば消すほど、漢詩と和歌の境《さかい》がなくなり、漢がよりいっそう和に溶け込んでくる。

このような和漢の葛藤を映し出したのが『古今集』である。仮名で書かれた仮名序と漢文で書かれた真名序を同時に揃えたこの日本最初の勅撰和歌集は、何よりも和漢の絡み合いを物語る。

ここで私は、和歌の生い立ちを追究してみたいと思う。そうすることによって、中国文化を借用しながら新たな世界をひらいた日本文化の創造方法の一端でも解明することができるのではないかと考える。

漢詩を土台にして生まれた和歌は成熟し、その独自の世界を形成してゆく。私が独自と言ったのは、和歌と漢詩は題材にしても形式にしても厳然と異なる別個のものであるからだ。良い例は恋歌《こいうた》である。和歌には恋歌が多く、漢詩には恋歌が少ない。

同じ抒情詩であるが、なぜ和歌に恋歌が多くて、漢詩には少ないのか。また、和歌と漢詩における恋歌の世界はどのように相違するのか。

和歌は漢詩と相通じながらも、何ゆえに、漢詩と異なる独自の世界を創りあげることができたのか。また、どのようにして自らの個性を発揮し、漢詩と異なる独自の世界を創りあげてきたのか。

和歌と漢詩をともに愛し、朝々暮々その門前を徘徊する私は、この清風明月の夜に、思いきって恋歌をもって扉を敲《たた》き、その門に入ってみようと思う。

第一章

若菜——風と花と月

源流にある「若菜」

正月を過ぎると、東京の青果店頭に若菜が姿を見せる。鮮やかな緑の色から春が匂い立ち、厳寒で凍りついた気持ちが一瞬に解けてゆく。

若菜とは早春に生える草や野菜のことである。芹《せり》、薺《なずな》、母子草《ははこぐさ》、繁縷《はこべら》、仏座《ほとけのざ》、菘《すずな》、蘿蔔《すずしろ》など春の七草《ななくさ》も含まれるが、種類は地域によって変わる。

このような若菜であるが、それが、日本文学にたびたび姿をあらわす。

『大和物語』（九五〇年頃成立）の五条《ごじょう》の女《ひと》は、恋人の良岑宗貞《よしみねのむねさだ》少将（八一六―八九〇、のちの僧正遍昭《へんじょう》）をもてなすために庭の若菜を摘んだ。『枕草子』の清少納言は、人々とともにさわぎたてながら、耳菜草《みみなぐさ》と「耳なし」を、菊と「聞く」を掛けて、若菜の名で遊んだ。『源氏物語』にも娘の玉鬘《たまかずら》が光源氏の四十の賀に若菜を献じた。近代になっても、島崎藤村に『若菜集』という詩集がある。

和歌の中にも若菜を詠む作品が多い。なによりも、『万葉集』巻頭の「籠《こ》もよ」は雄略《ゆうりゃく》天皇が若菜摘みの乙女に求愛する歌である。

なぜ日本人は若菜を好むのか、と疑問に思った私はある日はっと気づいた。漢詩の『詩経《しきょう》』の巻頭にある「関雎《かんしょ》」も若菜の歌ではないか。

八世紀後半に編纂された日本最初の歌集『万葉集』より古く、『詩経』は紀元前六世紀頃に編まれた中国最古の詩集である。「関雎」は『詩経』三百五首の筆頭にあり、周の文王《ぶんおう》と若菜摘む乙女の恋を詠う。そして同様に「籠もよ」は『万葉集』四千五百首の筆頭にあり、雄略天皇と若菜摘む乙女の恋を詠う。

漢詩と和歌の源流に位置する『詩経』と『万葉集』。時代はずれるが、いずれも君主の恋歌、かつ若菜の歌からはじまる。この一致はただの偶然であろうか。

いや、そんなはずがない。『万葉集』も『詩経』も最初の詩歌集である。最初の詩歌集の巻頭歌がどんな歌でもよいということは決してない。慎重に選ばれたものでなければならないし、撰者の意図を表わさなければならない。

人日と若菜

では、なぜ『詩経』も『万葉集』も、若菜を摘む乙女と君主の恋から始まるのか。

白川静は、『詩経』と『万葉集』の成立時代には千年ほどの差があり、何の関係もないと否定しながら、発想や表現などに著しい相似性があると述べる（『中国の古代文学一』中公文庫）。

そもそも若菜は五節句のひとつである人日《じんじつ》の食べ物である。人日はその名の通り、人の日である。女神の女媧《じょか》は、天地の間に動物がいないのを見て、黄土を捏《こ》ねてそれを作った。一月一日に鶏、二日に狗《いぬ》、三日に猪《いのしし》、四日に羊、五日に牛、六日に馬、七日に人。一月七日が人の誕生日となり、人日と呼ばれる。

いにしえの中国では、この日に七種類の若菜を煮込んだ羹《あつもの》、すなわち七草粥《ななくさがゆ》を食べ、一年の邪気を祓《はら》う風習があったと、五世紀の『荊楚《けいそ》歳時記《さいじき》』は記す。七世紀はじめの推古《すいこ》天皇のときに、人日は日本に伝わる。以来、七草粥を食べる習慣が日本でも定着し今日に到る。

要するに、『詩経』と『万葉集』の撰者が若菜の歌を巻頭に置いたのは、若菜は人間の始まりを意味する人日の風習だからではないか。でも、それだけではないような気もする。「籠もよ」と「関雎」はただ若菜を詠むだけの歌ではない。若菜を摘む乙女に恋する歌である。しかも普通の人の恋歌ではない。君主の恋歌である。

千年も二千年も昔の『万葉集』と『詩経』。今日から見れば、いかにも遠く隔てられた世界のように見える。だが、若菜も恋もちっとも古くならない。これまでも、これからも、春になれば若菜が芽生え、人が出逢えば恋が生まれる。若菜の恋歌に、漢詩と和歌に共通する何かが隠されているように思わずにいられない。

詩歌の源流に、なぜ恋歌がなければならないのか。なぜ君主でなければならないのか。君主には、政治を行い国を治めるという大事な役目がある。なぜ、歌の主題が治国ではなく恋であるのか。

「関雎」の恋

「関雎」

関関雎鳩　在河之洲
窈窕淑女　君子好逑
参差荇菜　左右流之
窈窕淑女　寤寐求之
求之不得　寤寐思服
悠哉悠哉　輾転反側
参差荇菜　左右採之
窈窕淑女　琴瑟友之
参差荇菜　左右芼之
窈窕淑女　鐘鼓楽之

関関《かんかん》たる雎鳩《しょきゅう》　河の洲に在り
窈窕《ようちょう》たる淑女　君子の好《よ》きつれあいなり
参差《しんし》たる荇菜《こうさい》　これを左右の流れにもとむ
窈窕たる淑女　寝ても醒めてもこれを求む
求めて得ざれば　寝て思い醒めて服《した》う
悠《おも》い悠《おも》いて　輾転反側《てんてんはんそく》す
参差たる荇菜　これを左右に採る
窈窕たる淑女　琴瑟《きんしつ》もてこれを友とす
参差たる荇菜　これを左右に芼《えら》ぶ
窈窕たる淑女　鐘鼓《しょうこ》もてこれを楽しむ

詩経・周南・関雎

中国の文学史をひもとけば、まず出会うのはこの「関雎」の一首である。「関雎」は中国文学史の出発点として特殊な地位をしめる。

河の中洲にみさごが「かんかん」と鳴き合う。窈窕《ようちょう》たる淑女（清らかな乙女）は君子のよき伴侶である。清い水流にあさざ（荇菜。はなじゅんさい。若菜の一種）はしなやかにたわみ、淑女はあさざを摘む。あさざを摘む美しい淑女よ、君子は日も夜もあなたをいとおしく想い、寝ても覚めてもあなたを求める。あさざを摘む美しい淑女よ、君子と夫婦になり、睦まじく琴瑟を弾き、鐘鼓を楽しもう。

「関雎」を収める『詩経』は儒学の経典として、孔子（前五五一—前四七九）によって撰修されたといわれる。主に西周《せいしゅう》から春秋時代のなかば、紀元前十一世紀から紀元前六世紀頃の歌である。多くは黄河流域の歌であり、中国の北方文化を代表する。

孔子の儒学と言えば、誰もが知るように、政治と道徳を説く学問である。ひたすらに恋を詠んできた和歌と違い、漢詩に恋が少ない大きな理由は、中国社会を支配してきた儒学が恋愛を否定したからだとされる。でも儒者の祖である孔子は必ずしも恋を否定してはいないのではないだろうか。「関雎」が恋の歌であることが、なによりの証拠である。

では、「関雎」は、儒学の恋愛否定と矛盾しているということになるのか。孔子はどのように恋を考えていたのか。

「唯だ女子と小人とは養い難しと為す」

孔子には「唯《た》だ女子と小人《しょうじん》とは養い難しと為す」（論語・陽貨）という言葉がある。ただ女子と小人（徳のない人）だけが取り扱いにくい、と。

この「女子」をめぐり、古くからさまざまな解釈がなされてきた。たとえば、現代中国の学者楊伯峻《ようはくしゅん》の『論語訳注』によれば「女子」は広く女性の意味であり、銭穆《せんぼく》の『論語新解』によれば「女子」は家中の使用人侍妾《じしょう》である。

日本の漢文学者吉田賢抗《けんこう》は、「小人」が「君子」の反対語であることから、「女子」を「淑女」の反対語としてとらえ、「身分の低い学問も修養も自制心もない女性」と解する。その理由は、「孔子のような苦労人」が、女性を侮蔑するような言葉を発するはずがないからだと述べる（『論語』明治書院）。

要するに、孔子のような聖人君子が女性差別などするはずもない、というのである。だがこれは「差別が悪い」という現代の価値観に基づいた考え方である。孔子が生きた時代の人々にとって、男尊女卑はごく当たり前のことだった。

『孔子家語』に次の話が見られる。ある日、泰山《たいざん》に出かけた孔子は途中でひとりの隠者に出会う。身に鹿の皮をまとい、縄で結び、ボロボロの身なりであるにもかかわらず、琴を弾きながら楽しそうに歌う。不思議に思った孔子は、なぜそんなに楽しいのかと訊ねた。隠者は、万物の中で最も貴い人間として生まれてきたこと、男尊女卑の世の中に貴い男として生まれてきたこと、そして長生きできたことと、三つの楽しみを挙げた。すると孔子は「素晴らしい」と賛嘆した。

男子を天に、女子を地にたとえるのが古代中国の通念だった。足下の地より頭上の天は高い。だから女子より男子の地位が高いのは当然だ。

「唯だ女子と小人とは養い難しと為す」は、別に侮蔑でも差別でもない。女性は扱いにくい、女性のことがよくわからないという孔子の嘆きだと私は読み取る。つまり、孔子は女性が苦手だったのではないか。

なぜなら、このあとに、「之れに近づけば則ち不孫《ふそん》なり、之れを遠ざければ則ち怨《うら》む」との一文が続くからである。

親しくしてあげると、なれなれしく近づいてくる。疎遠にすればまた怨み言をいわれる。どちらにしても礼にかなうものではない。生涯にわたり礼を最高の理想として求め続ける孔子は、このような女子の態度に困惑したのではないか。

むろん、「女子」は家中の侍妾や、「身分の低い学問も修養も自制心もない女性」などに限定することなく、女性全般をさす。

孔子と南子

衛《えい》の国君霊公《れいこう》に美貌の夫人南子《なんし》がいた。南子は浮気っぽく、多くの男と関わるのであまり評判がよくない。

そんな南子が孔子の名を知り、いちど対面したいと使者を遣わす。国君夫人に逆らえない孔子はやむを得ず会いに行く。御簾《みす》の後ろにいる南子に、孔子は君主を拝むように一礼をした。南子は御簾の中で礼を返す。身につけた翠玉《すいぎょく》のぶつかる音が聞こえてくる。

これが、『史記』に描かれた有名な「子、南子に見《まみ》える」の話である。二人の対面の様子について司馬遷（前一四五頃—前八六頃）はこれ以上を記さない。話の続きに、帰ってきた孔子に弟子の子路《しろ》は説明を求める。おそらく素直な子路は、南子ごとき女に会ってどうするのだ、のようなことを師に言ったのであろう。孔子は弟子の詰問に答えた。「会いたくなかったが、仕方がないから会ったのだ。会った以上礼を以て対さなければならない」と。子路はますます不快な顔になる。すると孔子は、「もし礼に背くことでもあったら、この私は呪われて天罰が下されるだろう。天罰が下されるに違いない」と、性急に弁解する。

「子見南子」は二千年以来の公案《こうあん》である。孔子は南子を通して仕官を願ったとか、孔子は南子の美色に蹌踉《よろ》めいたとか、色々と言われてきた。孔子と南子の間に何があったのか。真相は本人しかわからない。

聖人孔子は淫蕩な南子に関わるはずがない、と儒者はおのれの祖師のために弁護する。が、もし何事もなければ、なにゆえに司馬遷はきめ濃やかに翠玉の音まで記述したのに、それ以上のことに触れないのか。

疑わしいのは孔子自身の態度である。「天罰」云々とたて続けに二回も重ねて弟子に誓う必要があるのか。本当に何事もなければ、天に恥じることがなければ、弁解するまでもない。その性急な弁明から、孔子が南子の色仕掛けに心が乱されたのではないかと私は推測する。それでやましさを覚えながら、わが身の清明を弟子に誓った。

まじめ一筋の孔子の狼狽《ろうばい》が目に見える。「唯だ女子と小人とは養い難しと為す」。女性が苦手な孔子の実感をこめた言葉と言えよう。

ただ、孔子自身はこのとき、自分のさりげない一言がのち数千年のあいだこの国に絶大な影響を与えることになるとは、知るよしもなかった。近代に入り女性解放運動が盛んになってくると、魯迅《ろじん》（一八八一―一九三六）は辛辣な口調で、「孔子の言う『女子』のなかにはご自分の母親を含めたのか」と皮肉った。現代に続く中国社会の根強い男尊女卑は、「唯だ女子と小人とは養い難しと為す」という孔子の言葉に負うところが大きい。

孔子の真意はいかにせよ、後の儒者は孔子の言葉にもとづき「女子」を「小人」と同一視し、女性を徹底的に見下す。女性は小人と同じく扱いにくいから、少なくとも表面上では、儒者は女性との付き合いを極力に回避しようとする。

夫婦が人の世の始まり

しかし一方、儒者は女性を見下しながらも、夫婦の関係は重んずる。なぜなら、子孫を得るには女性が必要であるからだ。

儒学の経典のひとつに『礼記《らいき》』（紀元前二世紀頃成立）がある。礼に関する諸説をまとめたこの書物に、「飲食男女《いんしょくだんじょ》、人の大欲存《たいよくそん》す」という言葉がある。食べることと男女のことが人間の最大の欲望である。結婚は男と女を結び、上に先祖と連なり、下に子孫へとつなぎ、大事なことであるという。

同じ儒学経典の『周易《しゅうえき》』（成立年代不明）でも、「天地有りて然る後に万物あり、万物有りて然る後に男女あり、男女有りて然る後に夫婦ある。（中略）夫婦の道、以《もっ》て久しからざる可《べ》からず」と述べる。天地があって万物がある。万物があって男女がある。男女があってはじめて夫婦がある。夫婦の道は永遠に続かなければならない。

中国生まれの道教《どうきょう》は仙人の世界に憧れ、印度生まれの仏教は死後のあの世を志向する。が、儒学は道教や仏教と異なり、目の前のこの世、現実にあるこの世をいかに生きるかを説く。儒者にとって、子孫の繁衍《はんえん》、家の存続、多くの家で成り立つ社会が代々受け継がれてゆくことが肝要である。「不孝に三《さん》有り、後《あと》無きを大と為す（跡継ぎの子がいないことは最大の親不孝である）」と、孔子の学説を継承した孟子《もうし》（前三七二―前二八九）は言う。

男女の営みがなければ子孫もない。つまり恋は人の世の始まりであり、恋がなければ社会の存続もなく、倫理も道徳も空中の楼閣になる。だから儒者は、夫婦が人の世の始まりであることを認める。

『詩経』の撰者とされる孔子も、夫婦を人類社会のあらゆる秩序の始まりだと考えるからこそ、恋歌を『詩経』の巻頭に置いたのではないか。

しかし、儒学の説く恋は、倫理にかなう「思無邪《しむじゃ》」の正しい恋、つまり夫婦の恋である。未婚男女の恋や、道ならぬ恋はそのうちではない。

「詩言志」

『詩経』は中国最初の詩集である。詩とは何か。人はなぜ詩を詠むのか。

『尚書』(中国最古の経典・成立年代不明)には「詩言志《しげんし》」の言葉がある。「詩言志」とは、詩を書くことは、おのれの志《こころざし》を語ることであるという。儒者は「詩言志」を主張する。

宋代文人羅大経はその著『鶴林玉露』の中で朱子の言葉を記す。詩というものは、志を表わすためのものであり、志の高低はあるものの、詩の巧拙《こうせつ》はないという。朱子とは宋代の儒者朱熹《しゅき》(一一三〇―一二〇〇)のことである。要するに、詩を作る技巧などはどうでもよくて、大切なのは表現する志が高いか否かであると。

では、「志」とは何か。

中国歴代の儒者は、最高の志を修身《しゅうしん》・斉家《せいか》・治国《ちこく》・平天下《へいてんか》とする。おのれの道徳を修め、おのれの家を整え、その上で国の政治を行い、天下を平《たいら》にする。修身・斉家・治国・平天下こそは好男子の高尚な志であり、一個人の私的な恋愛などに溺れるのは大志無しの表われだと考える。

孔子は、「小子何ぞ夫の詩を学ぶこと莫きや」（論語・陽貨）と、自分の息子や弟子たちに『詩経』を学ぶべしと勧める。理由は、詩を学ぶことによってさまざまな人情を知り、家で父親に仕え、朝廷で君主に仕えることができるから。つまり詩を学ぶ究極の目的は、父君に仕えることであり、斉家と治国であるというのだ。

孔子の意志を反映した『詩経』は春秋時代では主に公《おおやけ》の政治の場で用いられた。そのため、作品に表現される志は政治の要素が濃い。後世の儒者は好んで政治の視点から『詩経』を解釈する。あの司馬遷も、『詩経』の作品はいにしえの聖人賢人が胸中の憂憤《ゆうふん》を吐き出すためにつくられたものだと言い、『史記』を著する自身の気持ちに重ねた。

司馬遷、つまり漢武帝（前一五六―前八七）の時代から、政治と道徳を尊奉《そんぽう》する儒学が重用されるようになる。以来、儒学は近代まで約二千年の長きにわたり、学問の中心として、国の正統思想として、中国文化における絶対的な権威を保ってきた。古代中国の知識人、読み書きのできる文人はほとんどが儒者であったため、彼らが創りあげた文学は自然に政治と道徳を重んじることになる。

漢詩の詩人は一個人の恋を文字で表現することをはばかる。というより、彼らは実生活において自由に恋愛をするということがほとんどない。恋は軽んじられて片隅に追放され、国を憂い民を憂う家国情懐《かこくじょうかい》が漢詩の中心になる。

しかし、「関雎」は恋の歌である。恋歌の「関雎」の志はどこにあるのか。

「思無邪」

孔子は三千篇の古詩から三百五篇だけを選び『詩経』を編集した。その目的は善を勧め、悪を戒《いまし》めることだと言われる。

孔子が勧めた善は「思無邪《しむじゃ》」である。思無邪とは「思いによこしまなし」。穢れのない純粋な思い、濁りのない無垢な思いである。「関雎」の志はまさに思無邪の恋にある。

思無邪の恋はまず倫理道徳にかなう恋でなければならない。

儒学は人の行為の善悪、すなわち道徳を物事の基準とする。前記『礼記』の「飲食男女、人の大欲存す」のくだりでも、男女のことを大欲であると言いながら、礼を以て欲望を正すべきだと続く。礼とはなにか。ひとことで言えば、人の世を生きるため、人間関係をうまく処理するための倫理道徳である。

儒者にとって、男女の恋も道徳にかなわなければならない。彼らは礼を以て男女関係を厳しく制約する。男と女は直接にものを渡したり受け取ったりしない、男女は同席しない。家族の間でも、兄嫁と弟は言葉を交わさない。男兄弟は既婚の女姉妹と同席しない、同じ皿で食事をしない。父母の許可や媒酌を待たずに、自分勝手に結婚相手を覗いたり、垣根《かきね》を越えて密会したりしない、などなど。

『詩経』には密会する恋人の歌がある。たとえば「野に死麕《しきん》有り」という作品。「死麕」とは死んだ鹿のこと。青年は白い茅で死鹿を包み、贈り物として少女に求婚する。異性の誘いに抗しがたい彼女は、わたしの衣裳を乱さないように、わたしの狗《いぬ》を吠えさせないようにと、恥らいながら青年に身を許す。男女の逢引きを生き生きと描いたこの作品は、性的な関係を匂わせているため、従来儒者から無礼の「淫詩《いんし》」と批判されてきた

しかしそうするとひとつ疑問が浮上する。なぜ孔子はこのような淫詩を『詩経』に収めたかということである。

清潔で質素な白茅《はくもう》と不潔な死鹿《しろく》。いかにも不調和な組み合わせである。「関雎」に描かれている君子淑女の琴瑟《きんしつ》調和の恋とまるで異なる印象が与えられる。このちぐはぐ感こそ、貞潔な女《むすめ》を誘惑した男への批判ではないかと私は読む。春秋《しゅんじゅう》の筆法《ひっぽう》（微妙な言葉で婉曲に大切な節義を褒貶《ほうへん》する）を得意とする孔子らしいやり方と言えよう。「野に死麕有り」は思無邪の恋の反面教師であり、戒めるべき悪しき礼の見せしめである。

儒者は善悪の道徳から、清らかな夫婦の恋を理想とする。だから恋歌を礼に相応しい恋歌か、それとも淫詩かに分けて、いちいち神経をとがらせる。

思無邪の恋はまた節度のある恋でなければならない。

『詩経』は黄河流域の文化から育まれた。

黄河は中華民族の揺りかごなどと歌われてきたが、現実は大変めんどうな河である。氾濫が絶えず、治水は古代黄河流域の国々にとっての一大事であった。過酷な環境下では、集団の力でな

ければ生きられない。集団を作り、秩序を維持するためには、個人の感情をつねに抑える必要がある。これが、人間関係を規定する倫理道徳、それを唱える儒学が黄河流域から生まれ発達してきた理由のひとつである。

集団秩序を重んずる社会の中、おのれを抑え、調和のとれることが美とされる。中庸《ちゅうよう》の美である。

「楽《たの》しみて而《しか》も淫《いん》せず、哀《かな》しみて而《しか》も傷《いた》まず」（論語・八佾）、そして、「怨《うら》みて怒《いか》らず」。気持ちの向くままではなく、抑制された節度のある情感がよいと孔子は考える。

「関雎」と思無邪

倫理道徳にかなう恋。節度のある恋。儒者が認める思無邪の恋の条件を満たすのが、すなわち「関雎」である。

「関雎」は貴族の恋歌である。文学は本来貴族のものであり、日々の生活に追われる庶民は文学を嗜む余裕がない。古代中国の文学もその例外ではない。詩中の「君子」は当時では貴族男子の呼称として使われていた。君子淑女が琴瑟鐘鼓《きんしつしょうこ》を楽しむ情景も、庶民では到底考えられない暮らしぶりであり、琴瑟鐘鼓をもつ君子は高い地位を有していたはずである。

従来、「君子」は周の文王、「淑女」は文王妃の太姒《たいじ》をさすと言われてきた。

文王は紀元前十二世紀ころの周王朝の創建者である。文王時代の周はまだ小さな国であった。

殷《いん》の紂王《ちゅうおう》の暴政に耐えられない人々は賢明な文王のもとに集まり、周が殷に取って代わり大きな勢力となる。

後世になると文王は、紂王に囚禁《しゅうきん》されて『周易』を書いたとか、渭水《いすい》のほとりで釣りをする隠者の太公望《たいこうぼう》を用いたりなどの逸話で語られる。『詩経』の中で文王の事を述べる作品は数多くあり、文王を称えるのが『詩経』の主題のひとつとも言えよう。そして儒学では「仁徳」を有する聖人君主の典型として尊ばれる。

若き文王は、渭水畔の大国莘《しん》国（今の陝西《せんせい》省）の女《むすめ》太姒を妃に選んだ。天女のような太姒は容貌が麗しいだけではなく、徳もまた美しく、まさに文王に相応しいよき連れ合いである。天から授かったこの運命の婚姻について占いをすると、大吉が出た。文王は渭水のうえに船を並べて橋を作り、自ら橋を渡り光り輝く花嫁を迎えたと、「詩経・大明」は文王太姒の結婚を描く。

文王は天意に従い、莘国の太姒を娶った。太姒は素晴らしい徳があり、武王を含め多くの優秀な息子を授かり、子孫が栄えた。ことに武王は天のご加護のもとで暴虐な殷を倒し、天下に太平をもたらす英主であった。

文王や武王が聖なる君主となりえたのは、その後ろに妻であり母である太姒の功があったからである。そのため太姒は内助の功を果たした良妻賢母の典型とされてゆく。

「君子」である文王は貴い君主であり高い徳の持ち主である。「淑女」である太姒は若菜摘む慎ましやかな妻であるべく、貞淑な婦徳をもつ。君子は淑女に恋い焦がれる気持ちを、節度をもって自制する。結婚して夫婦になるまで、輾転反側《てんてんはんそく》しても、決して垣根を乗り越えて密会をしない。則《のり》を越えず礼を守る、思無邪の恋がここにある。世の中の男女は、円満な夫婦になる君子淑女を見習い、おのおの姿を正さなければならないというのが、古代中国における世の教えであった。「野に死麕有り」に描かれる男女と異なり、「関雎」は聖君夫婦に示される模範的な恋である。相手を恋しく思い、会いたくて会えない寂しさがあるが、決して礼を失さない。恋が成就してめでたく結ばれるが、その喜びには節度があり、淫らではない。

「詩言志」をめざす孔子は、思無邪の「関雎」を通して、理想の聖君夫婦像を示し、世の人々を正しき恋の道に導こうとした。「関雎」は単なる恋のための恋歌ではなく、正しき恋の勧めという大義名分を背負わされた恋歌なのである。「関雎」の志は、思無邪にあると言えよう。

「籠もよみ籠持ち」の恋

「籠もよみ籠持ち」

籠《こ》もよ　み籠《こ》持ち　ふくしもよ　みぶくし持ち　この岡《おか》に　菜《な》摘《つ》ます児《こ》　家《いえ》聞かな　名告《の》ら

さね　そらみつ　大和《やまと》の国は　おしなべて　我《われ》こそ居《お》れ　しきなべて　我《われ》こそいませ　我こそば　告《の》らめ　家をも名をも

雄略天皇・万葉集一

『万葉集』の巻頭歌である。

籠を持ちふくし（掘串。竹や木で作った土を掘るための道具）を手にしている娘よ、あなたはどなたのために若菜を摘むのか。岡の上で若菜を摘む娘よ、あなたの家はどこにあるのか。あなたの名はなんというのか。さあ、このわたしに、大和の国を治めているこのわたしに教えてくれ。あなたの家とあなたの名を告げてくれ。

長歌は飛鳥奈良時代の日本人が漢詩に啓発されて作り始めたものだと、加藤周一は『日本文学史序説』で述べる。記紀歌謡や万葉集によく見られる形式の歌であるが、『古今集』以後になると消えてしまう。

この偉大なる大和の国を治める王様は、岡の上で若菜を摘む乙女の名を尋ねる。古人は自分の名を人に知られることが忌諱《きい》であった。ことに女は見知らぬ男に名を教えることをしない。男が女に名を尋ねるのは求婚のときだ。つまり、王様は若菜を摘む乙女に求婚したのである。

求婚した王様は、五世紀後半に在位した雄略天皇（四一八—四七九）である。「雄略」の名からもわかるように、強大な権力をもつ専制君主の印象が強い。中国の史書『宋書』（四八八年成立）

によると、「倭王武《わおうぶ》」の名で登場する天皇は、四七八年に南朝宋の皇帝に使者を送り、上表文《じょうひょうぶん》を奉った。文中で、東の毛人《もうじん》の五十五国、西の夷人《いじん》六十六国、海北の九十五国、四囲の異民族を征服し、国を建てた父兄の志を受け継ぎ、義勇の兵士を率いて、文武両道に優れ、たとえ白刃《はくじん》の前でも顧みることがないなどと、英雄の大志を陳述している。

この若菜摘む乙女に贈る恋歌でも、天皇は「大和の国はおしなべて我こそ居れ」と、われがこの大和国の支配者だぞと自負する。王の威厳をかけて乙女の拒絶が許されないという言外の意もあろう。なぜ天皇は、若菜摘む乙女に求婚したのか。

もっぱら男女の恋を詠う和歌のことだから、『万葉集』の巻頭に恋歌が置かれるのも当然と言えば当然なのかもしれない。しかし、なぜ天皇の恋歌なのか。若菜を摘む乙女に恋する歌なら、『万葉集』にはほかにも見られる。

「春山の　咲きのををりに春菜《はるな》摘《つ》む　妹《いも》が白紐《しらひも》見らくし良《よ》しも」（読人不知《よみびとしらず》・万葉集一四二一）、

「明日よりは　春菜摘まむと標《し》めし野に　昨日も今日も雪は降りつつ」（山部赤人・万葉集一四二七）、「川上《かわかみ》に　洗ふ若菜の流れ来て　妹《いも》があたりの瀬にこそ寄らめ」（読人不知・万葉集二八三八）。

だが、『万葉集』の撰者はこれらの歌ではなく、雄略天皇の若菜歌を巻頭においた。なぜ、天皇の恋歌でなければならなかったのか。

中国で忌避される「好色」

『詩経』が「関雎」を通して聖君の思無邪の恋を示すものであるとするなら、『万葉集』は「籠もよ」を通して、天皇の恋を好色の恋の典型として示そうとしたのではないか。

好色とは何か。

初めて『好色一代男』や『好色一代女』の題名を目にしたときの驚きは忘れられない。なんと日本人は風変わりなのであろうと思った。好色は中国では女にだらしない、最悪な品行とされるから、人を罵る場合にしか使われない言葉だ。なのに、日本人は堂々と作品の題名にかかげている。

もちろん、好色が詩文を生み出す源泉であると肯定する見方も中国にないではない。が、儒学に強く否定される好色はなんと言っても悪評の典型である。

霊公夫人南子との対面から数ヶ月が経った。ある日、霊公は南子と同じ車に乗り、孔子にも次の車に乗るようにと命じた。一行は人々の注目の中で町を通り行く。おそらく南子は嬌声をあげて笑ったりしていたのではないか。孔子は、「吾未だ徳を好むこと色を好むが如くなる者を見ざるなり」と苦々しく嘆いた。色を好むように徳を好むものを未だ見たことがない。一国の君主としての霊公に徳がない、という非難もあるが、南子の美色に動かされた自分の心を戒めているのではないか。もうこれ以上ここには居られない。孔子は衛を去り、ふたたび漂泊の旅に出たのである。

「思無邪」を唱える孔子は好色をおそれる。「徳を好むこと色を好むが如し。諸侯《しょこう》は下に色を漁せず、故に君子は色に遠ざかり、以て民紀と為す」（礼記・坊記）。君子は美色を好まず徳を好むべし。君主は美女を漁らず遠ざけるべし。これで人々の模範となりえる、と。

古代中国の戦国時代。長江流域の楚国に宋玉《そうぎょく》（前二〇三―前二二二頃）という詩人がいた。同僚の登徒子《とうとし》に恨まれ王様に讒言《ざんげん》される。「宋玉は容貌が美しく、口がうまく、大変好色なやつだから、後宮に出入りさせないほうがよい」と。

後宮にいる多くの妻のことを心配する王様は、宋玉を責める。すると宋玉は答えた。

「我が家の東隣に、一分《いちぶ》を加えれば長すぎて一分を減らせば短かすぎるぐらいのたいそうな美女が住んでおる。嫣然《えんぜん》と一笑すれば、楚国の男はみんなその笑顔に酔い痴《し》れる。そんな美女がこの私にほれ込んでいる。三年間も壁越しに私を盗み見して、全く困ることだ。けれど私は拒み続け、未だに彼女に許していない。でも登徒子は違う。その妻は皺くちゃで猫背で口が裂けてて痔ろうで老女であるのに、登徒子は彼女と五人の子まで作った。だから王様よ、私と登徒子と、どちらが好色であることか、ご明断くだされ」と（宋玉・登徒子好色賦）。

東隣の一分の過不足もない手ごろな美女に秋波《しゅうは》を送られても、心が枯れた井戸のように少しも動かない。こんな私は好色ではない。醜妻《しゅうさい》でも喜んで子までなす登徒子こそが好色である。というのが宋玉の理屈である。王様は宋玉を許した。おそらく今度は妻たちのために登徒子を後宮に入れないことにしたのではないか。

日本で好まれる「好色」

君がため　春の野にいでて若菜つむ　わが衣手《ころもで》に雪は降りつつ　　光孝天皇・古今集二一

日本の「好色」の扱いは中国と逆だ。枯れ井戸のような宋玉は野暮な男と貶され、どんな妻をも愛する登徒子は好色男と称えられる。なぜなら、日本の「好色」は中国と違い、褒め言葉だからである。

鎌倉末期の歌人吉田兼好《けんこう》（一二八三―一三五〇）は好色を称賛する。どんなに優れた男でも、色を好まない男はまことに物足りない。まるで底のない玉杯のようなものだと。

久米《くめ》の仙人は河で洗濯している女の白い脛《すね》に見とれて、神通力《じんつうりき》を失い空から落ちた。兼好は、なるほど、豊満な女の手足や肌が艶やかで、ほかの色と違うのだから、久米の仙人がつい見とれてしまうのもよくわかる、と仙人の好色に理解を示す。

儒学の影響が社会一般に及んだ江戸時代でも、好色は風流とされる。田中優子は、好色は男にも女にも使う良い評価の言葉であり、もてるうえでの必須条件であると『江戸の恋』で述べる。「好色」への理解があるからこそ、『伊勢物語』（平安時代中期成立）の在原業平《ありわらのなりひら》、『平中《へいちゅう》物語』（九六五年頃成立）の平貞文《たいらのさだふん》、『源氏物語』（平安時代中期成立）の光源氏、井原西鶴の『好色一代男』（一六八二年刊）の世之介《よのすけ》、為永春水《ためながしゅんすい》の『春色梅児誉美《しゅんしょくうめごよみ》』（一八三二年刊）の丹次郎《たんじろう》など、日本文学は好色男の系譜を創りだしてきたのである。

たとえば光源氏。義理の母と密通し、生まれた不義の子が天皇になったため、自身は太上天皇になった。好色を極め尽くしたために栄華なる生涯を手に入れたのである。好色は忌み嫌われるどころか、むしろすすめられていると言えよう。

好色は褒め言葉である。では、どのような人が好色と称されるのか。

兼好は、梅の花が香る朧月夜に恋人を想って佇んだり、恋人の家を出て有明の露を分けて帰ってゆく人の姿こそ、色好みの姿であると言う。

私は「好色」の語を聞くと、いつも思い出すのは先ほどあげた光孝天皇《こうこう》(八三〇—八八七)の歌である。

天皇は思いもかけず帝位についたときすでに五十五歳。藤原基経《もとつね》は藤原家の権威を確立するため、甥の陽成天皇に廃位を迫り、従兄弟の時康《ときやす》親王(光孝天皇)を即位させた。老獪《ろうかい》な政治家である基経にかなわず、歌からも温厚な人柄が想像される天皇は、政治の全権を委ねた。関白の始まりである。

「君がため」を詠んだとき天皇はまだ皇子であった。若菜を添えてある人に贈ったという。

「君がため　春の野にいでて若菜つむ　わが衣手に雪は降りつつ」。「春の野」は春の山野と理解してよいが、「若菜つむ」ことから、若菜の名所として知られる春日野《かすがの》(今の奈良公園一帯)と思われる。当時は若菜を摘むのは乙女の役割とされたので、皇子自ら若菜を摘んだとは思えず、相手の女性の立場で歌を詠んだものか。

春の雪の日。広々とした野原に、雪が果てしなく降り続く。乙女は恋人に贈る若菜のため春の野に出かける。雪の白い花びらが、雪間に萌え出る若菜や、若菜を摘む衣手《ころもで》に舞い落ちる。

ここには儒学の思無邪のような道徳の匂いがない。燦燦《さんさん》と輝くのは青春の乙女と早春の若菜である。眩しい春光、あざやかな緑、きよらかな白。人間の美色と自然の美色がひとつになり、豊かな色彩の世界を創り出す。まさに好色の美がここにある。

紫の妹

紫の　にほへる妹を憎くあらば　人妻ゆゑに我恋ひめやも

大海人皇子・万葉集二一

この一首は、天智天皇七年（六六八）の五月五日、天皇は諸皇族や群臣をつれて蒲生野《かまふの》で狩りをしたときに、大海人皇子《おおあまのみこ》（のちの天武天皇）が天智天皇の妻である額田王《ぬかたのおおきみ》、つまり兄嫁に贈った歌である。

洋中孤島の日本は海によって大陸と隔絶されている。大陸では、女を諸悪の根源とみる仏教や、女を子孫繁衍の道具とみる儒学が生まれた。このような仏教も儒学も海を渡ってきた。

だが、女性の出家を禁止した仏教が日本に渡ると、日本で最初に出家した人物は女性であった。五八四年に十一歳で得度した司馬達等《しばたつと》の娘善信尼《ぜんしんに》である。仏教の女性差別はこの国を変えることができない。儒学も先進の知識として輸入されたが、人々の行動を束縛できなかった。大海人皇子にとって、兄嫁への恋は不義の恋であり、天皇の妻への恋は不忠の恋である。しかし、不義や不忠など異国の教訓はどうでもよい。

人は誰でも恋する。恋は人生の始まりである。恋の悲歓を謳歌することに、彼らは何らの罪の意識もない。儒者の大志と違い、万葉歌人の関心ごとは社会や政治よりも、「我が背子《せこ》」と「我妹子《わぎもこ》」の恋である。『万葉集』の撰者は、数多くの奔放な相聞歌《そうもんか》、すなわち恋歌を歌集に収めた。

「人妻と　あぜかそを言はむ然《しか》らばか　隣の衣を借りて着なはも」（読人不知・万葉集三四七二）。人妻に触れてはいけないと人は言うが、なぜそんなことを言えるのか。もしそうならば、隣の衣を借りて着ることもできないのではないか。いかにもずうずうしい論理に見えるが、堂々と『万葉集』に列していることが面白い。

このような恋愛の風土があるからこそ、大海人皇子は兄嫁に何の忌憚もなく右の歌を贈ることができた。宴会の遊興歌であるという説もあるが、たとえ遊興でも、天皇の妻たる女性に気軽に恋歌を詠める雰囲気がその時代にあったと言うことができる。

それに、この歌から私は一種の緊張感を覚える。人妻、しかも兄であり、天皇である人の妻。そんなことを知りながら、なおも恋する。この想いはなみならぬものではない。切ない真情とともに、女も王位もわがものにしようという男の野心が垣間見られる歌である。壬申《じんしん》の乱の前奏曲とも言えよう。

好色は、未婚か既婚か、道ならぬ恋か道徳にかなう恋かは関係ない。どんな恋であれ、恋は美しいとし、恋に情熱を燃やすことがすなわち「好色」である。

このような好色を満たす条件は二つあると私は考える。ひとつはつぎつぎに恋をすること、もうひとつは恋のその場その場で歌を詠むことである。

つぎつぎと恋をする

恋すれば誰でも「共白髪《ともしらが》」を願う。だが、好色の恋は共白髪と無縁であると歌人の馬場あき子は指摘する。共白髪の恋は相手を一人に限定するので、どんなに激しき恋でも必ず冷める。が、つぎつぎと相手を変えれば、心を常にときめかせることができる。好色の恋は結婚のための恋ではなく、つねに相手を新たにする遊戯の恋である。

つぎつぎに恋する好色の伝統は、いにしえの神々や天皇から始まる。なぜなら、古代日本では、国土の隅々に女を訪れて求婚する妻覓《ま》ぎが、天皇たるものの資格とされていたからである。

『古事記』は日本最古の歴史書と言われる。歴史書たるものは天下国家の大事を記録するものだと私は理解する。しかしながら『古事記』は歴史書であるにもかかわらず、天下国家の大事より様々な恋を描き、甘美な官能的な恋を歌う。ことに天皇の恋が多い。

天照大神《あまてらすおおみかみ》の孫である瓊瓊芸命《ににぎのみこと》は笠沙《かささ》の岬に国覓《ま》ぎして、この地の木花之佐久夜毘売《このはなのさくやひめ》に求婚した。神武天皇は既に阿比良比売《あひらひめ》という妻を持っていたが、さらに狭井河《さいがわ》のほとりで伊須気余理比売《いすけよりひめ》と結ばれる。

典型は仁徳《にんとく》天皇の恋である。「仁徳」の名は、尭《ぎょう》・舜《しゅん》のような聖君を尊ぶ儒家思想の反映である。徳をもって国を治め、仁政を行う。それこそが仁徳と言える。なのに、『古事記』に描かれた仁徳天皇は、政治より浮気を繰り返す世の男と変わらない。皇后の磐姫《いわのひめ》の目を盗み、黒比売《くろひめ》や異母妹の八田若郎女《やたのわきいらつめ》とつぎつぎに情を結ぶ。

ほかにも、『古事記』には允恭《いんぎょう》天皇の太子木梨之軽太子《きなしのかるのひつぎのみこ》と同母妹の軽大郎女《かるのおおいらつめ》との密通事件や、天皇と兄との愛の狭間で苦しむ垂仁《すいにん》天皇の皇后沙本毘売《さほびめ》の悲恋や、倭建命《やまとたけるのみこと》と妃の弟橘比売命《おとたちばなひめのみこと》の別れなど、感動的な恋が多い。

「籠もよ」を詠じた雄略天皇も、多くの恋をしている。吉野宮に行幸したときは、吉野川の岸で出会った乙女を娶《めと》る。天皇は琴を弾き、乙女は舞を舞い、琴瑟調和の一幕を演出した。天皇はまた三輪川のほとりで赤猪子《あかいこ》に求婚する。天皇の約束を信じ込んだ彼女はそのまま八十年も待ち続け、孤独な生涯を送った。乙女を求めてやまず、天皇は求婚の旅を続ける。自分の姿を見て逃げ隠れた乙女でもいれば、かならず探し出してまたも求婚する。

天皇の求婚には歌が伴う。それぞれの場で天皇は自らの気持ちを歌で披瀝《ひれき》する。雄略天皇はすぐれた歌詠みでもあった。

その場その場の歌を詠む

八雲《やくも》立つ　出雲八重垣《やえがき》妻籠《つまご》みに　八重垣作るその八重垣を

須佐之男命・古事記

好色たるものの条件はつぎつぎと恋するだけではなく、恋のその場その場に応じて即興で歌を詠むことも大事である。

天照大神の弟・須佐之男命《すさのおのみこと》は天上で乱暴をした罰として、高天原から追放され出雲の国にやってくる。八岐大蛇《やまたのおろち》を退治して出雲の支配者となり、櫛名田比売《くしなだひめ》と結婚する。婚礼に臨む須佐之男命は右の一首を詠む。

「八雲」は多くの雲が沸きいでる意味。「八雲」「八重垣」「八重垣」「八重垣」の繰り返しは流暢な旋律を生み出す。王者ならばもう少し勇壮な歌でもよかったのに。実に新婚の場に相応しく、情に溢れた歌である。

三十一《みそひと》文字《もじ》の和歌の初めとされるこの歌は、王者の好色から生まれたのである。

好色を愛したのは須佐之男命だけではない。孫の大国主神《おおくにぬしのかみ》も越国の沼河比売《ぬなかわひめ》に求婚する際「八島の歌」を詠み、神武天皇も狭井河のほとりで伊須気余理比売と結ばれるときに歌でおのれの気持ちを表現した。恋多き仁徳天皇も、それぞれの恋人にその場その場で歌を贈った。

平安時代になっても、天皇は折りにふれては後宮の妃たちに歌を贈る。

宇多天皇が里帰りした更衣《こうい》に送った恋歌が『新古今和歌集』（一二〇五年成立、以下『新古今集』）に収められている。「大空を　わたる春日《はるひ》の影なれや　よそにのみしてのどけかるらん」（新古今集一〇一九）。

新たに入内《じゆだい》してきた麗景殿《れいけいでん》女御をお召しになった後朱雀《ごすざく》天皇（一〇〇九―四五）は、先に入内した梅壺《うめつぼ》女御を慰めるために歌を贈る。「春雨の　降りしくころは青柳の　いと乱れつつ人ぞ恋しき」（新古今集一二五〇）。新人がいてもあなたへの思いは変わらないよと、帝は妃に誓う。

歌と琴の名人である徽子《きし》女御は後宮の暮らしに堪えられず、久しく里に退出した。村上天皇は里にこもる妻に恋歌を送る。「天の原　そことも知らぬ大空に　おぼつかなさを嘆きつるかな」（新古今集一四一〇）。すると、女御は見事な返歌をよこす。「嘆くらん　心を空に見てしがな　立つ朝霧に身をやなさまし」（新古今集一四一一）。

治国平天下の政治より、つぎつぎと恋をし、その場その場で恋の歌を詠むことが、古代天皇のつとめだと丸谷才一は指摘する（『後鳥羽院』ちくま学芸文庫）。大陸の皇帝は中原に鹿を逐《お》う（帝位を争う）ことで忙しいのに、日本の天皇は恋を追うばかり。

その理由のひとつはおそらく古代日本における女性の地位の高さである。日本では、至高の神様の天照大神は女性であり、邪馬台国《やまたいこく》国王の卑弥呼《ひみこ》も女性である。家庭では母親が中心であり、娘の結婚に母親の承諾が絶対条件とされることが『万葉集』の歌からもわかる。時代がおりて、『蜻蛉日記《かげろう》』に見られる著者の家庭も典型的な母系家族の形態を示す。日本はずっとのちのちの時代まで母系家族の遺風が色濃く残され、女性は貴ばれていたのである。

もう一つの理由は、洋中の孤島日本は平和である。四方から侵略してくる勢力がない。だから天皇たちの関心は、大陸や半島で繰り広げられる動乱や王朝の興廃から遠く離れ、恋に向けることができたのである。

そして、中国の皇帝はおのれの仁徳を映し出すために、歴史を記録する正史の編纂に関わった。日本の天皇は和歌を集めて勅撰和歌集を作った。恋を詠む和歌を以て世の中に好色のあり方を示そうとしたのである。好色の和歌は天皇の権威の象徴とも言える。それは、のちの後鳥羽院が、鎌倉将軍の実朝を手なずけ、鎌倉武士に朝廷の優位を示そうとした手段のひとつが『新古今集』の編纂であったことからもわかる。

こうして、天皇の好色はその恋歌から、勅撰和歌集から、広く日本文学の特色となる。日本の好色は、単に女好きや男好きを意味するものではない。色を好む風流の心である。色は人の容色、山の山色、月の月色、春の春色などよろずの色をふくむ。

雄略天皇は岡の上で若菜つむ乙女に求婚し、即興で恋歌を贈る。天皇家の好色の伝統を忠実に受け継ぎ、王としての威風とともに、男としての風流もみごとに見せ、まぎれもなく天皇の名にふさわしい王者であった。

『万葉集』も『詩経』も、君主の恋歌を選び巻頭に置き、国の頂点に立つ君王による教化作用を示そうとした。だが、教化の内実が異なる。『詩経』は道徳のために「関雎」を選び、文王夫婦の思無邪の正しき恋を模範として示した。『万葉集』は天皇家の好色の恋を示すために、雄略天皇の「籠もよ」を選んだ。同じ恋でも、漢詩と和歌の恋が異なる。

しかし、思無邪の恋も好色の恋も、同じく若菜をもちいる。なぜ若菜でなければならないのか。詩歌の源流に緑を輝かせる若菜は、私に何を語りかけているのか。

風と花と月

若菜と春

若菜摘む　野辺の霞ぞあはれなる　昔を遠くへだつと思へば
西行・山家集

西行（一一一八—九〇）もまた、若菜の一首を詠む。野原で若菜を摘む人を見て自分の青春の日々を思い出したのであろう。

人日は人間の始まりの日である。この日に若菜を食べると、一年の邪気をはらうことができる。アダムとイブの恋がエデンの園の林檎から始まったが、和歌と漢詩の恋は春の山野の若菜から始まる。

春先の風物である若菜は、花の色や鶯《うぐいす》の囀《さえず》りよりもいち早く春の到来を知らせる。若菜から春が始まり、四季が始まる。この大自然の営みに呼応するかのように、人も春になれば陽気になり、心が弾む。そこで詩人と歌人は、春とともに芽生える若菜を借りて、恋する心の躍動を表現する。

「巻耳《けんじ》を採りても採りても　筐《かご》に盈《み》たず　ああ　我れ　人を懐《おも》いて　彼《か》の周行《しゅうこう》に置《お》く」（詩経・周南・巻耳）。旅に出かけた恋人がなかなか帰ってこない。恋人を思いつつ女は巻耳《けんじ》を採る。いくら採っても籠を満たさない。恋に満たされない気持ちをうたう。巻耳は春の七草繁縷《はこべら》のことである。

「彼《か》の南山に陟《のぼ》り　言《ここ》に其《そ》の蕨《わらび》を採る　未《いま》だ君子を見ず　憂心惙惙《ゆうしんてつてつ》たり」（詩経・召南・草蟲）。春の南山に登り蕨《わらび》を採る女も、恋人に会えない寂しさを憂う。もしいま、ここで彼に会い、彼に寄り添うことができればどんなに嬉しいことか、と訴える。

春の始まりを象徴する若菜は、恋の象徴となり、詩歌に盛んに取り入れられるようになる。若菜が恋の象徴になりえたのは、春夏秋冬の自然風物に心情を託すという詩歌の伝統手法があるからである。

詩歌の春夏秋冬

袖《そで》ひちて　むすびし水のこほれるを　春立つけふの風やとくらむ　　紀貫之・古今集二

春夏秋冬は日中の文学につねに登場する。

清少納言の『枕草子』は「春はあけぼの。夏は夜。秋は夕暮。冬はつとめて」で始まる。金国、宋国、蒙古の狭間《はざま》で波瀾に満ちた生涯を送った元《げん》の劇作家白樸《はくぼく》（一二二六―一三〇六）は、海棠《かいどう》の花から、春夏秋冬の風物を順にとりあげて描写し、歳月の流伝が夢の如く、春花秋月を思う存分に楽しもうと感歎する（白樸・喬木査）。

そして、詩歌の世界を見てみると、まず春夏秋冬の順で歌を配列する『古今集』が浮上する。いま挙げた一首は二番目の歌である。

夏に手で掬った山の泉水は冬に凍りついた。凍りついた泉水を、今日の春風は解かす。

わずか三十一文字の中に、春夏秋冬の四季が盛り込まれている。

下旬の「春立つけふの風やとくらむ」は『礼記・月令《げつれい》』の「孟春《もうしゅん》の月、東風凍《とうふうとう》を解《と》く」に基づく。孟春《もうしゅん》とは春の初め。「東風凍を解く」とは、初春の暖かい風が氷を解かすことをいう。この語は七十二候《しちじゅうにこう》の一つである。

日本も中国も農耕社会である。古代社会において農業は天候頼みの要素が強い。ゆえに人々は自然現象をよく観察し、季節の変化に敏感に反応した。一年を立春や立秋など二十四等分にして二《に》十四節気《じゅうしせっき》とし、さらに各節気を三つに細分して七十二候とした。

「東風凍を解く」はすなわち立春という節気の、「東風凍を解く　蟄虫始《ちつちゅうはじめ》て振《うご》く　魚氷《うおこおり》に上《のぼ》る」

という三候のうちの一候である。春が立つと、風が軒に垂れ下がる氷柱《つらら》を解かしはじめ、地中の虫はうごめきはじめ、魚も氷の上に登りはじめる。それぞれは早春折々の自然現象にちなむ名前である。農耕生活の体験から生み出された二十四節気や七十二候は、動植物や気象の変化を具体的にしめし、最適の耕作時期を人々に知らせる。これらの暦は今もなお中国と日本で生き続けている。

『古今集』冒頭の歌に七十二候が詠み込まれたことは、文学に現れた農耕生活の影響と言えよう。日中の詩人は春夏秋冬を好んで詠む。だが、春夏秋冬そのものだけが目的ではない。詠みたいのは人の心である。

うつろいの感動

春水満四沢　夏雲多奇峰
秋月揚明輝　冬嶺秀寒松

春水　四沢《したく》に満ち　夏雲　奇峰多し
秋月　明輝を揚《かか》げ　冬嶺《とうれい》　寒松秀《かんしょうたか》し

東晋・顧愷之・神情詩

詩を政治や道徳に縛り付ける詩言志の考え方は、後漢王朝の崩壊によって絶対的な地位を失った。詩は政治の道具でもなく道徳の装飾でもない。では詩とはなにか。文学が文学として確立された時代、すなわち五世紀ごろの中国で、人々はこの問題をあらためて考えた。

呉国の陸機《りくき》（二六一—三〇三）は、自著の『文賦《ぶんのふ》』（中国最初の文学論）において、「詩縁情」という文学観を唱えだす。詩は情によって生じるという。

また、南朝梁《りょう》の鍾嶸《しょうこう》（四六九頃—五一八頃）は『詩品《しひん》』という詩論書で語る。なぜ詩を詠むのか。節気の変化は万物を萌えさせ、万物の盛衰は人の心情を触発する。春の風、春の鳥、秋の月、秋の蟬、夏の雲雨、夏の酷暑、冬の月夜、冬の厳寒。四季の移り変わりは人の心情を揺らし、感動を生み出す。四季の感動から詩が生まれるのだという。

同じころに東晋の文人画家顧愷之《こがいし》（生没年不詳）の「神情詩」が右のものである。

春の水、夏の雲、秋の月、冬の山。四季の自然を描きながら、題名を「神情詩」と名づける。「神情《しんじょう》」は人間の表情をさす。山水を見ながら、詩人の頭に浮かんできたのは恋人の顔ではないか。

自然と人情、四季の移ろいと人の感動が、詩人のなかで溶け込む。恋もそうである。男と女が出会い、恋をし、年月が流れて恋心が薄れる。恋は春夏秋冬のように移り変わる。

李白に「長干行《ちょうかんこう》」という詩がある。閨中の若妻が旅の夫への思いを四季の景色にたとえて詠む。春に夫が出かけたあと、夏になると人のいない庭に青苔《せいたい》が深々《しんしん》と生える。やがて秋の風が吹き始める。葉が落ちて、黄色の蝶々が双双《そうそう》として西園の枯れ草に飛ぶ。夫婦そろう蝶々を見て悲しくなる。歳月の流れに容色が早くも衰えるのを愁い、夫に早く帰ってきてほしい。どんなところでも迎えに行くから便りをよこしてほしい、と。

詩中の「長干《ちょうかん》」は今の南京にある町の名である。古くから多くの商人がここに住んでいた。夫が商売のために各地を遊歴するが、留守番するのは妻である。商人の家に生まれた李白は商人の妻の寂寞《せきばく》をよく知っていたため、柔腸千萬《じゅうちょうせんばん》（千々に思い悩む）の恋歌ができあがったのである。

四季の感興より情が生じ、その情を詩で表現する。これは和歌にも通ずる。

平安時代の紀貫之《きのつらゆき》（八六六頃—九四五頃）は『古今集』の仮名序で言う。和歌は人の心を種とする。春の朝に花の散るのを見、秋の夕暮れに木葉の落ちるのを聞き、心に感動が生まれる。春の花間《かかん》で鳴く鶯や、夏の水中で鳴く蛙など、すべてが歌の心をよびおこす。

万葉歌人の大伴家持《おおとものやかもち》（七一七頃—八五）は、うららかに照らす春の日、鶯の鳴き声を聞きながら、胸中にこもる憂情は歌を以て解消する、と言う。春の日の鶯を詠むのはおのれの心を表現するためである。

中国の詩人も日本の歌人も、春夏秋冬を作品に引き込む。それはただの自然描写のためではない。自然に人事を映させ、四季のうつろいに感動するおのれの心情を叙するためである。

興

若菜が恋の象徴になりえたのは、春花秋月に心情を託す手法とともに、興《きょう》という表現技法にもよる。

「興」はおこすということ。詩人はある景物を眼にする。その景物は詩人にある種の感動を与える。そこで、詩人は景物を描写することによって、おのれの感動をうたい出す。つまり、まず他《た》物《ぶつ》を語る。他物から真に語りたいもの、本物を引き興《おこ》す。これが興である。最もよく見られるのは、自然の景物から人間の心情を引き出すことである。

詩人の胸中にさまざまな気持ちが去来する。どのようにして、どこを切り口にして、それをうたいだすかが難しい。そこで、目にした景物から入れば入りやすい。それがすなわち興である。

興は『詩経』に起源する。

「関雎」の書き出しは「関関たる雎鳩　河の洲に在り」「参差たる荇菜　これを左右の流れにもとむ」である。河の中洲でかんかんと鳴きあうみさごも、川の中にながれるあさざも、君子淑女と何の関係もない。だが、双双たるみさごの姿に触発され、作者は君子淑女の恋を思う。新緑の若菜から、清清《すがすが》しい淑女の姿を思う。作者が語りたいのは鳥のみさごでもなく、草の若菜でもない。作者が語りたいのは君子淑女の恋である。みさごと若菜という外的な景物を通して、心に潜む情感を引き出す。自然風物と人情とは、詩歌の中で渾然一体になる。

和歌にも興がある。

紀淑望《きのよしもち》は『古今集』の真名序にて、和歌には六種の風体があり、そのうちのひとつは興であるという。日本古典文学全集は、「興」を「比喩されるものを表面に示さない、いわゆる暗喩」と注釈するが、暗喩は比喩の一種であり、興ではないと私は考える。興には比喩の要素があることは確かであり、「比」と「興」を並べて「比興」と言われることが多い。しかし興は比喩そのものではない。興はおこす。他物から本物を引き起こすことをいう。

「花の色は　移りにけりないたづらに　わが身よにふるながめせしまに」（小野小町・古今集一一三）。「ふる」は「経る」と「降る」の意味にかかり、色褪せて古びゆくさまをあらわす。花の色の変化から老いの悲しみを引き起こす。

「あしひきの　山鳥の尾のしだり尾の　ながながし夜をひとりかも寝《ね》む」（柿本人麻呂・拾遺集七七八）。山鳥の長い尾からひとり寝る長夜のさびしさを引き起こす。

片思いの恋をする少女は、庭に飛ぶ蛍を捕まえ、かざみの袖に包み、「つつめども　かくれぬものは夏虫の　身よりあまれる思ひなりけり」（大和物語）と詠む。袖に包んでも隠しきれない。袖から漏れて来る蛍の光よ、まるであの人への私のあふれる思いのようなものだ。隠そう隠そうとしてもつい顕われてしまうのだ。少女は興の技法で、蛍の光からおのれの恋情を引き出して詠んだのである。

和歌も漢詩も、興を用いない作品はほとんどない。興は含蓄《がんちく》という詩歌の魅力を創り出す。最初から何もかも露骨に言ってしまえば、趣がない。悲しいときは悲しいという言葉を使わない。秋の落ち葉で悲しみを引き起こす。嬉しいときは嬉しいと言わない。春の花爛漫で心の喜びを引き起こす。引き起こすという過程があるからこそ、かぎりなく味わいが生まれる。

中国と日本は同じく、北半球の温帯に位置する自然風土、はっきりとした四季の変化、天候に左右される農耕生活を有する。ゆえに、詩人と歌人は共通した感受性をもつ。

中国の「風花雪月《ふうかせつげつ》」、日本の「花鳥風月《かちょうふうげつ》」。風と花と月が共通して、中国の雪が日本では鳥になったということであるが、ともに詩歌の最大の題材であり、ともに風流の美の代名詞に用いられる。

自然を愛するのがひと本来の情である。だが、意識的にそれを歌に引き入れ、人情と交錯させながら描写し、さらに文学理念として打ち出すのはなんと言っても、和歌が漢詩から学び、そしてきわめてきた表現方法であった。

第二章

恋の声——無声の声

鳴らない鼓

能楽に「綾鼓《あやのつづみ》」という不思議な曲がある。

庭番の老人が深宮の女御《にょうご》の姿を垣間見てひと目惚れする。女御は老人に池畔《ちはん》の桂《かつら》の木に掛けてある鼓を打たせ、鼓の音が御所《ごしょ》まで聞こえたら、姿を見せると約束する。老人は恋に乱れた心を落ち着かせようとして、鼓を打つ。だが、いくら打っても音が出ない。鼓は革ではなく綾絹《あやぎぬ》で張られた綾鼓だからである。老人はそれを知らずひたすらに鼓を打ち続ける。ついに望みが叶えられないことをさとり池に身を投げる。

能のことだから、そのあとは老人の亡霊が現れ、自分の恋をもてあそんだ女御を責めるなど、いつもの通りの展開である。

庭番老人は自分の分をわきまえることができず、深宮の女御に恋をした。その身分不相応な恋心に罰を与えようと、世阿弥は綾の鼓にしたのだろうか。

このように思うのには私なりの理由がある。綾の鼓が桂の木に掛けてあったからだ。桂と言えば月中の桂のことである。「目には見て　手にはとられぬ月のうちの　桂のごとき君にぞありける」（伊勢物語）。この歌は、手の届かない恋人を月中の桂を以てたとえた。

古代中国の伝説では月に桂の木がある。過ちを犯した仙人の呉剛《ごごう》は罰せられて桂木《けいぼく》の伐採を命じられる。伐られた桂の木はすぐ元に戻ってしまうので、伐っても伐っても桂木は元のまま、という話である。しょせん切り倒すことのできぬ桂をひたすらに伐り続ける呉剛の姿に、私は音の出ない綾鼓を打ち続ける庭番老人の姿を重ね見る。呉剛の犯した過ちはおそらく月宮の女神嫦娥《じょうが》に過分な思いを抱いたことであろう。すると、女御に恋する庭番老人も同罪ではないか。

恋に厳しい古代中国のことだから、呉剛に罰を与えるのも納得できる。だが王朝時代の日本では、「夕暮は　雲のはたてに物ぞ思ふ　天《あま》つ空なる人を恋ふとて」（古今集四八四）などの歌からもわかるように、男が手の届かない高貴な女性に恋するのはよくあることだ。

綾鼓の女御も、恋は身分と関係ないと言っているではないか。それに能楽者の世阿弥自身も河《か》原者《わらもの》と呼ばれ、差別される身分であった。かわいそうな老人の恋を憐れむことがあっても、身分云々の理由で庭番老人を責めることはありえないのではないか。

老人に同情し、その思いを女御にしっかりと伝えるようにするために、世阿弥はわざわざ大きな音を出す鼓を選んだ。しかしまた鼓に綾絹を張って声を消す。

なぜ世阿弥は無声の舞台を創ったのか。老人の無声の恋は何を意味するのか。

能は詩歌とのつながりが強い。台詞や謡いのいたるところに和歌や漢詩がはめこまれ、詩歌だけをより集めて一曲をなすこともある。能においては、物語の面白さより、詩歌の美しさが重んじられると言えよう。

そこで私は、世阿弥の意図を詩歌の世界から眺めてみようという思いに至ったのである。

文字の声

ことなる韻律

世阿弥の舞台は無声である。しかし詩歌では無声どころか、さまざまな声が奏でられる。恋歌にはとくに声が多い。琴の声、雨の声、水の声、鐘の声など、詩人は声を以て恋を表現するのである。

そもそも詩歌という形式には常に声がともなう。

詩歌が詩歌になりえるのはその形式の所以である。音声《おんせい》の長短、音調の高低強弱、子音母音の配列などから生まれる音楽的旋律。それが詩歌の韻律である。では、漢詩と和歌、それぞれの韻律はどのようなものか。

初めて和歌を読んだとき、「これでも詩と呼べるのか」と私は不審に思った。

君が行き　日《け》長くなりぬ山尋ね　迎へか行かむ待ちにか待たむ　　　磐姫皇后・万葉集八五

名歌とされるこの歌は仁徳《にんとく》天皇の皇后磐姫《いわのひめ》の作である。天皇の浮気相手の黒比売《くろひめ》を皇后が田舎に追い返すと、天皇は名残惜しく別れの歌を詠む。皇后はますます怒り出し、黒比売を船から追いはらって徒歩で帰らせた。これですっきりした皇后は紀伊国《きのくに》への旅に出かける。が、その隙を狙って天皇は今度は異母妹の八田若郎女《やたのわきいらつめ》と情を結ぶ。旅から帰ってきた皇后はことを知ると、すぐに家出をしてしまう。

家出した皇后はひたすらに天皇の到来を待ち続けた。が、いつまでも天皇は来ない。「君が行き」はこのときに詠じた歌である。あなたに会いに行くか、それともあなたを待つか。寂しい妻の思念がよく伝わるが、詩というより、日常の話し言葉のように聞こえる。

寂しい妻の思いが伝わる漢詩と言えば、まず思い出すのは安史《あんし》の乱中に殺された悲運の詩人王《おう》昌齢《しょうれい》（六九八―七五六頃）の「閨怨《けいえん》」である。

唐・王昌齢・閨怨

閨中少婦不知愁
春日凝粧上翠楼
忽見陌頭楊柳色
悔教夫婿覓封侯

閨中《けいちゅう》の少婦　愁いを知らず
春日　粧を凝らして翠楼《すいろう》に上る
忽《たちま》ち見る　陌頭楊柳《はくとうようりゅう》の色
悔ゆるは　夫婿《おっと》をして封侯《ほうこう》を覓《もと》めせしこと

閨中の若妻は愁いを知らない。春の日に装いを凝らして高楼に登る。道の辺に楊柳の新緑を見ると、独りぼっちを嘆く。戦場で功をあげれば諸侯に封ぜられると、夫に勧めたことを悔いる。

王昌齢は閨中女性の怨みを哀婉《あいえん》に歌いあげることに長《た》ける。今日でもよく読まれるのはその閨《けい》怨詩《えんし》（深閨の孤独を詠う詩）の数々である。初唐は豊かな国力を背景に意気盛んな時代であった。人々は昂揚《こうよう》して積極的に功名《こうみょう》を求める。功名を得る方法の第一は軍人になり戦場で戦うことだ。詩中の若妻の夫も出征して不在である。春になっても戻ってこない。ひとり家に残された妻は、せっかくの春の日を、ひとりで悲しむ。

「閨怨」も「君が行き」も、ともに夫を待つ妻の怨みを詠む作品である。だが、日常会話のように聞こえる「君が行き」より、「閨怨」のほうがいかにも詩らしく朗々とした抑揚《よくよう》がある。和歌と漢詩、その韻律が異なるためである。

押韻

漢詩の韻律美はまずその押韻《おういん》にある。

梁の劉勰《りゅうきょう》（四六六頃—五二〇頃）の『文心雕龍《ぶんしんちょうりょう》』（五〇〇年頃成立）の声律《せいりつ》篇に「同声　相い応じて　之れを韻と謂《い》う」とある。同じ音が呼応してリズムをととのえることを韻と呼ぶ、と。つまり一句の末尾に、同一あるいは近似する韻を持つ字を配列することが押韻である。ちなみに『文心雕龍』は、空海の『文鏡秘府論《ぶんきょうひふろん》』にも多大な影響を与えた中国最初の文学理論書である。

押韻は中国最初の詩集『詩経』の時代から既に見られた。たとえば「関雎《かんしょ》」。「関関雎鳩（jiu）在河之洲（zhou）　窈窕淑女　君子好逑（qiu）」。それぞれ第一句末尾の鳩（jiu）、第二句末尾の洲（zhou）、第四句末尾の逑（qiu）は近い発音を持ち、韻を踏んでいることがわかる。

また、王昌齢の「閨怨」は、「閨中少婦不知愁（chou）　春日凝粧上翠楼（lou）　忽見陌頭楊柳色　悔教夫婿覓封侯（hou）」と、第一句の「愁」（chou）、第二句の「楼」（lou）、第四句の「侯」（hou）は韻を踏む。相似する音のくり返しにより音楽的な和諧と回環の美を得ることができる。それに、この三文字の発音はいずれも緩やかで悠長なので、綿々たる若妻の哀愁が音を通してみごとに伝わってくる。

押韻が作詩の規則とされたのは唐代以後である。基本的には偶数句の末尾に韻をおく。八句で構成される律詩《りっし》は第二、四、六、八句が押韻し、四句の絶句《ぜっく》は第二、四句が押韻する。第一句が押韻する場合もある。

しかし、和歌は韻を踏まない。「君が行き」の歌を見ると、初句の末尾は「き」、第二句は「ぬ」、第三句は「ね」、第四句は「む」、結句は「む」である。第四句と結句はここでは偶然に同じ「む」で終わっているが、韻を踏むために同音をおいたということではない。

日本最古の歌論書である藤原浜成《ふじわらのはまなり》（七二四―九〇）の『歌経標式《かきょうひょうしき》』（七七二年成立）は漢詩をまねて、和歌の韻を主張した。五・七・五・七・七の第三句の句尾と、結句の句尾に韻を置くべきと説いた。しかし、平安末期歌壇の長老である藤原俊成《しゅんぜい》（一一一四―一二〇四）は、韻にこだわることは「見苦しい」、漢家（中国）の学問を知らないのに、知ったかぶりをして、形だけ向こうの真似をするのは「いといと見苦し」と痛烈に批判した。歌は、ただそのまま「心姿」を上手に詠めばよいという。

俊成の言には一理ある。ためしに第三句と結句の末尾に同じ音の字を置いて読むと、音楽的な回環の美より、下手な語呂合わせのように聞こえる。押韻は和歌には向かないのかもしれない。

平仄

押韻のほかに、漢詩の韻律美は平仄《ひょうそく》にもある。

古代中国語には平声《ひょうしょう》・上声《じょうしょう》・去声《きょしょう》・入声《にっしょう》の四声《しせい》があった。平声は低くて平らに発音する一方、上声・去声・入声は抑揚のある発音であるため、仄声《そくせい》に属す。

漢詩の平仄とはこの平声と仄声の配列のことである。発音は時代の経過とともに変わるので、一概に言えないが、大まかに言えば、現代中国語の四声の第一声と第二声は平声、第三声と第四声は仄声である。

漢語発音の特徴は早くに気づかれた。『文心雕龍』に「異音　相い従いて　之れを和と謂《い》う」とある。「異音」は音調の強弱が異なる平声と仄声をさす。平と仄は交代で並べれば、起伏があり抑揚が生まれ、音楽的なリズム感が生ずる。「平仄があわない」という日本語の表現もここから来る。

王昌齢の「閨怨」の平仄は次のとおりである（カッコつきのものは平・仄いずれもよし）。

閨《平》中《平》少《仄》婦《仄》不《仄》知《平》愁《平》
春《(平)》日《仄》凝《平》粧《平》上《仄》翠《仄》楼《平》
忽《仄》見《仄》陌《(仄)》頭《平》楊《平》柳《仄》色《仄》
悔《(仄)》教《平》夫《(平)》婿《仄》覓《仄》封《平》侯《平》

漢詩の押韻と平仄のはたらきで、「閨怨」は抑揚のある音楽に聞こえる。

漢詩と音楽

そもそも漢詩は音楽と縁が深い。『詩経』三百五篇の作品すべては伴奏のある歌謡であった。孔子は楽器に合わせて歌ったという。『詩経』を注釈した漢代の毛亨《もうこう》は「詩経大序《だいじょ》」で、「心の感動が言葉になってあらわれる。言葉では足りないなら嗟嘆《さたん》する。嗟嘆でも足りないなら歌う。感動は声に発し、声はおのずから文《あや》をおびる。これがすなわち音楽という」と述べる。『古今集』の序にも引用されたこの一節は漢詩と音楽のつながりを物語る。

陸機は『文賦』の中で、詩文の言辞の美のほかに、音律の美を強調する。音律の高低起伏の変化は豊かな色彩の組み合わせのようなものだと語る。

漢代では音楽をつかさどる役所は「楽府《がふ》」である。民間から歌謡を採集したり詩を製作したりしたので、楽府の名はそのまま漢詩の一様式をあらわす呼称になった。楽府詩は民謡の色彩が濃く、李白や杜甫など多くの詩人に好まれた。

唐詩は当時、曲をつけて歌われた。詩人たちは自分の詩が町の楽人に歌われているかどうかで作品の良否を定めた。白居易の「長恨歌」は長安の芸者に歌われてから各地にひろがったのである。

宋詞

唐代の流行歌は歌詞が文学作品として独立し、宋代の詞《し》（宋詞）となる。詞を書くことは、曲調の音律に合わせて押韻や平仄の規則にしたがい、歌詞を埋めていくことである。そのため音楽の素養があれば、良い詞ができる。

宋代一流の詩人蘇軾《そしょく》（一〇三六―一一〇一）の詞を「音律に合わない」と酷評した。宋代の詞は曲にしたがってつくられるので、唐詩よりも歌謡の色が濃い。

宋代一流の詩人李清照《りせいしょう》（一〇八四―一一五六年頃）は、同じく宋代一流の詩人蘇軾《そしょく》（一〇三六―一一〇一）の詞を「音律に合わない」と酷評した。

曲調に歌詞をうめることから、詞は塡詞《てんし》と呼ばれ、また詩とことなり、一句の字数が不定であるため、長短句とも呼ばれる。

日本では唐詩と和歌との関係がよく言われるが、宋詞と和歌との関係はあまり言われない。宋詞が栄えた時代に禅も栄えた。日中間は禅僧の行き来が頻繁であり、印刷技術の発達により書物の入手も容易になった。おそらく宋詞も多く日本にもたらされたのではないか。同じ花鳥風月を詠み、同じ恋情を題材にした宋詞と和歌には実に相似点が多い。にもかかわらず、なぜその関係が問題にされないのか。

宋詞は歌詞として創られるため長い作品が多い。文字数が多いうえに、巷《ちまた》（下町）の口語が頻繁に用いられる。『句題和歌』や『和漢朗詠集』などからもわかるように、唐詩ならば、五言か七言の一句か二句を取り出し、和歌に作りかえることが簡単である。が、字数不定の宋詞だとそうはいかない。

さらに言えば、遣唐使時代は王朝の貴族たちは漢文に親しみ造詣も深かった。しかし禅僧の時代、王朝末期から鎌倉時代以後になると、漢文に造詣の深い人は禅僧が多い。禅僧は詩文を嗜《たしな》んだが、出家の身として、さすがに花前月下の恋情を詠む詞にははばかりがあったのであろう。

これらの理由から、日本では宋詞があまり話題にならなかったのではないかと私は考える。けれども、詞と詩の体裁は異なるが、同じ韻文であり、「唐詩宋詞」は中国古典文学の双璧《そうへき》であることから、本書では漢詩の一様式として扱うことにする。

『詩経』の時代に人々は四文字の四言で心情を表した。四言では足りないので、漢代になると五文字の五言が生まれる。五言でも足りないので、唐代になると七文字の七言が栄える。七言でも物足りなくなり、今度は字数不定の詞が生まれたのである。四言から長短句の詞、いずれもが音楽と深くかかわる。

ここまで述べてきたように、押韻と平仄は漢詩の韻律を作り出す。だが、日本語の発音の特徴から、和歌は押韻も平仄ももたない。だからであろうか。私には磐姫皇后の「君が行き」はいかにも淡淡と、日常の話し言葉のように聞こえてきたのである。

和歌の調べ

だが、詩たるものには韻律がともなう。押韻も平仄の変化もない和歌の韻律はどこにあるのか。日本語の環境で育たなかった私にとって、和歌の韻律を捉えるのは容易でなかった。

さまざまな歌を朗読した。何度も繰り返すうちに、「閨怨」のような楽しい躍動感はないが、「君が行き」にはなんとなく流れがあるように感じた。この静かな、なんとなくある流れは何か。

雅楽の名人敦家《あついえ》の血をひく藤原俊成は、音律にすぐれた感性をもつ。その俊成にこんな言葉がある。「歌はただよみあげもし、詠じもしたるに、何《なに》となく艶《えん》にもあはれにも聞《きこ》ゆる事のあるなるべし」（古来風躰抄）。理想の歌とは、声に出して歌を読み、何となく艶やかに哀《あわ》れに聞こえるのがよい、と俊成は言うのである。

ここにある「何となく」聞こえる歌の調べは、私がなんとなく感じたその流れのことか。

押韻も平仄もない和歌は、五音・七音のくり返しで構成される。なんとなく感じたその流れは、五音と七音の規律的な反復から生じたものである。平淡ではあるが音楽的な調べであることは間違いない。

江戸時代の本居宣長《もとおりのりなが》（一七三〇—一八〇一）は、『石上私淑言《いそのかみささめごと》』（一七六三年成立）という歌論書の中で、三十一文字の短歌が普及したのはその韻律が整って典雅に聞こえるからだと言う。なぜ五音と七音なのかについては、深い理があるが、人間の知ることではない。中国人のように理屈で考えずに、ただ神様の計らいに従えばよいと、中国人を引き合いに出して批判する。

五音と七音と言えば、漢詩には四言詩、五言詩、七言詩、字数不定の詞《し》もあるが、中心をなすのは五音の五言詩と七音の七言詩である。和歌も漢詩も五と七にこだわる。神様の計らいという宣長説には同感しないが、五音と七音のひびきを美しいと感じるのは、日中詩人の共通した感受性と言える。

和歌と音楽

和歌も漢詩と同じく音楽と深い縁がある。和歌はもともと詠歌という。詠歌とは歌を声に出して歌うこと。

鎌倉時代に成立した『野守鏡《のもりのかがみ》』という歌論書がある。同じ歌でも、同じ人の声でも、詠ずるときの調べが違えば、歌は良くも悪くも聞こえると述べる。

『俊頼髄脳《としよりずいのう》』（一一一一年頃成立）の作者 源 俊頼《みなもとのとしより》（一〇五五—一一二九）はある日、鏡の宿《しゅく》の芸人たちが自分の「世中は　憂き身に添へる影なれや　思ひ捨つれど離れざりけり」を歌うのを耳にして、「私の歌もこのように歌われるようになったのだ」といたく感激した様子だった（鴨長明・無名抄）。

漢詩と和歌と音楽のかかわりをよくあらわすのはなんと言っても、藤原公任《ふじわらのきんとう》（九六六―一〇四一）の『和漢朗詠集』（一〇一二年頃成立）である。「朗詠」とは声高くうたうこと。和漢の詩歌を朗詠するという意味で、その名がつけられた。五八八首の漢詩と二一六首の和歌を収めたこの詩歌集は当時、曲節をつけて歌われたという。漢詩・和歌・管弦《かんげん》という「三船《さんせん》の才」をもつ公任しかできないことであろう。今日でも、能楽の舞台で『和漢朗詠集』の句が盛んに歌われている。能楽は『和漢朗詠集』の美を体現する舞台だと言えるかもしれない。

漢詩と和歌、ともに長い歴史をもつ詩歌であるが、異質の韻律を持つ。漢詩は押韻と平仄で激しい起伏の調べを作り、和歌は音の数でなだらかな調べを作る。漢詩からは長江の波瀾万丈の声が聞こえるが、和歌から聞こえてくるのは小渓のせせらぎの声である。

日本人は和歌では味わえない抑揚に富む漢詩の韻律に惹き付けられる。そして私は、なんとなく感じる和歌の静かな調べに、人生の流れを感じ、知らず知らずのうちに和歌にのめりこんできたのである。

琴の声

琴と知音

詩歌の中には文字の声が生み出す韻律のほかに、楽器の声もある。恋歌に登場する楽器のうち、琴は最もよくみられるものだ。

琴は古代中国の弦楽器である。古代神話の三皇のひとり伏羲《ふくぎ》によって造られ、もとは五弦だったが、のちに七弦になった。日本に伝わると、六弦の和琴が生まれた。吉田兼好は和琴の音を好み、いつも聞いていたいと話す。

琴・棋・書・画は中国文人の必須教養とされた。そのうち琴が首位にある。日本の古典文学に大きな影響を与えた魏晋時代の文人嵇康《けいこう》（二二三—六二）は琴を愛した。政治に巻き込まれ処刑されるが、殺される最期の瞬間まで琴を弾いたという。

嵇康によると、楽器のうち最もすぐれるのは琴である。その音は深く、計り知れない味わいを有する。だが、脱俗超凡《だつぞくちょうぼん》な君子でなければ、琴を弾くことも琴の音を知ることもできない、と言う。

高雅な琴は恋の歌でことに好まれる。

その理由は琴の音色のためであろう。琴は音が小さく、大人数の演奏に向かない。竹林の中や川の畔など静かな場所で、弾く人と聴く人が膝を交えて語り合うような弾き方が理想とされる。二人の世界にしか響かない琴の音《ね》。琴の声を知る、つまり知音《ちいん》が心の通じ合う親友や恋人の象徴となるゆえんである。

琴声は小さいが、でも声は自由なものである。古代中国の男女は恋が許されず、逢うことができない。壁を乗り越えて風の如く自由に行き来できる琴の声が、相手に思いを伝えるための絶好の道具だったのである。

このような琴を以て、漢詩と和歌は恋の世界を創り出す。


「鳳求凰」

茂陵多病後　尚愛卓文君
酒肆人間世　琴台日暮雲
野花留宝靨　蔓草見羅裙
帰鳳求凰意　寥寥不復聞

茂陵《もりょう》　多病の後　尚お卓文君《たくぶんくん》を愛す
酒肆《しゅし》　人間の世　琴台　日暮れの雲
野花を宝靨《ほうえん》に留め　蔓草《つるくさ》に羅裙《らくん》を見る
帰鳳《きほう》　凰《おう》を求む意　寥寥《りょうりょう》として復た聞こえず

唐・杜甫・琴台

琴の詩歌を調べるうちに、思いがけず杜甫（七一二―七〇）の「琴台《きんだい》」に出会った。七六〇年、長年の流亡《りゅうぼう》生活を経て、杜甫は蜀のみやこ成都《せいと》にたどり着く。友人を頼り、近郊浣《かん》花渓《かけい》の藁屋《わらや》に一家で身を寄せた。

浣花渓は琴台に近い。琴台は杜甫より八百年も昔の漢代の文学者司馬相如《しばしょうじょ》（前一七九―前一一七）が琴を弾いた場所と伝わる。今でも成都には琴台路《きんだいろ》がある。

春のある夕暮れ、詩人は琴台を訪れる。由緒のある琴台の地に立ち、これまでおのれの貧窮を顧みず、つねに国と民の運命に憔悴した杜甫は、五言律詩「琴台」を詠みだす。

「茂陵《もりょう》　多病の後」。「茂陵」は陝西省にある地名。晩年の司馬相如がここに隠居したために相如の代名詞となる。「多病」とは年取った相如が病をわずらったことをいう。

「尚お卓文君《たくぶんくん》を愛す」。相如と妻の文君との恋物語は、司馬遷の『史記』にも記録された中国文学史上の佳話として有名だ。

成都出身の相如は漢の武帝に仕え、一流の文人に出世するが、若い頃は貧しかった。ある日、大富豪卓王孫《たくおうそん》の家宴に招かれた。卓王孫には夫を亡くしたばかりの娘文君がいることを知り、相如は琴を弾いた。相如の琴声を盗み聴きした文君は一目ぼれする。でも卓王孫は、一文無しの青年に娘を嫁がせるわけがない。文君はその夜に相如と駆け落ちする。

「酒肆《しゅし》　人間の世」。卓王孫は駆け落ちした娘と縁を切り、財産を一文もあげないと宣言した。生計を立てるため、相如夫婦は成都の町で酒舗を開いた。深窓の令嬢であった卓文君は夫をたすけ店頭に立つ。

「野花を宝靨《ほうえん》に留め」。「靨」はえくぼ。「宝靨」は美しい顔。文君の笑顔は野の花のように美しい。「蔓草に羅裙《らくん》を見る」。「羅裙」はうすぎぬの裳裾《もすそ》。青草を見て、恋人の身にまとう緑色の裳裾を思い出す。杜甫はこの十文字で文君の美貌を描き出す。野花と青草は牡丹の華美こそないが、素朴でいじらしい。恋のために華麗な衣裳を捨て、酒舗の商売をたすける文君はなんと輝かしかったことか。

「帰鳳《きほう》 凰《おう》を求む意」。鳳凰は伝説上の聖なる鳥である。雄の鳳が雌の凰を求めることは、妻を求める意に用いられる。

「鳳求凰」は相如が文君のために弾いた琴歌である。

琴曲に鳳凰を用いたことは、琴と鳳凰とに深いつながりがあるからである。

『荘子』に、南方には鵷鶵《えんすう》という名の鳥があり、この鳥は南海を発ち北海に飛んでいくが、途中は梧桐《ごとう》の木でなければ止まらない、という一文がある。鵷鶵はすなわち鳳凰。鳳凰は桐の木にしか棲まない。『詩経』にも、朝陽に向かって立つ高丘の桐と鳳凰の姿が描かれた作品がある。

聖なる鳳凰の棲む桐の木。その桐の木で造られる琴も当然、聖なる楽器になる。琴は鳳凰と結びつけられ、高雅な楽器となる。

貧しく無名な青年ではあるが、心は気高い。相如は、自分を鳳に、文君を凰に、そして、おのれの琴の音を鳳凰の鳴き声になぞらえ、わが心を文君に伝えようとした。鳳（わたし司馬相如）

は各地に出かけ妻を求めたが、良い伴侶にめぐり会うことができなかった。故郷の成都に戻り、ここですばらしい凰（あなた文君）に出会った。ようやくめぐり会えたあなたに、私の琴の音を聞き、私の心を知ってほしい。今夜私のところにおいでください。私の気持ちを思い私を悲しませないでほしい。切々と恋心を訴える相如の琴声に感動し、文君は駆け落ちした。

「鳳求凰」は相如文君の恋物語とともに、恋の琴曲として世に広がる。

八百年後、詩人杜甫は昔人の恋の舞台である琴台に立ち、「鳳求凰」の琴歌を再び聞こうとした。だが、「寥寥《りようりよう》として復た聞こえず」。暮れなずむ琴台の空に雲が横たわり、春の風がさびしく吹くのみ。琴歌は聞こえてこない。

相如は病気になった後にも、妻の卓文君を深く愛した。世間に後ろ指さされるのも恐れず、酒舗を営んだ成都の町、二人を結ぶ琴台の空に今は夕暮れの雲がたなびく。野原の花に文君の笑顔が残り、青草の色に文君の裳裾の緑が見える。相如が文君に送った鳳求凰の琴歌は、もう永遠に聞くことができないのであろうか。

恋心を誘う琴

秋の日の　あやしきほどのゆふぐれに　をぎふくかぜのおとぞきこゆる

徽子女王・斎宮女御集

高潔の象徴である中国の琴は奈良時代に日本に入った。和琴が生まれる。『源氏物語』でも源氏の君が和琴と中国琴の違いを論じた。「琴《きん》」と読むときは中国の七弦琴、「琴《こと》」と読むときは六弦の和琴をさす。本書では、琴《きん》も琴《こと》も同じく詩歌に登場する楽器であるため、とくに区別しない。

日本でも、琴は宮仕えする貴族の娘の必須教養とされた。清少納言の『枕草子』によると、平安貴族の娘たちは習字と歌と琴、という三つの技芸を仕込まれる。ことに琴が重んじられ、人よりうまくなりなさいと親から訓示された。

三十六歌仙のひとり徽子《きし》女王《にょおう》（九二九―八五）は琴がうまい。琴の名手である父親の重明《しげあきら》親王に育てられ、その琴技は並のものではなかった。十歳で斎宮《いつきのみや》となり七年間伊勢で暮らしたのちに、叔父の村上天皇に入内して女御となる。斎宮《さいぐう》女御、承香殿《じょうきょうでん》女御とも称される。

徽子の後宮生活は穏やかなものではなかった。天皇にはすでに多くの妻がいた。その妻たちの背後に陰険な権力闘争が常にあり、ことに悩んだのは義母登子《とうし》のことだ。母親の死後、父親の重明親王は自分とほぼ同年齢の登子と再婚する。しかし、登子は実は徽子の夫の村上天皇の愛人でもあった。この複雑な関係の中でわが身をいかに処すればよいか。

苦しみのなかの徽子にとって琴は無二の親友である。ある秋の夕暮れ、あまりの寂しさで気が狂いそうになるのを抑えるため弦を張った。

琴の声は、長い間彼女のもとに来なかった天皇の耳にとどく。すると天皇は、袿《うちき》（公家装束の下着）のまま寝所からぬけ出し、急いで徽子のところにやってくる。彼女は、傍らに坐る天皇を眼にもとめず、一心に琴を弾きながら右の一首を詠んだ。「秋の日の　あやしきほどのゆふぐれに　をぎふくかぜのおとぞきこゆる」。

「荻《おぎ》の上風」は和歌によく見られる意匠である。荻の上を吹く風に葉ずれの声は、恋人の訪れを含意する。琴の声を松風にたとえることが多いが、徽子はあえて荻の上風にたとえた。天皇は慌てて彼女のもとに走りよる。多くの妃が寵を競う後宮では、琴と歌の才能をたのみに徽子は一目《いちもく》置かれていたのであろう。

村上天皇が亡くなったのち、徽子は宮中を退出する。今度は娘の規子内親王が伊勢斎宮《いせのいつきのみや》に命じられる。このときに詠じたのは「琴の音に　峰の松風通ふらし　いづれのをより調べそめけん」（拾遺集四五一）である。どの山の尾《お》がいずれの琴の弦《お》に触れて、このような峰の松風と琴の声が響きあう調べができたのであろう。琴は生涯徽子の寂寞《せきばく》の慰めであった。ちなみに、ひそかに娘と同行し再び伊勢に赴いた徽子は、『源氏物語』の六条御息所《ろくじょうのみやすどころ》の原型とされる。

琴は男女を結ぶ道具であるから、当然『源氏物語』でも大いに活躍する。光源氏が明石の君と結ばれる場に琴があり、末摘花《すえつむはな》との出会いも琴による。

光源氏は大輔命婦《たゆうのみょうぶ》から末摘花の噂を聞く。故常陸親王《ひたちのみこ》の娘で、性格や容貌などはよくわからないが、七弦琴がうまいと。それで光源氏は、朧月の夜に末摘花の屋敷に忍びこみ、ひそかに姫君の琴を聞く。寂れた家で琴を友に生きる彼女の姿に惹かれ、ついに結ばれることになる。

また正月の六条院で女性たちの合奏が行われたとき、その席に招かれた光源氏の息子夕霧は、自ら慕う紫上の琴を、耳を澄まして聞く。清清《すがすが》しくて華やかで、やさしい琴の声から、紫上の姿を思い浮かべて感動する。

琴の音は、恋心を誘うのである。

平中の琴

たまさかに　聞けと調《しら》ぶる琴の音の　あひてもあはぬ声のするかな

平中物語

相如は琴の声で文君を誘惑した。文君は相如の琴を「窃聴《せっちょう》」したために彼にほれこんだ。

中国の孟子は、男女が父母の命令や媒酌人の紹介を待たずに、こっそりと壁に穴をあけて覗いたり、垣根を越えて密会などしてはいけないと戒めた（孟子・滕文公章句）。

男女は簡単に逢うことができない。儒家の教えに真正面から対抗できないため、恋人たちは「窃聴」の恋をしたのであろう。堂々と聴くのではなく、人に見つからないように、こっそりと垣根の外に立ち、壁の向こうから伝わるかすかな琴の声に耳をそばだてるのである。

王朝の恋人たちは「窃聴」する必要がないだろうが、惟喬《これたか》親王（八四四―九七）は「相如は昔文君を挑《いど》んで得たり　簾中《れんちゅう》をして子細《しさい》を聴かしむることなかれ」（和漢朗詠集四六八）と、鹿爪《しかつめ》らしく説教する。相如は琴の声で文君を挑んだ。琴の声は人の心を惑わすから、簾中の婦人に聞かせてはいけない、と。

惟喬親王は文徳天皇の第一皇子であるが、母は紀氏であるため、藤原氏から生まれた惟仁《これひと》親王（清和天皇）との位争いにやぶれた。失意の中で遊楽にふけり、二十九歳で出家し小野の里（今の京都市左京区大原）に隠遁した。「白雲の　絶えずたなびく峰にだに　住めば住みぬる世にこそありけれ」（古今集九四五）の詠は親王の心境をあらわす。

惟喬親王は好色男の在原業平とも親交があり、『伊勢物語』からは風流を愛した男としての一面もうかがえる。琴を女子に聞かせてはいけないという堅苦しい言葉はどのような心境で発したのかは不明である。儒者のまねでもしてみようと思ったのか。

それに比べて、『平中物語』の主人公、平中《へいちゅう》はずいぶんいい加減な男である。想う女がいたが、女の親は厳しいので近づくことができない。そこで友達に助けてもらい琴を弾いたりして策略をめぐらす。母親にばれてしまうと、男は簀子《すのこ》の下に身を隠す。

まあこんな具合だから今日はだめだが、命さえあれば絶対に心変わりしないから必ず会おうと、女に約束しながら右の一首を詠む。「たまさかに　聞けと調《しら》ぶる琴の音の　あひてもあはぬ声のするかな」。だが、この一首を詠み終わるか終わらないかのうちに、母親が奥から現われた。男は沓《くつ》をはく間もなく逃げ出す。

平中は平貞文《たいらのさだふん》（不明―九二三）のことである。在原業平と共に好色男としてよく知られる。若いころに権門貴族と女を争ったため、昇進できず地位が低い。だから車を使えず、馬でせっせと女のところに通う。女を口説いている最中に、馬が暴れだして体裁を失ったり、心を込めて詠みあげた長歌を女に贈るが、なんの沙汰もなくやむを得ず諦めたり、憎まれて女に悪口を言われたりなど、平中の恋は誇張された滑稽味をもつ。好色を演じるそのひたむきな姿に一抹の哀れを感じる。

光源氏ならそんな失敗をしない。女の母親も彼を追い出したりなどしない。好色男はみじめな思いをしないためにも、高い身分が必要なのである。

それにしても平中は高雅な琴声《きんせい》を市井《しせい》の騒ぎに引き込む。恋の失態は優雅ではないかもしれないが、こんな騒々しい情況の中でも歌を忘れないのは、やはり優雅であり、好色の粋と言えよう。

杜甫の思い

琴の音で男女が結ばれる。恋の道徳を説く儒家の監督があるにもかかわらず、琴から美しい恋歌が生まれる。それが日本に伝わる。違いがあるとはいえ、和歌と漢詩は共通の土壌に根付いているのである。

では杜甫はどうか。「鳳求凰」の琴音を聞こうとして、杜甫は琴台の地に立った。

自由恋愛のできない古代中国の文人にとって、駆け落ちまでした相如と文君の恋は眩しいものであった。千年後の宋代の蘇軾も相如を羨む気持ちを詩に詠む。まじめ一筋の杜甫も、ひそかに相如と文君の恋に感動したに違いない。

相如と文君は、実は生涯にわたって相思相愛を貫いたわけではなかった。晩年、妾を娶ろうとする相如に、文君は毅然として別れを告げた。杜甫が相如文君の破局を知らないはずがない。知りながら生涯愛し合ったかのように詠んだのは、杜甫が相如と文君の恋に自分と妻のことを重ねあわせたからである。

このときの詩人は既に老境に入っていた。仕官を求め辛酸を嘗《な》め尽くしてきたこれまでの人生を振り返る。成都でようやく手にしたつかのまの平安もおぼつかない。友人の助けがなければ糊《こ》口《こう》をしのぐことすらできない。実際に数年後に友人が亡くなると、杜甫はふたたび一家を連れて放浪の旅に出ざるを得なかった。だが、それでも妻の楊氏は、相如のために粗衣素食も辞さない文君のように、文句ひとつ言わず夫についてきた。

成都での家族団らんのひとこまを詩人はこのように描く。

「老妻　紙を画いて棋局《ききょく》と為し　稚子《ちし》　針を敲《たた》いて釣鉤《ちょうこう》を作る」（杜甫・江村）。老妻は紙に棋盤を画いて碁を打ち、幼い子どもは針を敲いたりして釣り針を作る、と。貧窮のためわが子を失わなければならないなど、数々の悲しみを凌いできた妻にはもう青春も美貌もない。憔悴した「老妻」である。貧家には碁盤がないので紙に碁盤を描いて碁を打つ。智慧を絞り暮らしを切り盛りする賢妻の姿がここにある。妻を「老妻」と呼ぶところに詩人の深い愛情を読み取れる。うきうきとした恋心ではなく、長年連れ添ってきた家族への篤実な思いである。

そして相如と文君の恋を象徴する琴台の地に立つこの夕暮れ。詩人は、ここで相如文君の琴を借り、老妻を想いつつ「鳳求凰」の一曲を詠んだ。

相如と文君は生涯愛し続けた。たとえ年老いてもたとえ病に落ちても、心は変わらなかった。春の大地を突き破り、奥底からわきあがってくるような、重厚にして悠々たる「鳳求凰」の琴歌が、いつまでもいつまでも琴台の地をめぐる。

雨の声

夜雨

詩歌の声は楽器の演奏にかぎらない。晋の詩人左思《さし》（二五〇―三〇五頃）は「招隠《しょういん》」詩の中で、「必ずしも糸と竹に非ず　山水清音有り（必ずしも糸竹《しちく》が必要ではなく、山水に自ずから清音がある）」と詠んだ。糸竹とは楽器のこと。糸は弦楽器、竹は管楽器。詩人にとって大自然の山水はつねに美しい音を奏でる。松風の音、小渓のせせらぎ、鶯の囀《さえず》り、虫の鳴き声。中でも恋歌によく登場する山水の声は、雨の声である。日中の詩人はどのように雨の声を用いたのか。

和泉式部（生没年未詳）は、夫をもつ身でありながら、長保四年（一〇〇二）ころから、冷泉《れいぜい》天皇の第三皇子為尊《ためたか》親王と恋に落ちる。この恋のため、式部は夫から離別され、親から勘当され、世間からも悪評されるようになった。だが、すべてを投げ出して手に入れた恋は、為尊親王の急逝で東の間。そして一年もたたないうちに、式部は亡き恋人の弟の敦道《あつみち》親王と恋に落ちる。親王と受領《ずりょう》の娘。二人の間には厳然とした身分の差がある。世間の非難を浴びながらも、ひそかに逢瀬《おうせ》を重ねた二人の恋を記録したのは『和泉式部日記』である。

五月のある雨夜、親王は式部に「今宵の雨の音は、おどろおどろしかりつるを」という文《ふみ》を出す。昨夜の雨は激しかった。凄まじい雨声の中であなたはいかがお過ごしでしたでしょうか、と。

巴山の夜雨

君問帰期未有期　君　帰期を問うも　未だ期有らず
巴山夜雨漲秋池　巴山《はざん》の夜雨《やう》　秋池に漲《みなぎ》る
何当共剪西窓燭　何《いつ》か当に　共に西窓《せいそう》の燭《しょく》を剪《き》り
却話巴山夜雨時　却《かえ》って話《かた》るべし　巴山の夜雨の時を

唐・李商隠・夜雨寄北

同じく雨夜に妻に詩を送る唐の詩人もいた。親王より百年ほど昔の李商隠《りしょういん》（八一二頃―五八）である。

いつになれば家に帰るのかとあなたは聞くが、未だに期日が定まらない。私のいる巴山はいま連日の秋雨で池の水があふれている。今夜も雨の声を聞きながら、あなたを思う。いつになれば家に帰り、西窓の下で夜をともにすることができるか。そのときになれば、この冷たい巴山の雨夜をゆっくりと話すことができるのに。

李商隠はすぐれた才能を持ちながら、生涯不遇であった。理由は詩人の結婚にある。当時朝廷は派閥争いが激しかった。詩人は対立派の娘を娶ったため、権力派にうとまれて昇進することができない。むつまじい夫婦仲は常に詩人の仕途不遇の陰影下にあるため、妻も苦しみ詩人も苦しんだ。これが商隠の作品を華美にしてまた難解にしたのであろう。

八五一年の夏頃、妻の王氏が急逝する。だが、結婚によって降りかかった悲劇はいつまでも尾を曳く。この年の秋、幼い子どもたちを残し、詩人は長安から辺鄙な巴蜀に赴任する。「夜雨　北に寄す」はこの時に歌われたものである。

妻が既に亡くなっていたため、愛人宛てに書いたものかという説もあった。妻か愛人かはともかく、恋歌の名作とされるこの作品は、淡寂《たんじゃく》の中に深意が隠され、一気に詠みあげた迫力がある。巴山は今の重慶《じゅうけい》をさす。巴山地方は秋になればしぐれが降りつづく。しとしとと聞こえる異郷の「巴山夜雨」の音の中で、再会する日の「西窓の燭」の光を想像する。「共に西窓の燭を剪《き》り」とは、ろうそくの光を明るくするために、燃え尽きた芯を切り取ること、つまり夜が更けてゆくことを意味する。

雨音《あまおと》の冷たさの中でろうそくの温かさを思う。今宵に将来を想像し、将来のあの宵に今宵を追憶する。現在と将来が交錯した作品は、詩人の屈折した心情の表れである。

それから七年後、詩人は悲苦の中で世を去る。

恋を雨に寄す

夜もすがら　なにごとをかは思ひつる　窓うつ雨の音を聞きつつ

和泉式部・和泉式部日記

世阿弥の娘婿である金春禅竹《こんぱるぜんちく》（一四〇五―六八頃）に「雨月《うげつ》」という作品がある。雨の声を聞きたい翁《おきな》は屋根を葺《ふ》こうとしたが、漏れてくる月の影を見たい姥《うば》は、屋根を葺かないと争う。たわいない話であるが、雨も月もどちらも捨てがたいという詩人の心がよく伝わる。

雨に恋を寄《たく》す、というのは和歌の常套題材である。

鎌倉初期の一一九三年、のちの『新古今集』の仮名序を執筆した藤原良経《ふじわらのよしつね》（一一六九―一二〇六）は歌合を主催した。「寄雨恋」という歌題で、良経は、「深き夜の　軒の雫《しずく》をかぞへても　猶《なお》あまりぬる袖の雨哉《かな》」と詠んだのに対して、おじの慈円《じえん》は「雲とづる　宿の軒端《のきば》の夕《ゆう》ながめ　恋よりあまる雨の音哉」の一首を並べた。判者をつとめた俊成は、「雲とづる」のほうがわかり難いゆえ、「深き夜の」のほうを勝と判定した。雨の雫に恋の涙をかけるという月並みの意匠であり、いずれも臨場感が足りない。おそらく良経も慈円も、夜雨を聴きながら恋人を待つ体験がなかったのではないか（六百番歌合）。

しかし、馬内侍《うまのないし》（生没年未詳）の夜雨はしみじみと人の心をうつ。一条天皇の中宮藤原定子《ていし》に仕えた馬内侍は恋愛歌人として知られる。彼女は晩秋のしぐれを「寝覚めして　誰か聞くらんこの頃の　木の葉にかかる夜半の時雨を」（古来風躰抄）と詠じた。夜中に寝覚めしてひとりで聴く木の葉に落ちる雨の声。雨のしずくは歌人の心をあますことなく伝える。

さて、和泉式部の話に戻ろう。雨の夜の敦道親王の手紙には、和泉式部は前出の一首で返事をした。「夜もすがら　なにごとをかは思ひつる　窓うつ雨の音を聞きつつ」。

式部の歌に対して、親王は返歌する。「われもさぞ　思ひやりつる雨の音を　させるつまなき宿はいかにと」。

雨の声に交わる二人の微妙な心理が読みとれる。いかが過ごしているかとあなたは聞いているが、ひと晩中、窓をうつ雨の声を聞きながら、あなたのことを思って過しているのに決まっているではないですかと、式部は言う。

けれど親王は、式部が多情で軽薄な女であると疑い、彼女への愛と不信の気持ちの間で動揺する。私のことを思うと言うが、私の居ない家にほかの男でも招いているのではないか。あなたの言うことは信用できないと、親王は恨み言を言う。でも、夜雨の声を独りで聞く式部のいじらしい姿を想像すると、またむしょうに恋しくなる。世間が噂するほどの悪女ではないと親王は思い直し、彼女のところを訪ねようと支度する。が、乳母《めのと》が出て来る。乳母から彼女の悪い噂を聞かされる。親王の心はまたも動揺し、外出をやめる。

いっぽう式部は、亡き恋人を思いながらも新しい恋人に溺れてゆく自責の念、行方の知れない新たな恋への不安など、複雑な心情に翻弄される。「暗きより　暗き道にぞ入りぬべき　遥かに照せ山の葉《は》の月」（和泉式部・拾遺集一三四二）はいつの詠であるか定かではないが、悩みがうずまく様子がよみとれる。

恋人の皮肉や不信をこめた歌を受け取った式部は、やるせない気持ちのまま、この日もまた独り寝の夜になる。

宮漏を聞く女性たち

耿耿残灯背壁影　　耿耿《こうこう》たる残灯　壁に背く影
蕭蕭暗雨打窓声　　蕭蕭《しょうしょう》たる暗雨　窓を打つ声

唐・白居易・上陽白髪人・抄

式部から親王に贈る「夜もすがら」の詠に「窓うつ雨の音」の表現がある。これは『和漢朗詠集』にも選ばれた白居易の右の詩句に因む。

薄暗い灯火の前に坐る独りぼっちの影が壁に映る。暗闇のなか、窓を打つ雨の声が聞こえる。後宮女性の孤独を描いた作品である。

古代中国の後宮女性の運命は悲しい。皇帝の妃は多く、たとえば晋武帝（二三六―九〇）の妃の数は万人にのぼったという。今夜誰のところに泊まるかは皇帝自身でも迷う。迷う皇帝は車をひく羊に任せて、誰かの部屋の前で止まればそこに泊まる。皇帝の来臨を待ち望む妃たちは羊が自分の門前に来るように、こぞって羊の好物である竹の葉を扉にかざすのである。

平安王朝の天皇も多くの妃をもつ。しかし天皇と皇帝の後宮の違いは、皇帝の後宮には皇帝一人しか男がいないこと。宦官《かんがん》は男にあらず。これに対し天皇の後宮に宦官はおらず、多くの殿上人が出入りする。『源氏物語』でもわかるように、天皇の妻たちが天皇以外の男性と情を通じることは決して珍しいことではなかった。

中国皇帝の後宮では一人しかいない男の寵愛を得るため、女たちは競い合い、当然そこに怨恨や嫉妬や孤独が生まれる。もちろん、一介の宮女から皇后そして女帝の座に登りつめた則天武后《そくてんぶこう》や楊貴妃《ようきひ》のような勝利者もいるが、多数の女性は不幸であった。一生皇帝の顔を見られない人も少なくない。であるからこそ、このような後宮女性の怨みや悲しみを描く「宮怨詩《きゅうえんし》」は漢詩の一大分野となったのである。

宮怨詩には「宮漏《きゅうろう》」がよく登場する。「漏」は水時計、「宮漏」は宮中専用の水時計である。夜は漏壺《ろうこ》(底に穴のあいた壺)に決まった量の水を入れる。水が漏れ尽きるころに夜が明ける。がらんとした宮殿のなか、独り寝る夜の静寂に、明け方まで絶えず聞こえる宮漏の水音。一滴、また一滴と、終わりのない夜の長さと、尽きない憂愁をつのらせる。滴々と滴る水の声は雨の声にも通じ、また涙のこぼれる声を思わせる。宮怨詩の絶好の道具立てである。

長門の怨み

似将海水添宮漏　海水を将《も》って宮漏に添えるに似たり
共滴長門一夜長　共に滴たる　長門《ちょうもん》の一夜長し

唐・李益・宮怨・抄

宮漏の中にあの大海の水でも入っているのか。一滴、一滴と、いつまでも終わらない。夜がいつまでも明けない。長門宮の夜はなぜこんなにも長いのか、と。

「長門」は漢代の宮殿の名。漢の武帝は幼なじみの陳阿嬌《ちんあきょう》を皇后に迎えたが、陳皇后は皇子《おうじ》を生めなかった。武帝に愛想をつかされ、長門宮での蟄居《ちっきょ》を強いられた。

皇后は武帝の気持ちを再び自分に向けさせようとして、黄金百斤をもって司馬相如に恋文の代筆を頼んだ。漫漫たる一夜は、まるで一年のように長い。鬱々とした胸中はもう耐えられない。寂しくて悲しいこの私が、どれほど夫であるあなたの訪れを心待ちしていることか。せつせつと訴える妻の怨みにさすがの武帝も感動した。

相如代筆の恋文がすなわち「長門の賦」である。宮怨詩の祖とされ、「長門」も「宮怨」の代名詞となる。

陳皇后のことで私はいつも日本の磐姫《いわのひめ》皇后を思い出す。

帝である夫への思いを磐姫皇后が自ら歌に詠んだのに対して、中国の陳皇后は第三者の相如に代筆を頼んだ。おそらく陳皇后は無学であり、自分では詩が書けなかったのではないか。女性に学識を求めない。詩を書くより従順の婦徳を修めるべしというのが、古代中国の女性観であった。むろん、詩を書く女性が皆無だったわけではない。だが、和歌の女流歌人と比べ、漢詩の女流詩人は稀のうちの稀であった。

さらに言えば、陳皇后のために恋文を書いた相如は、のち数千年にわたる中国文人の運命を映し出す。

漢詩には「宮怨詩」が数多くある。そのほとんどが男性文人が後宮女性の立場を借りて書いたものである。なぜ、中国文人は飽きもせずに、えんえんと捨てられる女の悲しみを詠んだのか。

宮怨詩と中国の文人

中国文人は後宮女性というよりも、自分自身の気持ちを表現して書いたのだ。なぜなら、中国の文人も後宮の女性も、皇帝の従属としての生き方しかできない、という共通の運命にあったからである。

後宮の女にとって、容色が皇帝に気に入られれば、栄華が約束される。一方、文人にとっては、詩賦を作る文才が皇帝に認められれば、官僚になり出世できる。おのれの栄達を左右する皇帝の顔色を常に窺《うかが》うのは後宮の女だけではない。男の文人も同じであった。

「安《いず》んぞ能《よ》く眉を摧《くだ》き腰を折《お》りて権貴《けんき》に事《つか》えんや」（李白・梦游天姥吟留別）と、高らかに歌った李白でさえ、玄宗の御召しに大喜びしたではないか。「眉を摧き腰を折り」とは、眉毛をひるませ腰をまげて相手にへつらうさまをいう。

でも、さすがの李白である。栄華を得るために「眉を摧き腰を折り」、貴顕《きけん》に屈伏するより、気ままな自由がよいと、玄宗に媚びなかった。これに対して、さすがの玄宗である。李白は詩を書けるが政治にはむかない。世俗のしがらみでこの不世出《ふせいしゅつ》の詩才を殺してはいけないと、玄宗はわかっていた。李白は官僚の道では出世しなかったのである。

中国には「文武の芸を学成《まな》び、帝王の家に貸与せん」という諺がある。文武の才能を身につけ、帝王家のために役に立とうという。文人にとって、おのれの才能はおのれのためのものではなく、皇帝のためにある。皇帝に振り向いてほしい。皇帝に用いてほしい。だから皇帝を恋人に見立て、後宮女性の口を借りて冷遇された怨みつらみを訴える。長い歴史のなか、儒学の束縛と強権の威勢の下で独立精神をもてない中国文人の悲哀が、「宮怨詩」からうかがえる。

藤原定家も女の身になって詠んだ歌が多い。恋歌にまつわる妖艶の美をかもし出すために女の身を借りたのであろう。漢詩の詩人はそうではない。恋を詠むことを男の大志としないので、女に成りすますのである。

いっぽう、記紀の学者たちから嫉妬深いと評される磐姫皇后だが、そのひたむきな恋に私は心を打たれる。「ありつつも　君をば待たむうちなびく　我が黒髪に霜の置くまでに」（万葉集八七）。

このままであなたを待ちましょう。なんと長い夜であることよ。ゆらゆらと揺れ動く私の黒髪が、ひと晩で白くなったのか、それともこの秋の夜におく霜のことか。

しかし、天皇を待ちつづけた皇后はその願いをかなえることができなかった。二人は和解しないまま皇后は五年後に山城《やましろ》で亡くなり、三年後に天皇は八田若郎女を新しい皇后に立てる。

恋人を待つ独りぼっちの夜が長い。泣き寝入りすることも多いであろうが、漢詩も和歌も雨の声や水の声などを涙のこぼれる声に見立て、恋の寂しさを哀婉《あいえん》に表現したのである。

声は無声にあり

無声の声

琴の声や雨の声を詠じた恋歌には深い味わいがある。その味わいはたとえ言葉が終わっても、言葉で表現される声が消えても、心にめぐりしばらく消えない。無声の声の美である。

無声の声とは何か。声はしないが声は有る。声は有るが声がない。

言葉はそもそも意を表し尽くせない。春の景色を見て美しいと感じる。言葉で表現すれば、「美しい」の一言で終わる。けれども、美しいという感動に、それぞれの人の、自分にしかわからないさまざまな思いがこもる。その思いは「美しい」のひと言では表現し尽くせない。あるいは、秋の景色を見て悲しいと感じる。なぜ「悲しい」か。どのように「悲しい」か。「悲しい」とはどんなことか。心の中の感触を「悲しい」の文字で描き出すことができない。言葉には限界がある。

いにしえの中国の哲人は早くに言葉の限界を意識した。荘子は「意の随うところの者は、言を以て伝う可からず」（荘子・天道）と述べる。孔子も「書は言を尽くさず、言は意を尽くさず」（周易）と言う。大伴旅人の「筆の言を尽くさぬは、古に今に嘆く所なり」（万葉集七九三）という嘆きも、孔子の言葉を踏まえる。また、中国と日本で栄えた禅宗は言葉そのものを否定し、仏法は言葉によらず、心を以て心に伝えると主張する。

『詩人玉屑《しじんぎょくせつ》』（南宋・魏慶之）という詩話集がある。室町から江戸初期にかけて日本漢詩人の作詩指南にもなったこの書に、「言が尽きても意がかぎりなく有するもの、天下の至言《しげん》なり」という蘇軾の言葉が記される。言葉が尽きたのちの意。声が消えたのちの声。たとえ一字一声がなくても、無声の声こそ、尽《ことごと》く風流を得た最高の美である。

無声の声は静寂と余韻を以て成る。

静寂

晩唐詩人の聶夷中《じょういちゅう》に「賈氏林泉を題す」という作品がある。琴があるも弦を張らない。なぜなら「声は無声の中に在《あ》」るからだ、と。琴の音もよいが、琴声よりも素晴らしい声は無声の中にあるという。

無声は音なき静寂である。

静寂は中国文化の中で儒家、道家、仏家の共通した美学とされる。儒家の『礼記』は人は生まれつき静かであり、静は人の本性だという。道家の老子は心の安静を守ることを主張する。荘子は、「静かな心が天地の鑑《かがみ》となり、万物の鏡となる。静寂は天地の根源だ」と述べる。これが後の禅家が求める悟りの境地となってゆく。

だから、君子は静を以て身を修め、安静でなければ遠きを見通すことができない。雑念を消し去り心を静に保つこと、すなわち主静《しゅせい》は、文人である儒者の修身法であった。

詩人たちは好んで静謐の妙を詠じる。たとえば山の静。「山は太古に似て静か　日は長きこと小年の如し」（宋・唐庚・酔眠）。山は太古のように静かで、一日はまるで一年のように長い。散り残りの花にうとうとし、鳥も眠りを邪魔しない。俗事を門外に締め出し、涼しい蓆《むしろ》で時間を過ごす。

あるいは川の静。「春潮　雨を帯びて晩く来たりて急《はや》し　野渡　人無く　舟自《おのずか》ら横《よこ》たわる」（唐・韋応物・滁州西澗）。春の川は雨のせいで水が増え、野原の渡し場に人のいない小舟が、ただ水の流れにしたがい悠々と横たわるだけ。

あるいは寺院の静。「竹径　幽に通ずる処　禅房の花木深し　万籟《ばんらい》　倶《と》もに此に寂し　但だ余るは鐘磬《しょうけい》の声」（唐・常建・題破山寺後禅院）。竹に覆われた小径が深くのびていくところに、禅院の花木は茂る。万籟（よろずの声）はすべてここで静かになり、ただ鐘の声がかすかにあまる。

あるいは夜の静。「人閑かにして桂花落ち　夜静かにして春山空し」（唐・王維・鳥鳴澗）。心を静めて金木犀の小さな花びらが散り行くのを聞く。夜が深けてゆくのにつれ、春の山はとわの空寂に包まれる。

琴を聴くことも雨の音を聞くことも、静寂の中でこそできることである。漢詩には「聴雨」の意匠が多々見られる。芭蕉の葉、梧桐の葉、そして破れた蓮の葉。木の葉に打つ雨の声を聞く。破れた蓮の葉は日本では敗荷《やれはす》や破蓮と呼ばれ、俳句などに見られるが、その源流は漢詩にある。「秋陰《しゅういん》　散ぜず　霜晩く飛ぶ　枯荷《かれに》を留《とど》め得《え》て雨声を聴く」（唐・李商隠・宿駱氏亭寄懐崔雍崔袞）。秋の曇り空に霜がまだおりないが、枯れた蓮の葉に落ちる秋雨の音を聴く。

声は静寂をよりいっそうきわだたせる。

『新古今集』の歌人たちが「幽玄《ゆうげん》」という概念を打ち出した。幽玄の二文字には多くの含意があるが、そのすべてが静寂を背景とする。幽も暗い。玄も暗い。うっすらとした暗さのなかに静寂がたちこめる。

「山深み　なほ影寒し春の月　空かき曇り雪は降りつつ」（越前・新古今集二四）。「窓近き　竹の葉すさぶ風の音に　いとど短きうたた寝の夢」（式子内親王・新古今集二五六）。深山の春の夜に聞こえてくる雪の声。窓辺の竹葉をもてあそぶ風の声。雪の声や、葉ずれの音、いずれも音や声で静寂を浮き立たせる。

幽玄を取り入れた能楽の舞台は静寂そのものと言えよう。緩々《かんかん》とした役者の動作といい、飄々《ひょうひょう》とした笛の音《ね》といい、激しく動き回る中国の京劇と較べると、能の舞台は止水《しすい》の如し。ことに謡《うたい》や鼓笛《こてき》がぴたっととまる最後の一瞬はえも言われぬ心地よい。何の音もない。静寂は、清水に滴る一滴の墨のように、ゆるやかにひろがってゆく。

鐘の声

鐘の音《おと》の　絶ゆるひびきに音《ね》をそへて　わが世つきぬと君に伝へよ　源氏物語

無声は単なる「音無し」の静寂ではない。琴の声や雨の声、声が失せしのちの静寂に、こころよい感動がひろがり、憂愁がじわじわと生じる。声が尽きても意は尽きない。余韻である。

余韻を表すために詩人はよく鐘の声を使う。

『源氏物語』の中で、宇治に住む姫君の浮舟は薫《かおる》と匂宮《におうみや》の二人の男性の間で苦しんだ。薫の世話になるが、寝室に闖入してきた匂宮を拒むことができずに、関係を持つ。誠実な薫に罪悪感を持ちながらも、心が情熱的な匂宮に傾いていく。でもついに、匂宮との秘密が薫に知られる。不倫を咎める手紙を薫から受け取り、追い詰められた浮舟は宇治川への入水を選んだ。自らの命を絶つ前に、鐘の声が耳に伝わる。右の一首である。

次第に消え入る鐘の声にすすり泣きの声を添える。彼女の死を知った二人の男の心情を、かすかに伝う鐘の余韻で読者に想像させる。

鐘の声はつねに恋と結ばれてきた。その余韻に哀感がこもる。

朝は恋人と別れ、夜は恋人と逢う時間である。その朝と夜に撞かれる鐘の声は恋の物思いの罪を浄化することができるだろう、と仏道に励む西行は歌う。「たのもしな　よひあかつきの鐘の音　もの思ふ罪もつきざらめやは」（山家集）。

唐の元稹《げんしん》は詠む。「何時《いつ》　是れ最も君を思う処なりや　月斜《なな》めに窓に入り　暁寺の鐘のとき」（元稹・鄂州寓館巖澗宅）。どんなときにあなたが最も恋しいかというと、有明の月が斜めに窓に射し込み、寺院から暁の鐘を聞くときだ。暁の澄んだ空気のなかに鐘の余韻が特別に清清しく聞こえる。

別れた恋人からの音信が途絶えたなか、深窓の麗人は恋しい人を夢の中で見る。けれど、暁を知らせる鐘の音で目が覚める。鐘の声が消えそうになるとき、窓外の鶯はさえずり始め、残月が空にかかる。恋しさも恨めしさも、幾多のこの思いを誰に語ればよいのだろう。恋の思いが鐘の綿々たる余韻に託される（五代・魏承班・漁歌子　原文略）。

二十七歳の藤原俊成は、暁の鐘の声をもって恋人と別れる悲しみを描く。「暁と　つげの枕をそばだてて　聞くも悲しき鐘の音かな」（新古今集一八〇九）。黄楊《つげ》の枕に恋人の匂いが残る。その匂いの中に浸かり、しめやかな暁鐘の余韻に耳をそばだてる。

そんな俊成は余韻を重んじた。

余韻の妙

曲終人不見　曲終りて人見えず
江上数峰青　江上の数峰青し

宋・魏慶之・詩人玉屑

「よき歌になりぬれば、その詞姿の外に、景色の添ひたる様なる事あるにや」（慈鎮和尚自歌合）。よい歌になるものは、その言葉や姿形の外に景色があるべきだと俊成は言う。言葉や姿形の外にある景色とは、すなわち言葉が消えたあとの余情であり、声が消えたあとの余韻である。

俊成より百年前の藤原公任《きんとう》も余韻のある歌を高く評価した。歌を上品・中品・下品に分けてそれぞれの優劣を論評し、「是《これ》は詞たへにして余りの心さへあるなり」（和歌九品）を理想の歌とし、上品の上に置いた。「詞たへ」とは言葉が終わり、音が絶えること。「余りの心」とは、余情、余韻のこと。声音が消えても余韻が残る。このような歌は上品中の上ということである。

のちに鴨長明《かものちょうめい》（一一五三―一二一六）も「詞にあらはれぬ余情、姿に見えぬけしきなるべし」（無名抄）と、言葉に現われない余情、姿形に見えない景色がよいと述べる。室町中期の歌人心敬《しんけい》（一四〇六―七五）も、言葉のないところに心をもつべく、余韻をもたせることが歌づくりの最高の目標であると言う（ささめごと）。

余韻は時代を超えた詩歌の理想である。宋代末の厳羽《げんう》は詩を論じた『滄浪詩話《そうろうしわ》』に有名な一文を残した。盛唐詩人の詩はすぐれて、空中の音や水中の月、鏡中の姿のように、言葉が尽きても意が尽きない。現代（宋代）の詩人は誤解して、やたらに文字や知識を詩に入れるので、到底古人には及ばない、と。

たしかに宋詩は理屈っぽい。言葉で理を饒舌する宋詩より、空中の音、水中の月、鏡中の姿で創り出す余韻、その余韻に富む唐詩のほうがすばらしいと厳羽は主張する。

余韻の妙は暗闇の中の香り、暗香《あんこう》に相通ずる。

闇のなかで花の形は見えないが、香がかすかに伝う。無音のなかに余韻がかすかにめぐる。漢詩も和歌も「暗香」を好む。『源氏物語』で源氏の君が末摘花の琴の声を聞く場面も、実は梅花が薫る夜であった。余韻が暗香とともに雅な世界を醸し出す。

意は文字で表現するのではなく、文字の外にこそある。情は声そのもので表現するのではなく、声のないところにこそある。言葉が終わったあとの、声が消えたのちの、心の中を嫋々《じょうじょう》とめぐる、無声の声こそ詩人の理想なのである。

「曲終りて人見えず　江上の数峰青し」。

音曲が終わり、声が消え入るなか、山の峰が青々と江上にゆらめく。

無声は有声に勝る

漢詩と和歌には、文字の声、琴の声、雨の声、鐘の声などすばらしい声の世界がある。だが詩人は音声を題材にしながら、声そのものを求めているのではない。声は静寂を浮き立たせ、余韻を浮き立たせるための存在である。静謐のなか、余韻が恋心とともに、いつまでもしめやかにたゆたう。詩人は有声を用いて無声の境地を表わし、無声の声の美を創り出す。

九江《きゆうこう》に左遷された白居易はある夜、船中にて長安の名妓《めいぎ》がひく琵琶を聞く。大弦はそうそうとして急雨のごとき、小弦は切々として私語の如し。大弦小弦は入り混じり、大珠小珠が玉盤に落ちる声がする。花中の鶯が滑らかにさえずり、氷下の泉がかすかに咽《むせ》ぶ。忽然、泉水が凝固し、琵琶の声がぴたりと止まる。この時、声無きは声有るに勝る、と詩人は言う（琵琶行　原文略）。

紀貫之《きのつらゆき》の歌がある。「逢ふことは　雲居《くもい》はるかになる神の　音に聞きつつ恋ひわたるかな」（古今集四八二）。はるか遠く雲の上にいるあの人の声が聞こえない。自分の声も伝わらない。だが、この沈黙のなかに、強い想いが雷鳴のようにひびきわたる。無声は有声に勝る。

これは道家も禅家も尊ぶ「淵黙《えんもく》にして雷声《らいせい》あり」の境地でもある。淵黙《えんもく》とは、深淵のような沈黙のこと。天地を轟《とどろ》かす雷鳴が、とこしえの静寂とともにある。

真の声は無声にある。

「綾鼓」の女御は声が聞こえれば姿を見せると約束した。だが、庭番老人の熾烈な思いはどんな声でも表わし尽くせない深いものだ。だから、いっそ、綾絹を張って鼓の声を消し、無声を以て表現しようじゃないか。世阿弥は大鼓の声を用いながら無声の恋を歌った。漢詩と和歌が求める無声の声の美が、綾鼓の能舞台でくりひろげられる。

第三章

秘すれば恋——真々假々

恋の苦しみを詠う

忍ぶれば　くるしきものを人知れず　思ふてふこと誰に語らむ　読人不知・古今集五一九

玉の緒よ　絶えなば絶えねながらへば　忍《しの》ぶることの弱りもぞする

式子内親王・新古今集一〇三四

男も女も複数の恋人を持ち、身分も道徳の束縛もない平安朝貴族の恋愛は快楽に満ちた天国のように見える。そう思った私は、恋の苦しみを詠う恋歌の多さに驚く。

男は女の噂を耳にすればさっそく歌を贈り、歌のやり取りから王朝の恋が始まる。女は簡単になびかず自分の気持ちを隠す。そのうち男が通ってくるようになるが、今度は二人の恋を人目にさらさないように隠す。このひたすらに隠す恋を彼らは「忍ぶ恋」と名づけ、その苦しみを歌で飽きずに詠じて来た。

しかし何人の恋人を持っても誰にも咎められないのに、相思相愛の男女が堂々と逢瀬をもつことができるのに、何ゆえに左右を顧みながら恋を秘密にしなければならないのか。

好色男の代表である在原業平《ありわらのなりひら》（八二五―八〇）ですら、あちらこちらに恋人を作り自由奔放な恋愛をしているように見えるが、歌では忍ぶ恋の苦しみを繰り返し訴える。

一方、中国の詩人曹植《そうしょく》(一九二—二三二)は堂々と仙境の神女との恋を謳った。古代中国では男女の付き合いが厳禁されていたので、実生活の中の恋がそもそも少ない。想像の世界でしか恋ができないためか、曹植やその流れをひく後世の詩人は好んで神女に恋をする。

そして、曹植は恋人の容姿をありありと描くが、業平は容姿を詠まない。業平は、恋心の機微をきめ細やかに描くが、恋人の顔は描かないのである。三十一文字《みそひともじ》の短詩形が長い叙述に適さないこともその一因であろう。しかし描こうとすれば、短歌の連作や長歌でもできたはずだ。

和歌の歌人は自由に恋愛ができたのに、作中では恋を秘し、恋人の容貌を秘し、不自由な忍ぶ恋の苦しみを訴える。一方、漢詩の詩人は自由に恋ができなかったのに、作中ではまるで本当に恋をしているかのように、現実性に富む世界を創り上げる。

和歌と漢詩に見られるこの逆転現象は何を意味するのか。業平はなぜ忍ぶ恋をし、曹植はなぜ神女との恋を作品にするのか。業平と曹植を例に、和歌と漢詩の秘する美の世界を明らかにしてみたいと思う。

忍ぶ恋

業平という人

恋せじと　みたらし河にせしみそぎ　神はうけずもなりにけるかな　　在原業平・伊勢物語

在原業平は恋人の高子《たかいこ》（八四二―九一〇）に会いたくて気が狂いそうになる。だが、会えないばかりか、世の人に知られないように自分の思いを外に出してはいけない。この情熱を隠さなければばならない。奔放な業平にとっては至難のことである。やがて耐えきれなくなり、陰陽師を呼び、御手洗川《みたらし》の河原で祓《はら》えをする。もうこれからは恋をしないと業平は誓う。

恋人に逢いたくとも逢えない苦しみ。この苦しい思いを除いてくれと神様に頼むが、祓えば祓うほど、あの人のことがますます恋しくなってしまう。

なぜ、忍ぶ恋の苦しみを耐えなければならないのか。というより、なぜ不羈《ふき》な業平は恋人に会えない苦しみに甘んずることができるのか。

業平は平城《へいぜい》天皇の皇子阿保《あぼ》親王の息子である。平城上皇と嵯峨《さが》天皇との権力闘争で、阿保親王は連座して大宰府に左遷されるが、十年後に帰京。上皇の嫡流として王位継承の資格があるが、野心がないことを嵯峨天皇に示すため、息子たちを在原の姓で臣籍に下したいと請願した。天長三年（八二六）、業平が生まれてまだ一歳のときのことだ。このような境遇で成長した業平が声《せい》色《しょく》に放縦し、好色男になったのも処世の策であろう。

業平の容姿について「体貌閑麗《たいぼうかんれい》」と『日本三代実録《にほんさんだいじつろく》』（九〇一年成立）は記す。「閑麗」とは上品でうるわしいこと。この語は第一章で触れた宋玉の「登徒子好色賦」にあり、もともと宋玉がみずからの美男子ぶりを自賛した言葉である。

いにしえの宋玉のような「閑麗」な容貌、そして何ごとにもこだわらず放埒《ほうらつ》な性格、和歌の名手云々。女がおのずからなびく魅力的な男であった業平は、紀有常《きのありつね》の娘を妻としながら、多くの女をとりこにする。

私が業平の名を初めて知ったのは茶の湯である。

九十九《つくも》茄子《なす》という銘の茶入《ちゃいれ》がある。宋代の中国で焼かれた日常雑器の褐色小壺が、茶人によって「九十九」と名づけられ、天下一の名物と称された。この「九十九」は業平の恋歌に因むという。

ひとりの老女が、業平をひと目見ようとしてやってくる。皺《しわ》くちゃの顔に江浦草《つくも》のような乱れ髪。江浦《つくも》草《ぐさ》とは池沼に生える草のこと。すっかり色気を失った老女を業平はからかう。「百年《ももとせ》に一年《ひととせ》たらぬ九十九《つくも》髪《がみ》　われを恋ふらしおもかげに見ゆ」（伊勢物語）。

業平のからかいに老女は返歌する。「さむしろに　衣かたしき今宵もや　恋しき人にあはでのみ寝む」。片袖を敷いて独り寝をする老女の哀切な歌に業平は心を打たれ、枕をともにしたという。

好みの女であってもなくても、若くても若くなくても、業平はひとしく相手の思いに応える。まことに情の深い男であると物語は賛辞をおくる。古代中国なら、堕落男と批判されるに違いないが、王朝貴族の社会では好色男として誉れ高い。

世の常識に囚われず、好色の典型とされる業平は、なにゆえに高子に会いたくても会えず、忍ぶ恋の苦しみを耐えなければならなかったのか。

恋を秘密にするのは、同時に複数の女と恋する浮気を隠したかったのか。どの女にも、「あなたしか愛せない」という心構えを見せたかったのか。

よくある心理だが、王朝貴族の恋愛事情を考える場合は、これだけでは通らない。男は夜に女の家を訪ね、翌朝明けないうちに女の家を出る、というのが王朝貴族の恋の形である。同じ家に住まないということは、男女両方にとって結婚の束縛が少ない。複数の恋人をもつのは当たり前のことである。

『蜻蛉日記』（九七四年成立）の作者である藤原道綱母《みちつなのはは》は夫兼家の愛人の一人として、正妻との間に歌の贈答もしている。狭い世界での恋だから、女たちは互いのことを知らないことはない。まして名高い浮気男の業平のことである。

では、業平が高子との恋を忍ばなければならないのは、なぜだろうか。

噂

人しれぬ　わが通ひ路の関守《せきもり》は　よひよひごとにうちも寝ななむ　　在原業平・伊勢物語

噂がこわいので人目を忍ぶ。和歌の中によく見られる意匠である。

「人知れず　絶えなましかばわびつつも　無き名ぞとだに言はましものを」（伊勢・古今集八一〇）。三十六歌仙の伊勢《いせ》（不明―九三九）が最初の恋人藤原仲平《なかひら》と別れたときに詠んだ歌である。伊勢は当時宇多天皇の中宮温子《おんし》に仕えていた。中宮の弟、藤原家の貴公子である仲平に出会い恋に落ちるが、この身分違いの恋はまもなく破れる。仲平は相応しい家柄の姫と結婚するため伊勢と別れなければならない。別れを恥じいり大和に引きこもるようになる伊勢は、のちふたたび宮中に出仕し、宇多天皇の寵愛を受けるようになる。「人知れず」は初恋で遭遇した捨てられる女の悲しみを詠う作である。

悲しい思いに耐えながら、何事もなかったように見せる。終わってしまった恋の悔恨や未練、破局を受け入れなければならない女の複雑な心境が、短い一首に詠みこまれている。

恋の失敗は不名誉である。だから人目に触れないよう忍ぶ恋をする。

だが、業平は名高い好色男である。つぎつぎと相手を変えて恋をすることが好色男の資格であり、失敗を恐れて恋を我慢するなどは好色のうちに入らない。

業平は東の五条のあたりに住む高子の家に夜な夜な通う。正門から入ることができないため、壁を乗り越える。都合よく壁に崩れかけたところがあり、そこから高子の家に潜り込む。

この恋はついに世間に知られ噂が立ってしまう。高子の兄弟たちは二人の恋を阻もうとして、穴のところに番人を置く。

これぐらいのことで業平はめげない。むしろ障碍があればこそ恋はますます燃える。

「人しれぬ　わが通ひ路の関守《せきもり》は　よひよひごとにうちも寝ななむ」。私しか知らないこの秘密の通い道。道の関口を見張る関守よ、毎晩毎晩、私が通る時間にちょっとだけでも居眠りしてほしい。哀調をこめた歌で胸中を訴える業平を、高子も拒めなかったのであろう。業平はせっせと壁を乗り越えて高子との逢瀬を楽しんだ。

壁を乗り越えて密会する恋はどこの国にもある。紀元前の中国『詩経』の時代にも、業平と同じく壁を乗り越え、恋人に会いに来る仲子《ちゅうし》という男がいた。だが、恋人の彼女は仲子に哀願した。仲子よ、我が家の壁を越えないでほしい。壁側に植えてある樹の枝を折らないでほしい。私はあなたのことを愛していないわけではない。私はただ両親のこと、兄弟のこと、そして世間の噂が怖いだけだ。あなたに会いたくてしかたがないが、両親のこと、兄弟のこと、そして世間の噂が怖い（詩経・鄭風・将仲子）。

倫理道徳にかなう正しい恋をしなければならない。こっそりと垣根を越えての密会は破廉恥なことであると、儒者の孟子は青年男女に訓示した。だから、壁を乗り越える恋は許されない。鎌倉初期、後深草院《ごふかくさいん》の女房である後深草院二条《にじょう》のところに、愛人の西園寺実兼《さいおんじさねかね》が潜り込んでくる。建前のため二条は恋人を追い出そうとするが、かえって周りの人は同情し、男を室内にいれるようにと彼女に勧める（後深草院二条・とはずがたり）。

噂が怖いとは言いながらも、恋を大目に見る雰囲気は王朝貴族の世界にあった。だから業平も高子も自分の恋心を抑制しようとしない。壁を乗り越え、夜な夜な恋人に会いに行く業平は抑制的とは言えない。このような業平を拒まなかった高子も抑制的とは言えない。業平が亡くなったあとのことだが、寛平八年（八九六）、五十五歳の高子は東光寺の僧善祐《ぜんゆう》との密通を暴露され、皇太后の座を追われる。高子も業平と同じく多情な人であった。

抑制はしないが、人目につかないように忍ぶ恋をする。はなはだ矛盾に見えるこの恋が、王朝貴族の恋である。なぜこのような矛盾があるのか。業平が歌の中で忍ぶ恋の苦しみをくり返し強調するのは何のためなのか。

雲の上の人

月やあらぬ　春や昔の春ならぬ　わが身ひとつはもとの身にして

在原業平・古今集七四七

高子《たかいこ》は藤原良房の娘である。のち清和《せいわ》天皇（八五〇―八〇）の女御となり、陽成天皇を生む。高子は業平より十七歳年下で、「かたちのいとめでたく」と『伊勢物語』に記されるように、たいそうの美人であるらしい。

高子の兄は藤原基経《もとつね》である。光孝天皇の「君がため」の歌（第一章）でも述べたが、基経は天皇家に対抗できる藤原家の権力を確立せんとして、甥の陽成天皇に退位を強制し、光孝天皇を即位させ、関白の制度を開いた。これほど政治的に手腕を振るう基経のことであるから、妹高子と好色男業平との恋など許すはずがない。

業平との恋の噂が立つと、「人しれぬ」の詠でわかるように、基経は男の通い路に番人を置き、二人の密会を止めようとした。けれども、この試みはかえって恋心を煽りたてる。業平は隙を狙っては高子のもとに通いつづける。

やがて基経は、高子を他の場所に移す。時は八六〇年の正月すぎたころ。梅花満開のある夜、業平は高子の家にやってきた。が、家には誰もいない。高子の姿はどこにもない。がらんとした板の間に立ち尽くす業平は、月を眺め二人の恋を思い出して泣いた。「月やあらぬ　春や昔の春ならぬ　わが身ひとつはもとの身にして」。

月や春は変わらないが、わが身だけが変わりゆくというありきたりの意匠がここで逆にとられる。たとえ月や春が変わっても、あなたへの私の想いだけは絶対に変わらない、と業平は恋人に誓う。誓いながら、痴情の私を捨てて行ってしまったあなたの薄情がいかなるものか、という怨みが暗に込められる。

この歌がどのようにして高子に届いたかは不明だが、おそらく彼女も涙したのであろう。『古今集』に収められる彼女の歌がある。「雪のうちに　春は来にけり鶯の　こほれる涙今やとくらむ」（古今集四）。

春を待ち焦がれて鶯は涙をこぼす。雪の上にも春がやって来た。寒さで凍りついた鶯の涙は解けてゆくが、私の涙はいつになったら解けるだろうか。愛らしい鶯の涙は真珠のように輝き、白雪のように清らか。業平のために流した涙であろうか。わが涙を鶯の涙にたとえる気品高い一首である。

高子は、雲の上の天皇の妻になり、業平から離れてゆく。しかし二人の恋がこれで終わったわけではない。

王朝貴族にとって宮廷は恋の場である。『源氏物語』の光源氏は父親桐壺帝の女御《にょうご》、義理の母藤壺との間に子供までつくってしまう。中国皇帝の宮廷ならば「乱倫」罪で命を落としかねない二人であるが、紫式部の筆下では理想の人物として描かれる。王朝貴族の世界では、不倫相手の男を殺すのは野暮な田舎者のふるまいとされる。

光源氏はまた天皇の妻になる予定の朧月夜《おぼろづきよ》とも関係を持つ。これにたいして、かわいそうな帝《みかど》は見て見ぬふりをする。

後深草院二条《ごふかくさいんにじょう》は上皇の寵を受けながら、多くの男と情を交わす。上皇がほかの妃を召す夜に、彼女は仮病を使い自分の局《つぼね》で愛人の実兼《さねかね》と忍び逢う。そうすることで院に意趣返《いしゅがえ》しをする。

どうも王朝時代の天皇は中国皇帝と異なり、女を独占しようとしない。独占は貪欲や嫉妬、怨恨を助長するので、王朝貴族の尊ぶ優雅の美にほど遠いからだろうか。津田左右吉は平安朝が「女は男の愛を専《もつぱら》にしようと思わない、男も女をわがものとしようと思わない社会」だと述べる（『文学に現はれたる我が国民思想の研究』岩波書店）。

高子が女御になったからといって、この恋を諦めようと業平は思わない。実際、高子のほうも業平を忘れない。というより、病弱な清和天皇と比べ、年長の風流人業平のほうがずっと魅力的だったのであろう。恋人に逢いやすくするために、高子は業平をわが子陽成天皇に近侍する蔵人《くろうど》頭《のとう》に抜擢した。

宮中に出仕してきた業平に、自分のことを忘れたのでしょうかと、女御は侍女に忘れ草を差し出させる。業平は得意の歌でお返しする。「忘れ草　生ふる野辺《のべ》とは見るらめど　こはしのぶなりのちも頼まむ」（大和物語）と。

大原野《おおはらの》神社に参詣した際、高子は人々に用意した品々を下賜したが、業平には自分の「御衣《おんぞ》」を脱いで賜った。着衣を脱いで賜るとは、並みの贈り物ではない。業平も大胆に歌を返す。「大原や　小塩《おしお》の山も今日こそは　神代《かみよ》のことを思ひいづらめ」（大和物語）と。言外の意は、あなたも昔の二人の逢瀬を思い出してくれたのだろうか。

壁を乗り越えたり、番人の目を盗んだり、人前で忘れ草や御衣を贈ったりして、二人の恋は隠れるどころか、むしろ世間を無視するずうずうしさすらある。公然の秘密のような恋は、もう忍ばなくてもよいのではないか。

しかし、業平は歌の中で忍びつづける。なぜなら、忍ぶことによって、雲の上の恋の効果をつくりだすことができるからだ。また忍ぶことによって、恋を見え隠れにすることができるからだ。

では、雲の上の恋の効果とはなにか。

雲の上の恋は、雲にまとわれて、朦朧にして神秘的な美をもつのである。

神女に恋する

「洛神の賦」

翩若驚鴻　婉若遊龍
栄曜秋菊　華茂春松
彷彿兮若軽雲之蔽月
飄颻兮若流風之廻雪
遠而望之　皎若太陽昇朝霞

翩《へん》たること驚鴻《きょうこう》の若《ごと》く　婉《えん》たること遊龍《ゆうりゅう》の若し
栄は秋菊より曜《かがや》き　華は春松より茂る
彷彿《ほうふつ》として　軽雲の月を蔽《おお》うが若く
飄颻《ひょうえい》として　流風の雪を廻《めぐ》らすが若し
遠くより之《こ》れを望めば　皎《こう》たること太陽の朝霞に昇るが若く

迫而察之　灼若芙蕖出緑波

迫りて之れを察《み》れば　灼《しゃく》たること芙蕖《ふきょ》の緑波《りょくは》より出づるが若し

魏・曹植・洛神賦・抄

漢詩詩人の曹植《そうしょく》は好んで雲の上の神女に恋をする。

黄初《こうしょ》三年（二二二）、曹植はみやこ洛陽を出て自分の領地に向かう途中。夕暮れごろ、洛水の畔にたどりつく。洛水は洛陽を経由して黄河にそそぐ川である。馬に川辺の草を食べさせながら、曹植は靄に包まれる洛水を見渡す。

このとき忽然として、川にそびえる岩と岩の間にひとりの麗人が現れる。

その姿は羽をはばたき飛び立つ白鳥のように軽やか、水中で体をくねらせて自由に泳ぐ龍のようにしなやか。輝かしきことは秋の菊にまさり、華やかさは春の松よりも茂る。ほうふつとして薄雲が月をおおい、飄々として流風が雪を廻らす。遠くから眺めれば、霞から昇り始める朝日のように皓々と輝き、近く見れば、緑波から出づる蓮花のように鮮やか。

さらに続ける。体の太さ、背の高さ、肩、腰、首、肌、髪、眉、唇、歯、瞳、頬、服装、風貌、耳飾り、首飾り、靴など、えんえんと曹植は述べてゆく。

神女の美貌に見とれた詩人の心は乱れに乱れる。わが想いを川の波に託して伝えると、彼女は美玉を贈り返し、再会を約束する。だがこのとき、神女に騙されているのではないかと、詩人はいささか疑念を覚える。

詩人の疑いをすばやく感じとった神女は心が激しく揺れる。神々しい光が暗くなったり明るくなったりし、孤独な鶴のように立ちつくし、声を長く伸ばし悲しく歌う。白いうなじをめぐらし、清らかな眼で詩人を見つめて赤い唇を動かす。人間と神仙は住む世界が異なり、今日を限りに永遠に逢うことができないと嘆く。彼女は袖をもたげて涙をこらえようとするが、涙がとめどなく流れ落ちる。たとえそれぞれ違う世にいても、この世にいるあなたのことを想い続けると神女は誓う。その言葉が終わると、忽然として姿が見えなくなった。周囲は一瞬にして闇におちる。

独り残された詩人は神女の姿を探し求める。夜がふけてゆく。眠れぬまま霜にぬれながら朝を迎える。旅を続けようとしても、馬は岸辺をさまよい、川から離れようとしない。

「洛神《らくしん》の賦《ふ》」は長い賦《ふ》である。賦とは漢代に栄えた韻文のことだ。対句や押韻などを用いて、物事をありのままに列挙しながら叙述する長大なものである。形式としては漢詩の一様式であり、『万葉集』の長歌にあたる。曹植の時代は詩より賦のほうが流行した。

曹操の息子である曹植は、七歩を歩む間に詩を賦したという逸話から、「七歩《しちほ》の才《さい》」の熟語が生まれるほど、中国文学史で最も傑出した詩人の一人である。曹操に鍾愛《しょうあい》され、一時後継者にされることもあったが、そのために兄曹丕《そうひ》（魏文帝、一八七―二二六）の疑心をまねき、父親の亡き後に軟禁され悲憤の中で没する。

「洛神の賦」は名高い。作品を書くきっかけは、宋玉の巫山神女《ふざんしんにょ》に共感したことだと、曹植自身が序で語る。

巫山神女

宋玉は曹植より六百年前の紀元前三世紀ころに生きた詩人である。第一章で、「東隣の美女が寄ってきても心を動かさない。自分は好色男にあらず聖人君子なり」と自賛したあの詩人である。現実の美女に惑わされない宋玉は夢の中で神女に求愛する。

宋玉の国は楚である。楚国に巫山《ふざん》があり、長江が山中を貫流して、険しい峡谷をなす。今の長江三峡の巫峡《ふきょう》である。巫山に神女がいて、ある日楚の懐王《かいおう》の前に姿をあらわす。「私は巫山の南に住んでおります。朝は雲となり、暮れは雨となる。朝々暮々《ちょうちょうぼぼ》、君王《くんのう》のお越しをお待ちしております」と思いを打ち明け、自ら枕席《ちんせき》（共寝をする）を薦《すす》めた。

ある夜、宋玉はうとうとしていると、ひとりの美婦人が目の前に現れる。眼を覚ましてみれば、たちまち姿が消える。詩人は気を静め、ふたたび夢に入ってみる。

すると、朝日のように、明月のように煌々と光り輝く巫山の神女が姿を現す。ふくよかな容顔は玉《ぎょく》のような潤いをおび、瞳は明るく澄み、眉は蛾のひげのように細く、唇は丹砂《たんさ》（赤い砂。丹は「赤い」の意）のように赤い。霧のような薄絹を身に纏《まと》い、歩けば衣擦《きぬず》れ音や身につけてある玉珮《ぎょくはい》の音がかすかに聞こえる。

彼女は詩人の寝台を見ると、慎み深く立ち止まる。「体貌閑麗」の詩人は帳《とばり》を掲《あ》げ、枕席をともにしたいと所望《しょもう》した。だが、彼女は進むのをためらう。近づいてくるかと思うと遠ざかり、来るかと思うとまた引き返す。美男子の詩人に惹かれながらも態度を堅くし、詩人に別れを告げる。行くか行かざるかと振り返りつつ、彼女は去ってゆく。

詩人は心が乱れ、彼女を引きとめようとしたそのとき、周りが忽然と暗くなり姿が消え失せる。ひとり残された詩人は悲しみの涙をこぼし、雲煙揺曳《ようえい》のなか巫山神女の姿を朝まで追い求めた。現実の東隣美女には一瞥も与えないそぶりをするが、夢中の神女に恋い焦がれる。宋玉はまさに中国文人の典型と言えよう。

曹植の洛水神女の姿には、まぎれもなく巫山神女の面影が見られる。

仙境の恋

君さらば　巫山の春のひと夜妻　またの世までは忘れゐたまへ　　与謝野晶子・みだれ髪

宋玉や曹植だけではなく、中国古代の文人は好んで仙境の神女に恋をした。則天武后の世に書かれた『遊仙窟《ゆうせんくつ》』（唐・張鷟）という小説がある。主人公の張生が旅の途中に神仙窟に迷い込み、そこで神女の崔十娘《さいじゆうじょう》に出会う。一夜枕を共にして翌朝名残を惜しみつつ別れる、という話である。

漢代の劉晨《りゅうしん》と阮肇《げんちょう》は薬を採るために天台山に入る。そこで二人は二人の仙女に出会い、それぞれ夫婦になる。しばらくのちに里に帰ってみると、そこは数百年後の晋代になっていた、という話である。艶遇《えんぐう》（麗人にめぐり会うこと）した男を詩文の中で劉郎と呼ぶのはこの話に由来する（六朝宋・劉義慶・幽明録）。

このように中国の文人は好んで神女に恋をする。その理由は、まず何といっても、現実では恋ができないからだ。現実には儒家の戒律があるが、夢の中は自由である。現実の世で実現できない恋を、幻想の仙境で実らせる。

仙境でもなければ、たとえ恋心があっても、宋玉は東隣の美女に打ち明けることができない。曹植も、既に亡くなった甄皇后《しんこうごう》に想いを伝えることができない。

「洛神の賦」はもともと「感甄《かんしん》の賦」という題名だった。甄后に捧げる曹植の恋歌だと古く唐代から言われてきた。甄后は兄の魏文帝の妃であり、曹植の兄嫁にあたる。古代中国の倫理では禁断の恋である。

大海人皇子《おおあまのみこ》が兄嫁の額田王《ぬかたのおおきみ》に恋歌を送ったのとは違い、倫理道徳を背負って生きる中国の曹植には兄嫁の甄后に恋歌を贈る勇気がない。いかに曹操ひいきの息子であっても、いかに天下の才子であっても、兄嫁への恋はひたすらに隠さなければならない。

この年、曹植は上京し兄の文帝に謁見《えっけん》する。おそらくこのときに甄后の惨死を耳にしたのだろう。容色が衰え夫の寵愛を失った彼女は、前の年に死に追い込まれたのである。想いを伝えられなかったまま、彼女はもうこの世の人ではない。悲しみや恋しさ、怒りややるせなさ、さまざまな感情が胸中に滾《たぎ》るが、平静を装わなければならない。日本の王朝貴族は噂のために恋を隠すが、曹植にとっては噂どころではない。露見したら命が危ない。業平の作り出した忍ぶ恋よりも、曹植の恋こそが真の忍ぶ恋と言えよう。

みやこを出て、ようやく独りになったとき、これまで抑えてきた強烈な感情が一気に解き放たれる。洛水のほとりで曹植は恍惚となり神女に出会う。亡き甄后が洛水神女の姿に身を変えて現われ、曹植の秘めたる想いを受け止め、永遠に忘れじと誓う。この世で実現できなかった恋が仙境の中でかなえられたのである。

現実で恋ができないから、仙境での恋に憧れる。この漢詩詩人の心理はよく理解できる。けれども、自由に恋ができる和歌の歌人もなぜかよく仙境の恋を取り入れる。『遊仙窟』や劉晨阮肇の天台山艶遇も、早くから日本に伝わり、和歌や物語の中で大いにもてはやされた。巫山神女の故事も日本で愛された。王朝時代は言うまでもないが、脱亜入欧の明治時代でさえ、歌人与謝野晶子は歌う。「君さらば　巫山の春のひと夜妻　またの世までは忘れゐたまへ」。「巫山の春のひと夜妻」は恋人鉄幹《てつかん》との逢瀬をさす。当時鉄幹には妻がいた。晶子は諦めようとしたのか。二人の恋が今生《こんじょう》ではとうてい実ることができない。が、来世は必ずこの恋を遂げようと願う。

身分を越え、雲の上の女御や后に片思いする歌が古今集時代によく見られるのは、仙境の神女への憧れの現われではないか。雲の上の恋は忍ぶ恋とよく似る。朦朧として、おぼつかなくて、紗に包まれるような縹渺とした美しさがある。

この意味で夢の恋も同工の妙である。

夢の恋

小町の夢

思ひつつ　寝《ぬ》ればや人の見えつらむ　夢と知りせば覚《さ》めざらましを　古今集五五二

うたた寝《ね》に　恋しき人を見てしより　夢てふものは頼みそめてき　古今集五五三

いとせめて　恋しきときはうばたまの　夜の衣を返してぞ着る　古今集五五四

うつつには　さもこそあらめ夢にさへ　人目をよくと見るがわびしさ　古今集六五六

限りなき　思ひのままに夜もこむ　夢路をさへに人はとがめじ　古今集六五七

夢路には　足もやすめず通へども　うつつに一目見しごとはあらず　古今集六五八

小野小町の夢の恋を詠じる六首である。小町は日本一の美人として語られてきた。その生涯は謎が多く、吉田兼好の時代にすでに「きはめてさだかならず」（徒然草）と言われた。

世阿弥の能楽に小町を主人公とした作品はたいてい二つの系統にわかれる。ひとつは艶麗な恋をする若き小町。もうひとつは乞食となった耆耋《きてつ》の小町。中国にも西施《せいし》や王昭君《おうしょうくん》など四大美人がいるが、だれもが美人の老後などを考えようとしない。能楽は人生無常の説教のためか、老いぼれた小町の姿を描く。不思議な日本文化の一面である。

仁明《にんみょう》・文徳《もんとく》両天皇（八五〇年頃）の後宮に仕えた小町は業平の恋人の一人ともされる。定かではないが、この一連の夢の歌は業平に贈ったものか。

ためしに訳してみると、六首は次のようなひとつの物語となっている。

思いながら寝たからでしょうか。恋しいあの人がふと目の前に現れた。夢であることを知っていればこのまま眼が覚めなければよかったのに。

仮寝の夢でも恋しいあの人に逢うことができた。頼りない夢でも頼もしく思うようになった。

衣を裏返しに着て寝れば恋しい人が夢に現れると人は言う。あの人が恋しくてたまらない暗い夜に、衣を裏返しに着て寝よう。

せめて夢の中でも逢いたいと思ったが、夢にすら出てこない。昼間なら人目を忍ばなければならないでしょうが、夜の夢路でも人目を気にするのでしょうか。

私の深い思いを「火《ひ》」にして夜の夢路を照らしてあげよう。恋しい人よ、夢路には人目がない。気兼ねなくたずねてきてほしい。

だが、夢の中で毎日逢えるとしても、しょせんはかない夢である。たとえ一目でもいいから、夢ではなく、現《うつつ》のなかで会いたいものだ。

以上の六首はそれぞれ三首ずつ『古今集』の二箇所に配置される。恋の相手は誰の事かわからないが、誰か一人に限定することもないだろう。多くの恋人の面影を思い浮かべながら詠んだものかもしれない。

夢ははかないが、現実で実現不能ならば、せめて夢の中で実現したい。切ない恋心が柔らかな歌風でうたわれ、微妙な心の襞《ひだ》が実にうまく表現されている。

しかし、細やかな心理描写に尽きるところが不足でもある。夢中の情景がほとんど描写されない。抽象的であり、迫真力がない。六首は千篇一律《せんぺんいちりつ》の感もある。小町自身にとってはしみじみとして感深い歌であろうが、他人にとっては平凡であり、心がうたれない。

『古今集』真名序が小町の歌を病婦が白粉をつけたようなものだと評するのも、空疎の中身で形ばかり整えたことをさすのであろう。

帰郷の夢

歴々檐下涼　朧々帳里輝
刈蘭争芬芳　採菊競葳蕤
開奩奪香蘇　探袖解纓徽
夢中長路近　覚後大江違

歴々として檐下《えんか》涼しく　朧々として帳里輝く
蘭を刈りて芬芳《ふんぽう》を争い　菊を採りて葳蕤《いずい》を競う
奩《くしげ》を開き香蘇《こうそ》を奪《と》り　袖を探《さぐ》りて纓徽《えいき》を解く
夢中　長路近くも　覚後　大江違《へだ》つ

六朝宋・鮑照・夢帰郷・抄

一方、漢詩の詩人鮑照《ほうしょう》（四一二―六六）は小町と違い、夢中の情景を濃やかに描写する。鮑照は故郷の東海（今の山東郯城）を離れ、地方の小役人として転々とした。この年は荊州《けいしゅう》（今の湖北）において、孤独の中で妻のことを思う。

夜の軒下は清風が吹き、室内の帳は暖かい灯がともる。妻は蘭花より香りよく、菊よりも輝かしい。くしげを開いて香り草を手にし、袖を探って香袋の紐を解く。夢の中なら長い道も近くなるが、目が覚めれば大河で隔てられていることに気づく。

この香艶《かえん》な作品を書いた詩人の人生は香艶ではなかった。家柄がすべてを左右する六朝時代に生きた詩人は貧しい家に生まれたために、終身皇族に屈従しその属官をつとめた。唐代の詩人たちに大きな影響を与え、時代を代表する詩人であったが、出身階級が低いために当時ではさほど評価されなかった。

あるとき、職を求めて某貴人におのれの詩文を贈ろうとしたが、賤しい身分の人は軽々しくそんなことをしてはいけないと人から誹《そし》られる。すると鮑照は「好男児は燕雀《えんじゃく》（小者《こもの》）などと連れ立たない」と放言した。豊かな詩才を恃《たの》みにして立身出世にもがいたのである。だが、その志が遂げられることなく、皇族の反乱に巻き込まれ殺された。

妻との夢中の幽会《ゆうかい》は貧窮の影が少しもなく、格調高くて優美である。「奩《くしげ》を開き香蘇を奪《と》り袖を探りて纓徽《えいき》を解く」。香蘇は香草。纓徽は香袋のひも。香草も香袋も暗に若い妻の色香をさす。香草を手に採ったり、香袋の紐を解いたりすることは、夫婦の枕席《ちんせき》の喜びを含蓄に表現する。

濃厚な色香が漂いながらもまた清清しい。涼しい夜気や暖かい灯り、花の香りや香袋の匂い。空気も光も匂いも、手で触れることができない。幽会の場所は門外から忽ち室内に変わり、花を摘む山から忽ち閨の帳に変わる。千里外にいる妻がすぐ側に居たり、また忽ち横たわる大河の向こうに居たりする。虚と実が錯綜しながら、濃やかな情愛が幻の中で見え隠れする。

夢かうつつか

君や来し　われやゆきけむおもほえず　夢かうつつか寝てかさめてか

恬子斎宮・伊勢物語

古典中国文学には胡蝶の夢、邯鄲《かんたん》の夢、南柯《なんか》の夢など夢に関する話が数多くある。胡蝶の夢は『荘子《そうじ》』にある故事である。荘周《そうしゅう》は夢の中で、蝶々になって悠々と飛び、自分が荘周であることを忘れた。が、目が覚めると確かに自分は荘周である。果たして荘周は夢で蝶々になったのか、それとも蝶々が夢で荘周になったのか。

邯鄲の夢と南柯の夢はいずれも夢の中で人生の栄華を極め、目が覚めれば現実にもどる話である。これらの夢はよく人生無常の象徴として語られる。夢ははかない。夢の中の恋はいっそうはかない。

だが詩人たちが夢の恋を詠むのはたんなる無常のためではない。現実と夢の境が判然としない。飄々として、おぼつかなくて、霞んでいる。この縹渺《ひょうびょう》たる夢の感覚に詩人は美を求めようとしたのである。

右に挙げた夢の歌を見てみよう。あるとき、業平は朝廷の使者として伊勢国《いせのくに》に下った。伊勢神宮に、恬子《やすこ》斎宮がいる。恬子斎宮は、第二章で触れた深窓の女性に恋の琴声を聞かせてはならぬと説教した、あの惟喬親王の同母妹であり、業平の妻の従妹である。

斎宮は伊勢神宮に仕える未婚の皇女にかぎるので、当然恋は許されない。だが、業平は縁つづきの斎宮にも遠慮をしない。恬子斎宮との密会を果たした翌朝、わかれた女のことが気がかりでならないとき、女のほうから後朝《きぬぎぬ》の歌が贈られてきた。先の一首である。
あなたがおいでになったのか。私がうかがったのか。夢かうつつか。寝ているか醒めているか。
禁忌を越えてしまった斎宮の切ない思いがにじみ出る。夢のようだが、うつつのようでもある。
夢であってほしいが、夢であってほしくない。斎宮として純潔を守れなかったわが身の不謹慎を後悔しながらも、孤独な斎宮生活に闖入《ちんにゅう》してきた男が恋しい。身の破滅も顧みず、露のような一夜の恋にすべてをかけた。

だからであろう。後朝の歌はふつう男から女に贈られるが、斎宮は自分から業平に贈った。複雑な胸中をどうしても抑えられなかったのである。

ちなみに、この歌は『古今集』では「読人不知《よみびとしらず》」の歌としてある。好色男の誘惑に駆られる恬子斎宮のはしたない情事を隠すためであろう。

同じ『古今集』に、こんな一首もある。「うばたまの　闇のうつつはさだかなる　夢にいくらもまさらざりけり」（読人不知・古今集六四七）。昨夜の暗闇の中での契《ちぎ》りは本当のことだったのか。なにゆえに夢のような心地がするのか。暗闇に埋もれて恋人の顔は見えない。現実であっても実感がうすく、夢のような恍惚とした心地である。うつつか夢かも定かではない闇の逢瀬である。

和歌と漢詩が求める夢の境地は、まさにこの虚々実々、真々假々《しんしんけけ》の朦朧美の世界である。

業平の忍ぶ恋、曹植宋玉の仙境の恋、小町鮑照の夢の恋。現か幻か、真か假かははっきりしない。真であるが假である。假であるが真である。真と假、虚と実を織りまぜながら作品の朦朧美を創りあげる。

それにしても、なぜ鮑照は詳《つまび》らかに夢の逢瀬の様子を描き、一方小町は夢中の情景をほとんど描かないのだろうか。

秘すれば恋

万葉の美人

山吹の　にほへる妹がはねず色の　赤裳の姿夢《いめ》に見えつつ　　読人不知・万葉集二七八六

鮑照が夢中の恋人の容姿を丁寧に描くのは、宋玉や曹植の神女恋の伝統を受け継いだものであるというなら、小町が夢中の情景を描かないことは業平と合致する。

業平は長年の恋人高子の容貌を歌中に詠まない。これほど愛した高子のことである。これほど得意な和歌のことである。描こうと思うなら、三十一文字の形式に束縛されることはまったくない。たいそうの美人である高子の美貌を描かないのはなぜか。

小町と業平だけの問題ではない。和歌には恋歌が多いが、恋人の容姿に関する作品は皆無に近い。では、恋人の容姿に興味がないのか、と言えばそうではない。

先の一首は『万葉集』の歌である。山吹《やまぶき》のように美しい妹。唐棣《はねず》色の赤裳をつける妹の姿を夢に見る。山吹は春に咲く黄色の花で、唐棣は初夏に咲く紅い花である。眩しい黄色と鮮やかな紅色、そしてかがやく新緑の中に匂う花の香り。目や口など妹の容姿に関する描写は一言もないが、色と匂いの中で妹の美が浮かびあがる。

大伴家持は妻の坂上大嬢《さかのうえのおおおとめ》に贈る一首がある。「高円《たかまと》の　野辺《のへ》の容花《かほばな》面影《おもかげ》に　見えつつ妹は忘れかねつも」（万葉集一六三〇）。

高円の野辺の花に恋しい妻の面影を見る。面影だからぼんやりとしてはっきり見えない。面影だから幻のようにちらつく。色と匂いを用いて目鼻《めはな》をぼやかして美人を描く。このような美人の描き方は、平安時代の王朝和歌になるとますます盛んになる。

屏風歌

白妙の　妹《いも》が衣に梅の花　色をも香をも分《わ》きぞかねつる　　紀貫之・拾遺集一七

王朝貴族の恋は和歌のやり取りから始まる。男と女が会うとしても、几帳《きちょう》や御簾を隔てるため、はっきりと顔を見ることができない。王朝の女は自分の姿を人に見られないように周到に振舞う。『源氏物語』で女三宮の姿が柏木《かしわぎ》に垣間《かいま》見られてしまったことは、軽率が招いた失態とされる。

二人が結ばれたのちでも、恋は秘しておかなければならない。男は夜な夜な女の家に忍び入るが、暗闇の中で女の顔は見えない。翌朝空が明るくならないうちに女の家を出るので、このときも顔はよく見えない。

光源氏は梅の咲くころに末摘花《すえつむはな》の琴声に惹かれ関係を結ぶ。梅の香りと琴の音色から彼女の美貌を期待した。だが、しばらくのちにようやく顔を見ることができたとき、光源氏は落胆する。なんと、鼻の赤い醜女《しこめ》ではないか。でも、業平と同じく好色の誉れ高い光源氏だから、末摘花の面倒を見ようと決心する。

恋人同士でも女性は簡単に相手に自分の顔を見せない。この風習のために、恋人の顔を描く和歌が生まれにくかったのであろう。

長保元年（九九九）十一月一日、藤原公任《ふじわらのきんとう》は道長の娘彰子の入内屏風を詠む。「紫の　雲とぞ見ゆる藤花《ふじのはな》　いかなる宿のしるしなるらん」（拾遺集一〇六九）。屏風に藤の花が描かれていたのだろう。紫雲に見える藤の花は高貴なお宅の瑞祥《ずいしょう》だと。漢文では紫雲は天子の象徴である。漢文素養の深い公任は、藤の花を紫雲に見立て、さらに紫雲を入内する彰子になぞらえた。高貴な紫色で彰子の気品溢れる美貌を描き出す。

当時お祝いの行事に屏風をおくる慣わしがあった。『古今集』には屏風絵に因む歌が多くみられる。濃艶な色彩を用いる大和絵に呼応して、歌人が思い切り鮮やかな色を歌に織り込む。和歌と絵画が一体になる。

先の一首は紀貫之が桃園《ももぞの》の斎院《さいいん》に詠進した屏風歌である。屏風に白梅の絵であるのか。梅の白と屏風の主である斎院の衣の白、梅の香りに斎院の色香。花と人、色と香を織り交ぜて描き出す斎院の美しさである。

このような屏風歌の起源は、実は業平が高子のために詠んだ龍田川《たつたがわ》の歌から始まると言われる。

高子の容姿

ちはやぶる　神代もきかず龍田川　韓紅《からくれない》に水くくるとは　　在原業平・古今集二九四

ある日業平は、素性《そせい》法師とともに高子の東宮に招かれた。東宮の屏風に紅葉の流れる龍田川が描かれている。業平が屏風絵にちなみ詠みあげたのが右の一首である。

ここでも高子の容姿については一言も触れない。だが、「韓紅《からくれない》」の色は高子の「艶」を暗示する。韓紅に染められる、ほかには見られない龍田川の美は、高子の並みならぬ美貌という意を含む。業平は韓紅の紅葉の比喩で高子への思いを伝えようとしたのではないか。こんなことを思えたのは、紅葉と恋に関する有名な話が唐詩にあることを知ったからである。

唐の宣宗《せんそう》（八四七―六〇）の後宮。ある女官が、独り居の寂しさを訴える詩を紅葉に書いた。その葉が宮中を流れる川に従い宮外に流され、一人の青年に拾われる。青年は紅葉に書かれた詩に心を打たれて唱和した。唱和した詩を紅葉に書き、宮中を流れる川の上流からそれを流す。それから数年後、青年は一人の女性と結婚する。新婚の夜、妻の荷物の中に自分の詩が書かれた紅葉を見つける。

「流紅記」と名づけられたこの話は唐宋時代に流行り、多くの詩文にも登場する。日本にいつ伝わったのか。源俊頼は自身の歌論『俊頼髄脳』にこの話を記した。『今昔物語集』にも類似の話が見られる。

漢文に造詣のない業平が、紅葉にかかわるこの恋物語を知っていたかどうか定かではない。が、紅葉は恋心を伝える。だから業平は龍田川に浮かぶ紅葉の燃え盛る「韓紅」に、愛する高子の美貌を託したのではないか。

田中優子は、平安時代の女とは、歌であり、着物の色であり、気配であり、香りである。そこには近世以降に見られるような人間の身体や顔が見えてこないと述べる（『近世アジア漂流』朝日新聞社）。

清少納言の『枕草子』に「燈台に向ひたる顔ども、いとらうたげにをかしかりき」とある。「らうたげ」はかわいらしいさま。王朝女性の美は、ほの暗い灯に照らされておぼつかない、幻のようなものである。

業平は高子の美貌を描いていないのではない。直接に目鼻や姿形を描くかわりに、手で触れることのできない色と匂いを用いて、恋人の容姿を映し出すことにしたのである。これは香や空気を用いる鮑照の「夢帰郷」の手法と一致する。

触れることができないからこそ、縹渺とした神秘の美が浮かび上がる。

色や香を以て恋人の顔立ちをぼやかすのは、神秘の美、「秘する美」を創りだすためである。

秘すれば花なり、秘せずば花なるべからず。

「秘すれば花」

『風姿花伝』にある世阿弥の言葉である。世阿弥にとって、「花」は舞台に立つ役者がもつ独特の雰囲気であり、観客の心を動かす見えない力である。しかし「花」は、人前であらわに顕示するものではない。秘めるからこそ花である。秘める芸、秘める心のはたらきが花を咲かせる。能楽のみならず、世のあらゆる事において秘めることが花である、と世阿弥は言い切る。

「秘すれば花」は日本文化に多く見られる。寺院では仏像の顔が隠され、特別な日でない限り見られない。神社でも神様の姿が見えず、代わりに鏡が祭られる。和歌には秘伝があり、茶の湯や生花にも秘伝がある。中身はたいしたものでなくても、「秘」であることに意味がある。

恋も同じ。秘すれば恋なり、秘せずば恋なるべからず。

秘することがなければ、美しい恋にはならない。実際の恋がどうであるかは関係ない。実った恋でも苦しい恋と詠む。実際の噂などどうでもよく、噂に恐れるように秘恋として詠む。良き歌にするためには恋を秘する。秘することによって愁いを効かせ、歌の哀感を増す。

「人しれぬ」や「月やあらぬ」などの詠が名歌になりえたのは、激しく燃えてはかなく終わる密会だからである。密会は深い悲しみの尾を曳く。歌に哀感をもたせるためにも、業平は忍ぶ恋を詠み続けなければならなかった。

恋人の顔にしても、秘すればこそ美しい。秘すればこそ人の想像をかき立てる。

日本一の美人は小野小町である。だが小野小町の顔を描いた絵はない。あまりに美しいから絵には描けないという。どうしても描かなければならない場合は、顔ではなく後ろ姿を描く。見えるものより見えないもののほうが美しいと、美術評論家の矢代幸雄は言う（『水墨画』岩波新書）。

業平が歌の中で高子の容姿をあからさまに詠まなかったのも、隠すことによって、雲の上の人である高子の美貌を浮き立たせるためではないだろうか。

漢詩も「隠」すなわち「秘」をよしとする。

陸機の「文賦」に「石　玉《ぎょく》を蘊《つつ》みて山輝き　水　珠を懐《いだ》きて川媚し」という一句がある。石に碧玉が秘されているから山は輝き、水には真珠がひそんでいるから川は麗しい。秘めたる「隠」があるからこそ美しい、というのである。世阿弥の「秘すれば花」にも通ずる。

劉勰《りゅうきょう》の『文心雕龍《ぶんしんちょうりょう》』に隠秀《いんしゅう》篇がある。詩文の美に「隠」がある。それは大川に蘊蓄《うんちく》されている珠玉のようなものだ。秘めたるひびきが全文に通じ、伏せられた色彩は人に顕示しない。すぐれた詩文は草木の茂みに蔽われるように、味わいが幾重にも包まれて奥深い、という。

明《みん》末清《しん》初の文人李漁《りぎょ》（一六一一—八〇）も指摘する。言いたいことをつぶさに出しては興ざめだ。読者の無限なる想像に任せるがよい、と。

しかし、「秘」は完全に隠すということではない。完全に隠すなら何の意味もない。半遮半掩《はんしゃはんえん》、見え隠れするところに味がある。

茶の湯の棗《なつめ》（抹茶を入れるための器）に「誰《た》が袖」という文様がある。黒塗りの漆に縹《はなだ》色の片袖が描かれる。片方の袖しか描かれていないが、片袖から後ろに隠された女の色香がほのかに見える。

日本の着物は裾回しの部分に煌《きら》びやかな色を用いることが多い。裾回しは裏なので普通は見られないが、歩くときはちらちらと翻えって人目につく。見え隠れの効果である。

色や香でかすませる恋人の容姿についての描写も、この見え隠れの効果をねらうためであろう。詩文の妙は半ば隠しの「秘する美」にある。

「半露」の額

小舟簾隙　佳人半露梅粧額
緑雲低映花如刻
恰似秋宵　一半銀蟾白
結児梢朵香紅扐
鈿蟬隠隠揺金碧
春山秋水混無跡

小舟の簾の隙より　佳人　梅粧額《ばいしょうがく》を半ば露わにす
緑雲低く映し　花は刻むが如し
恰《あたか》も似て　秋宵の　一半の銀蟾白《ぎんせんはく》
結児《けつじ》　梢朶《しょうだ》　香紅を扐《はさ》み
鈿蟬《でんぜん》　隠隠《いんいん》として金碧《こんぺき》を揺らす
春山秋水　混として跡無く

不露墻頭　些子真消息

墻頭《きょうとう》より露《あら》わにせず　些子《さす》の真の消息を

宋・汪藻・酔落魄

北宋から南宋に変わる時期に汪藻《おうそう》（不明―一一五〇）という詩人がいた。文章がうまく、南宋初期朝廷の詔令は多く汪藻の手によるという。冒頭の詞は「酔落魄《すいらくはく》」という作品である。

小舟の御簾《みす》のすき間から、佳人の梅粧額が見え隠れする。緑雲のような黒髪、白くかがやく秋夜の半月《はんげつ》のような額に、一輪の梅の花が浮かびあがる。結いあげた髪に紅色の花が挿され、螺鈿《らでん》の髪飾りが金碧の光りをちらつかせる。春山のような眉、秋水のような目であろうが、ちっとも見せてくれない。佳人よ、簾をあけて、真の顔をちょっとでも見せてほしい。

宋代に栄えた詞は、下町の流行歌の歌詞から生まれた。主に花鳥風月をうたい、ことに濃艶な恋情が多い。そのため宋詞には美人が多い。

北宋が滅亡する前のこと。有名な「清明上河図」（北宋・張択端）でもわかるように都の汴京《べんけい》（今の河南開封）が繁栄を極めた時代。汴京を流れる汴河《べんか》のうえに多くの船が賑やかに行き来していた。詩人汪藻は自分の乗った船から岸辺に止まっている舫船《もやいぶね》を眺める。

船室の前に御簾が垂れている。簾のすき間から佳人の額がちらちらとのぞかれる。どのような額であるか。

「梅粧額」とは昔の女性の化粧法。額に一輪の梅の花を描く。

梅の花を描いた佳人の額は「秋宵の　一半の銀蟾白《ぎんせんはく》」のようなものだ。「銀蟾」とは銀色の蟾《ひき》蜍《がえる》、月に蟾蜍が棲んでいるという伝説から、明月の代名詞となる。「銀蟾白」は皓々とした明月の色。「一半の銀蟾白」は、半分の満月。佳人の額は半月のように円満であり、秋の月光のように白く輝く。

額から、簾を透けてかすかに見える髪の毛や、揺れ動く髪飾りなどを描写してゆく。「緑雲」は美しい黒髪。「鈿蟬《でんぜん》」は蟬をかたどる螺鈿の髪飾り、「春山」は春の山のような美しい眉、「秋水」は秋の水のような美しい目、「混として跡無く」はまったく痕跡がない。額は見え隠れするが、眉と目がまったく見られないという。「真の消息」を見せてほしいと佳人に恨み言を言う。額だけではなく、顔の全容、眉も目も見せてほしいという意味だ。あなたに恋しているこの私に、あなたの本当の気持ちを教えてほしい、という暗意もある。

汪藻は作品に「酔落魄」という名をつけた。佳人の白い額に酔い痴れて、魂を失うという意味であろう。目に見える額と、目に見えない眉や目。想像と現実が入り混じり、半真半假の美があらわされる。

作品の眼目は「半露」の一語にある。半ば露《あらわ》であり、全露ではない。半遮半掩《はんしやはんえん》である。半露だから美しい。全露なら芸がない。

宋玉や曹植の筆下の神女は雲煙の中にぼんやりと姿を現す。実際にあった恋ではないから現実味《リアリティー》を出すために明確に描き出す必要がある。だが、あまり明確に書くと、恋の朦朧と神秘を損じてしまう。だから、雲や煙でかすませ、御簾で隠し、実と虚、真と假を演出する。

「見ずもあらず　見もせぬ」

汪藻と同じ情況の歌は業平にもある。

ある日、隣の車の御簾のすき間から、業平がちらっと女の顔を見た。そして女に歌を贈る。

「見ずもあらず　見もせぬ人の恋しくは　あやなく今日やながめ暮《くら》さむ」（大和物語）。

漢詩の汪藻は、半露の額から通りすがりの佳人の容姿を想像混じりながら細やかに描き出したが、和歌の業平は恋人の容姿について頑なに沈黙を保つ。業平は心情表現に適した和歌の長所を存分に発揮し、心の動きに焦点をあてる。

「見ずもあらず　見もせぬ」。見なかったとも言えず見たとも言えず。「あやなく」。うやむやなすっきりしない気持ち。これらの心理表現から仄《ほの》かな恋心がのぞかれる。

後日談によれば、女から返歌をもらった業平はうきうきとして女のところを訪れ、二人はついに結ばれたという。

「何《なに》となく艶《えん》にもあはれにも聞《きこ》ゆる事のあるなるべし」。俊成が言う理想の歌の姿である。御簾の奥や、仙境や夢にたゆたう恋人の姿の「なにとなく」、仄かな色や匂いが伝わる容姿の「艶《えん》」、容易に結ばれることのない哀れ。

通りすがりの女に贈る業平の恋歌は、まさに歌の理想にかなうものと言えよう。

真々假々

唐代の趙顔《ちょうがん》という文人は、ある画家から一枚の美人画を手に入れた。美人の名は真真《しんしん》である。画中の美人に見惚れ、妻にほしいと趙顔は願う。彼女の名を百日のあいだ呼び続ければ、願いがかなえられると画家は教える。言われるとおりに趙顔は「真真」と呼び続けた。すると百日目に、真真はほんとうに画からおりてきて、二人がめでたく夫婦となる。でも、妖怪ではないかと趙顔が疑い始める。真真は自分が南岳の神女であると打ち明け、画の中にもどっていく（太平広記）。

画中の假《け》の美人に「真真」と名づけることから中国文人の恋への切なる思いが伝わる。

光源氏が明石の君を訪う八月十三日の夜。憂き世の夢から目を覚ましたいと嘆く光源氏に対して、明石の君は詠む。「明けぬ夜に　やがてまどへる心には　いづれを夢とわきて語らむ」（源氏物語・明石）。夢は真に似たり、真は夢に似たり。

業平や和歌の歌人は実際にあった真の恋を秘して「忍ぶ恋」を詠み続けた。

曹植や漢詩の詩人は心に秘めた恋を真のように見せ神女恋を謳歌した。

忍ぶ恋、神女恋、そして夢の恋。それらは根底において通じ合う。いずれも見え隠れして、真《しん》か假《け》か、虚《きよ》か実《じつ》か、真々假々、虚々実々が錯綜し、縹渺としておぼつかない。花は花にあらず、霧は霧にあらず。朦朧にして神秘な美の世界である。

第四章

恋と宇宙——永遠と刹那

『源氏物語』と『紅楼夢』

今から千年のむかし、平安宮廷の女房紫式部（九七八頃〜一〇一六頃）が『源氏物語』という長編を書いた。

華やかな貴族社会を背景に皇子光源氏の好色の生涯を描く。義理の母に当たる父親の后藤壺《ふじつぼ》に道ならぬ恋をし、その藤壺の面影を髣髴《ほうふつ》させる紫 上《むらさきのうえ》を大切な妻としながらも、つぎつぎと女性を遍歴してゆく。

それから七百年後の中国は清の時代、落魄《らくはく》の文人曹雪芹《そうせつきん》（一七一五頃〜六四頃）が『紅楼夢《こうろうむ》』を書いた。

大貴族賈《か》家の没落を背景に、御曹司賈《か》宝玉《ほうぎょく》と従妹林黛玉《たいぎょく》の悲恋を描く。宝玉は自分を囲む多くの女性とかかわりながらも、黛玉だけに永遠の恋を捧げる。

色々な意味で相似点が多い両作は、ともに貴公子を主人公とし、ともに恋を主題とし、ともに古典文学の頂点に立ち、それぞれの国の人々に愛された物語である。

だが『紅楼夢』を枕もとに置きたびたび手にとる私は、『源氏物語』については何度も途中で挫折しかけた。日本古典の最高峰であり、読まなければ研究者として失格だという意識がなければ、私は『源氏物語』を最後まで読み通せなかったかもしれない。

光源氏は堂上《どうじょう》の権力者である。左遷されたり復権したり、権勢地位を磐石《ばんじゃく》にする手腕もあるようだが、物語はその公的な面を書かない。紫式部が力を入れて描くのは私生活である。光源氏は四六時中恋に苦心し、流謫の地でも忘れない。王朝貴族にとって恋は優美でなければならない。光源氏の恋はどれも優美で奥ゆかしい。が、似たり寄ったりである。千篇一律に繰り返される狭い閨房《けいぼう》の恋に私は息苦しさを覚える。

これに対して『紅楼夢』の世界は広い。貴族邸外の庶民の生活も描かれ、恋のほかに政治や友情があり、喧嘩も殺人も扱われる。恋にしても優美な恋だけではない。主人公の宝玉をめぐる少女たちの純粋な恋以外、片思いの恋、打算の恋、不倫の恋、肉欲の恋、男色の恋、命を賭けた恋など、実にさまざまな形がある。そしてなんといっても、物語は一室の中ではなく、太古の時空から始まる。

日本の友人の一人は『源氏物語』の愛読者である。高校時代から何遍読んだか数え切れないほどだと言う。中国の『紅楼夢』を読んだことがあるかと尋ねれば、「あらすじは知っているが、あれは小説ではなく神話ですよね」と友人は興味を示さない。「いや、神話ではなく、作者自身の経験に基づく小説です」と弁解する私だが、思えば『紅楼夢』の書き出しは確かに天上仙界から始まる。

太古の三皇五帝の時代、女神の女媧《じょか》が破れた空を修復したとき、一片の石が余った。その天上で使い道のない石片が、人間界に降りる。一方、天上の仙宮に神瑛《しんえい》という侍者がいて、なにかの事情で人間界に追放されることになった。これまで毎日水をあげた仙庭の一本の絳珠草《こうじゅそう》はいただいた水の恩を一生の涙で報いると誓い、神瑛のあとを追い人間界に降りる。ここから物語の舞台が地上に移る。

女媧の使い残した石片が一塊の玉《ぎょく》と化し、神瑛が変化《へんげ》した主人公の宝玉と共に賈府王夫人のお腹から生まれる。以来、玉は宝玉の肌身から離れず、宝玉の目を通して世上の悲歓離合を見てゆく。絳珠草が変化した黛玉は宝玉のために喜んだり悲しんだりして日々涙を流す。「一生の涙で報いる」という約束どおり、彼女は涙を流し尽くしたときに死を迎える。そして愛する人を失った宝玉は出家する。玉はまた天上界に戻って行く。

『紅楼夢』では仙界と人間界が一体に溶け込み、存在不可能と思われる仙人が日常世界に現れて恋を演出する。中国人の私が何の抵抗感もなく受け入れたこの作品は、日本人の友人にとって、仙界か人間界か、仙人か人間かも分かたず、現実味《リアリティー》を感じることができない。

田中優子は『江戸の想像力』で述べる。『紅楼夢』はごく日常的な物語であるにもかかわらず、歴史的あるいは神話的である。中国の小説は人類万古の時間に連なり、中国の文学は歴史を動かし、現実世界と関わる。一方、日本の物語は必ずしも歴史的時間に連なることなく、現実の中の一瞬一局にありとあらゆる事柄を凝集させる。

「さてもさても、それは女媧が石を練り天を補う時のことであった」で始まる『紅楼夢』は、時空にまたがる永遠の恋を称える。

「いづれの御時にか」で始まる『源氏物語』は歴史的時空には興味がなく、深閨の刹那の恋を見つめる。

すなわち、曹雪芹は宇宙の永遠の恋、紫式部は閨《ねや》の刹那の恋を見据えている。『紅楼夢』と『源氏物語』は小説であるが、詩歌ではどうか。もちろん漢詩も和歌も膨大な数の作品があり、例外はあろうが、基本的に同じ傾向が見られる。漢詩は個人から離れ、宇宙から恋を巨視的に見る。そうすることによって、恋の悲哀が個人の生を超え、宇宙の永遠に吸収されてゆく。これに対して、和歌は個人にこだわり、恋から宇宙を見ようとする。閨中《けいちゅう》に閉じこもり、恋の刹那から決して目を逸らさない。

同じ恋歌であるが、なぜこのように異なるのか。

和歌には女性歌人が多いためか。深窓の女性が恋に閉じこもりがちだからか。だが同じ深窓の女性でも、中国女性詩人の恋歌は王朝の女性歌人より広くて大きい。

あるいは、女性ではなく天下に君臨する帝王ならば、その視野がおのずから広くなるのか。華やかな宮廷の恋を描いた中国の李后主《りこうしゅ》が亡国を経て、その恋歌も宮廷から飛び出し天地宇宙に開放されていくのに対して、日本の後鳥羽院は隠岐島の果てしなき海と空に身を置いても、その恋歌は相変わらず狭い王朝の恋に籠もりつづける。

なぜ漢詩の恋は宇宙の広大と永遠に憧れ、和歌の恋は閨の今のこの刹那を凝視するのか。漢詩を土台にして創られてきた和歌は、どこから漢詩と分岐していったのか。

深閨の恋

二人の女性詩人

日本も中国も、家の奥にこもるのは女性であった。社会的な役割をあまりもたない彼女たちの視線がせまく限定されるのは当然のことである。和歌には多くの女性歌人がいる。和歌の恋歌が好んで深閨《しんけい》の今のこの刹那を表現するのは、女性歌人の活躍に負うところが大きいと私はひとつの仮説を立てる。

私の脳裏に二人の女性詩人の姿が浮かびあがる。建礼門院右京大夫《けんれいもんいんうきょうのだいぶ》と李清照《りせいしょう》である。

建礼門院右京大夫（一一五七―一二三二年頃）は、平清盛の娘中宮徳子《とくこ》に仕えた女房である。多くの優れた女性歌人のうち、右京大夫を選んだのには私なりの理由がある。

ひとつは彼女の率直で清新な歌風を私は愛するから。もうひとつは彼女が乱世の中で恋人を失い、閨から飛び出した人だから。死ぬまで深閨の中で恋人の訪れを待ち続けた和泉式部と違い、右京大夫の歌には広い天地があるはずだ。

さらにもうひとつ、これがまた最も大事な理由であるが、彼女は中国最高の閨秀《けいしゅう》詩人李清照

（一〇八四―一一五六年以後か）と同じ時代を生き、同じ運命をたどった人であるから。というのも、二人は同じく閨中《けいちゅう》の優雅な恋歌を詠み、同じく乱世の中で愛する人を失い、同じく孤独の中で後半生をおくったのである。

和歌に大勢の女流歌人がいたのと異なり、漢詩には女流詩人が少ない。「女子才無きはすなわち徳なり」という言葉があるように、数千年の歴史が生み出したのはわずか、李白にも蘇軾にも遜色《そんしょく》のない女性詩人李清照だけなのである。

梢の色

夕日うつる　梢の色のしぐるるに　心もやがてかき暗すかな　　右京大夫集六一

右京大夫の父藤原伊行《これゆき》は、『源氏物語』の注釈や『伊勢物語』の伝来に関わる人物であるらしく、また母の夕霧も箏《そう》の名手である。彼女自身も、「春の花　秋の月夜をおなじ折　見る心地する雲の上かな」（右京大夫集三）のような名歌を残すほどの才女であった。

その雲の上の宮中で、右京大夫は貴公子平資盛《すけもり》（一一六一―八五）に出会う。中宮の甥で清盛の孫にあたる資盛はすでに正妻をもち、しかも右京大夫より十歳も年下である。この貴公子の恋を受け入れてよいかどうか、右京大夫は悩んだ。

恋をして、人に知られないように己の恋を必死に隠しながらも、恋人が忍んでくるのを待ち続ける。これが王朝の恋の形である。世の女と同じようになりたくないと右京大夫は思い、絶対にそんな恋愛をしないと誓う。資盛にめぐりあえた宿命から逃れようと、彼女はもがいた。けれど、いつのまにか、近づいてくる資盛のことが気になり始める。

「恋路には　迷ひ入らじと思ひしを　憂き契りにも引かれぬるかな」（右京大夫集一二四）。貴公子との恋に憧れの光源氏の面影を見出し、右京大夫は自分を止めることができなかった。恋の行く末を案じながらも資盛との恋に落ちてゆく。ある夕方のことである。

「夕日うつる　梢の色のしぐるるに　心もやがてかき暗すかな」。

　木々の梢は夕日の輝きに包まれ、茜色に照り映える。たゆたう光のなか、資盛という恋人を得た歓喜と満足が、彼女の胸から溢れだす。が、ここから筆が一転する。この恋はいつまで続くのか。不安が頭をよぎる。しぐれが降りだしてくる。燃え盛る夕焼けは雨中で次第に暗くなり、明るい心も一気に雨空になっていく。恋の喜びは束の間、一瞬にして彼女は憂鬱におそわれる。

　夕方は恋人が訪ねてくる時間である。期待をこめて待っていたが、夜更けになっても資盛は姿を現さない。「常よりも　面影に立つ夕べかな　今や限りと思ひなるにも」（右京大夫集一一〇）。

「今や限り」と彼女は思った。今のこの刹那の中にわが恋を閉じ込めたい。なぜなら、永遠の恋などあるわけがないからだ。

「忘れじの　契りたがはぬ世なりせば　頼みやせまし君がひとこと」（右京大夫集一九八）。絶対に忘れないとあなたは誓ったが、誓いが決して違わない世の中ならば、私もあなたの誓いを信じて生きていけるのに。この世には信用のできるものがない。

藤原道長の兄道隆《みちたか》の妻高階貴子《たかしなのきし》（不明—九九六）も新婚の日に一首詠む。「忘れじの　ゆく末まではかたければ　今日を限りの命ともがな」（新古今一一四九）。さらに、漢学者大江匡衡《おおえのまさひら》の妻の赤染衛門《あかぞめえもん》（生没年不詳）にも「あすならば　忘らるる身になりぬべし　けふを過ぐさぬいのちともがな」（後拾遺和歌集七一二）の歌がある。

永遠などありえない。恋も明日になれば終わるかもしれないと思うからこそ、今のこの刹那をしっかりと手に摑みたい。この刹那の恋を永遠にするため、今を限りに自らの命を絶つしかない。王朝の女性たちは深閨のわが恋を見つめて視線を逸らさない。

右京大夫の「忘れじ」の詠に「世」という語がある。「世」は王朝時代では男女の仲や夫婦関係をさす。

貴族の女性は慎み深く深閨に引きこもることがよいとされるので、旅に出ることは滅多にない。男のように官僚になり政治を行う機会もない。彼女たちにとって、外の世界とつながるのは自分のところを訪ねてくる男しかない。深閨の恋が「世」を知る唯一の道であった。

閨の刹那の恋、限られた時間と空間の中で燃える瞬間の恋の情熱こそが、「世」のすべてであり、生きることのすべてだったのである。

狭野弟上娘子の恋

君が行く　道の長手《ながて》を繰《く》り畳《たた》ね　焼き滅ぼさむ天《あめ》の火もがも　　万葉三七二四

天地の　底ひの裏に我《あ》がごとく　君に恋ふらむ人はさねあらじ　　万葉三七五〇

しかし、万葉時代にさかのぼれば、恋は閨の刹那のものだけではなかった。広い天地の恋もあった。

天平一〇年（七三八）、中臣朝臣宅守《なかとみのあそみやかもり》は狭野弟上娘子《さののおとがみおとめ》を娶った。宮中女官である娘子《おとめ》との恋は何かの事情で許可されなかった。宅守はこの結婚のために越前国に配流されてしまう。夫と別れなければならない娘子は右の二首を詠じた。

曲がりくねるあの長い道。あなたはあの長い道をたどり私のもとを離れ、しだいに遠くなってゆく。あなたを私のそばにとどめてほしい。天の大火が起こればよい。あなたの行くその長い道を焼き尽くせばよい。

私のようにあなたを恋しく思う人は「さねあらじ」、決していない。天地の隅々まで探しても、決していない。

禁じられた恋の憤りや恋人への一途な心を、狭野弟上娘子は率直に力強く歌い出す。

「あらざらむ　この世の外の思ひ出に　今ひとたびの逢ふこともがな」（和泉式部・百人一首）と、生涯を恋愛にささげ、恋愛歌人と呼ばれる和泉式部の歌より、娘子の歌のほうがずっと情熱に燃えたのである。

遣唐使が派遣され大陸文化を貪欲に吸収していた万葉時代は、和泉式部や右京大夫の時代より開放的で大らかであった。閨房の女性でも、我が恋を広大な天地の中において見、激情をあらわにした。そこに漢詩の影響を見ることができる。

天よ

上邪
我欲与君相知　長命無絶衰
山無陵　江水為竭
冬雷震震　夏雨雪
天地合　乃敢与君絶

天よ
我れは欲す　君と相い知り　長命絶え衰《おとろ》えること無からん
山に陵《おか》無く　江水　竭《つ》くるを為し
冬雷《とうらい》　震震《しんしん》として　夏に雪雨《ふ》り
天地　合《がっ》すれば　乃《すなわ》ち敢えて君と絶たん

漢楽府・上邪

万葉時代より六百年も昔の漢の時代、ひとりの少女が恋をした。

天よ、命がある限りあなたを愛し、二人の恋は永遠に絶えることがない。山が平らになり、川の水が乾き、冬に雷が鳴り、夏に雪が降り、天と地がひとつに合するときが来るまで、あなたと別れることはない。

音楽の伴奏をつけて歌われたこの詩は漢代の楽府《がふ》に収録され、「漢楽府《かんがふ》」と呼ばれる。「上邪《じょうや》」の「上」は天を意味する。「天よ」と、少女は呼びかける。好きな人ができて、心に溢れんばかりの思いをどうすることもできずに、天に向かってうたう。天は古代中国人にとってあらゆるものを超越した至高の存在であった。だから少女は「神よ」にではなく、「天よ」と誓う。「山に陵《おか》無く　江水　竭《つ》くるを為し　冬雷《とうらい》　震震《しんしん》として　夏に雪雨《ふ》り」。山が平らになり、川の水が枯れ、冬に雷が鳴り、夏に雪が降る。四つとも自然現象の異変である。あなたとの恋が衰えるときがあるというなら、それはこれらの異変が起こるときに限る。だが、通常ならこれらの現象は永遠に起こることがない。山は平らになることが永遠にない。川の水が枯れることは永遠にない。雷が冬に鳴ることは永遠にない。夏に雪が降ることは永遠にない。だから、あなたとの恋は永遠に衰えることがない、と彼女は誓う。

さらに「天地　合《がっ》すれば」である。天は上にあり地は下にある。天と地が合すれば宇宙が消える。宇宙が消えてしまったら、あなたとも別れるしかない。しかし「天地合」の異変は絶対に起こることなく、宇宙が消えるなど絶対にない。だから、あなたと別れることは絶対にない。

恋に落ちた天真爛漫な少女の姿がここにある。恋は、山川などの自然現象や、春夏秋冬の自然のめぐりや、無限の時空を持つ宇宙と共にある。恋は永遠である。熱い思いを天地宇宙に託したこの詩は、溌剌として大胆である。自分の思いは永遠に変わらないから、相手にも永遠に変わってほしくない。

天地宇宙の変わらぬ姿に恋の永遠をたとえる漢詩はほかにも多い。「天に若し情有れば天も亦《ま》た老《お》いる」（唐・李賀・金銅仙人辞漢歌）、「天長く地久《ひさ》しく　尽きる時有るも　此の恨み　綿々として絶える期《とき》無し」（唐・白居易・長恨歌）、「天に涯《はて》　地に角《すみ》　窮める時有るも　只だ相思のみ有りて尽きる処無し」（宋・晏殊・玉楼春）などの詩句がよく知られる。「天長地久」（天のように長く地のように久し）、「天荒地老」（天が荒れて地が老いるまで）、「海枯石爛」（海が枯れて石がくだけるまで）、「山盟海誓」（山のように堅く海のように深き誓い）など、中国では誰でも知るこれら熟語からも、永遠の恋への憧れを読み取れる。

人は生まれて死んでゆく。恋は芽生えて熱く燃えそして冷めてゆく。でも、日は昇り月が照らし星は輝き、天地宇宙は太古から変わらない。だから中国人は、天地宇宙にあやかり、不老不死を執拗に願う。そして永遠なる命を願うのと同じように、永遠なる恋を願う。たとえ現実のなかで永遠を見ることができなくても、それでもひたすらに永遠を願いつづける。

万葉から古今へ

このような漢詩の影響を受けた万葉の恋は深閨ではなく、天地という広大な空間の中にあった。狭野弟上娘子の歌もそうだが、ほかに読み人知らずの歌に「天地《あめつち》と　いふ名の絶えてあらばこそ汝《いまし》と我《あれ》と逢ふこと止《や》まめ」（万葉二四一九）、「ひさかたの　天《あま》つみ空に照る月の　失《う》せなむ日こそ我《あ》が恋止まめ」（万葉三〇〇四）などもある。

　時代が下るにつれ、恋はしだいに閨房に閉じ込められてゆく。そもそも王朝時代は恋にかぎらず、全体として閉鎖社会であった。

　寛平六年（八九四）、平安王朝は遣唐使の派遣を廃した。下り坂を歩む唐王朝からは学ぶものがないという菅原道真の提言による。

　大陸との通交が絶え、日本は洋中の孤島となる。海外から新しい文化の刺激がなくなり、閉ざされた空間の中で、いわゆる「日本独自」の王朝文化が形成されてゆく。

　生計のために苦労する庶民は知識面でも金銭面でも文化を創りあげる余裕がない。王朝文化の担い手は狭小な京の都に住む王朝の貴族である。

　洋中に孤立した日本社会、庶民から孤立した京の都と貴族社会。彼らが創り出した文化はむろん、貴族的、都会的であるとともに閉鎖的であった。個人の日常を記す日記文学、狭い室内で賞玩する大和絵、私的な恋を中心とする和歌などがこの時代に発達したのは、当然の成り行きである。

　京が世界の全体であり、恋が世の中である。恋だけに生きる光源氏の姿は当時の王朝貴族の典型であった。彼らの政治は高遠な「修身・斉家・治国・平天下」ではなく、蜘蛛の網のような複雑な人間関係をたぐり寄せ、それを手がかりに官位を確保し、贅沢な暮らしを支えることであった。人間関係をつなぐには恋や婚姻が重要な手段となる。光源氏が深愛の紫上ではなく、葵上《あおいのうえ》や女三宮《おんなさんのみや》を正妻にしたのも、明らかに政略結婚である。

「上邪《じょうや》」の少女や「君が行く」の狭野弟上娘子は天地宇宙におのれの恋を託したが、王朝時代を生きる右京大夫にとっては狭い閨房の瞬間の恋こそが真実であり、生きるあかしだったのである。

庭院深深として

それにしても、右京大夫は自由に恋ができ、資盛《すけもり》のほかに藤原定家の兄隆信《たかのぶ》とも恋仲にあった。また女房として出仕し、宮中において多くの社交の場を持っていた。彼女の世界は閨だけではない。だからこそ自分の恋のみならず、同僚の恋も書き残すことができた。紫式部が『源氏物語』の偉業を成し遂げたのも女房だったからである。光源氏にまつわる多くの恋は彼女ひとりの体験ではなく、周囲の人々の噂話から多くの素材を得たことは言うまでもない。

この意味では、同じ閨に閉じこもる女性であっても、宮廷女房の右京大夫のほうが中国の李清照よりはるかに自由があった。

李清照は恋も自由にできないし、女官になることもできない。古代中国で男の文人には科挙試験を受け、官僚となり政治の舞台で活躍する道があったが、女はいくら才能があってもそれができない。結婚したのちは夫の家庭に入り、家の奥の深閨で一生を了《お》える。

宋代文人の欧陽脩《おうようしゅう》（一〇〇七〜七二）は若妻がこもる深閨の様子を、「庭院深深として　深きこと幾許《いくばく》ぞ」（蝶恋花）と描く。深閨は深い庭院のさらに奥深く、煙のように生い茂る楊柳に蔽われ、幾重もの簾の奥にある。もちろん、このような深閨に住む若妻は貴婦人であることは間違いないが、外の世界と完全に隔絶されていることもわかる。

古代中国の女性に押し付けられた纏足《てんそく》の習慣からも、彼女たちの生活ぶりを想像することができる。足の骨の発育を抑えるため、幼いときから布できつく縛る。弓のように曲がる「三寸金《さんすんのきん》蓮《れん》」（三寸しかない小さな纏足の美称）は、労働や旅には耐えられず、狭い閨での行動しかできない。

清照の父李格非《かくひ》は蘇軾の弟子であり文章の名手である。この書香門第《しょこうもんだい》（代々知識人の家柄）に生まれた彼女は、幼いときから詩名が高かった。普通の人より開明的な家庭で育てられたことが彼女の少女時代の作品から窺うことができる。しかし、時代が時代である。

纏足がひろがる時代に、いくら詩名が高くても、しょせん男性のように社会に出ることはできない。清照は纏足を強いられたかどうかはわからないが、薄暗い深閨に閉じ込められる日々だったに違いない。だから彼女は欧陽脩の「庭院深深として　深きこと幾許ぞ」に深く共感を覚えた。この一句をまるごと自分の作品に取り入れるほどに愛したのである。

「売花担上」

売花担上　買得一枝春欲放　　花売り人より　買い求めたる一枝　春を放たんと欲す
涙染軽匀　　涙染め　軽く匀《ととの》い

猶帯彤霞暁露痕
怕郎猜道　奴面不如花面好
雲鬢斜簪　徒要教郎比並看

猶お　彤《あか》き霞　暁の露の痕を帯ぶ
怕《おそ》るるは　郎《きみ》猜《うたが》いて道《い》う　奴面《ぬめん》は花面の好《よ》きに如かざると
雲鬢《うんびん》に斜めに簪《かざ》し　徒《いたずら》に郎をして比並《くら》べ看《み》んと要《ほっ》す

宋・李清照・減字木蘭花

数ならぬ　憂き身も人におとらぬは　花見る春の心地なりけり

右京大夫・右京大夫集七二

清照は十八歳で嫁ぐ。

夫となった人は金石学の学者趙明誠《ちょうめいせい》（一〇八一―一一二九）である。金石学とは銅器や石碑に刻まれた銘文、すなわち金石文《きんせきぶん》を研究する学問で、史学考古学の分野である。趙明誠の『金石録』は今日でも読まれる金石学の名著である。

この結婚に清照は満足した。新婚時代のある日のことを彼女はこのように描く。

花売り人から一枝の春花を買い求めた。まさにひらこうとする花びらに暁の露が結び、涙で調えたような朝霞の薄き紅色を帯びる。この美しい花をあなたにも見せたい。けれど、私の顔より花のほうが美しいと、あなたが言うまいかと心配だ。だからいっそ、花を黒髪に斜めに挿してみよう。ほら、看《み》てみて。私と花とどちらが美しいか。あなたの答えを聞きたい。

詩の冒頭にある「売花担《ばいかたん》」は天秤棒を担いで花を売り歩く商人をさす。北宋の都汴京《べんけい》の風物を記録した『東京夢華録《とうけいむかろく》』（宋・孟元老《もうげんろう》、東京《とうけい》は汴京の異称）にも記されている。清晨《せいしん》、静かな巷の路地を、花売り人は「花よ花よ」と唄いながら売り歩く。遠くから次第に近づいてくる花売り人のすがすがしい声で人々は目を覚まし、心地よい朝を迎える。

若妻の清照は花を買う。花の顔と自分の顔、どちらが美しいかと、夫に答えを迫る。夫を深愛する若妻の無邪気な姿が生き生きと描写される。大胆に恋を表現したこの作品は、儒者から「荒淫の語」と批判されながらも、名作として広く読まれてきた。

一方、右京大夫にも花を詠んだ歌がある。「数ならぬ　憂き身も人におとらぬは　花見る春の心地なりけり」。

桜の花を見て自分の身の上を思う。物の数でもないこの身であるが、人にひけを取らないのは、花を見る春の心である。これは、暗に資盛を愛する心は誰にも負けないという表明である。だが、世をときめかす平家の貴公子に比べ、正妻になることなく日陰で耐えていかなければならない自分の身がいかに淋《さび》しいか。若い恋人にもっとこちらに眼を向けてほしいが、容顔《ようがん》が衰えた自分にはそんな資格もないと卑下する。

花と我が身を比較する意匠は共通するが、右京大夫の歌は内に向けて内省的であり、李清照の詞には外に向けられた開放感がある。

奥深い庭院に閉じ込められ、四角い空を眺めることしかできない清照だが、作品には広々とした天地がある。春の花を黒髪に挿し夫と戯れる屈託のない笑顔には憂いがない。なぜなら、この恋が天地宇宙と共に永遠に変らないことを、清照は信じていたからである。梢の色を眺めて涙しながら、今のこの刹那だけを摑みたいという右京大夫の苦しい姿とは、好対照である。

寂寞たる深閨

寂寞深閨　柔腸一寸愁千縷
惜春春去　幾点催花雨
倚遍欄干　只是無情緒
人何処
連天芳草　望断帰来路

寂寞たる深閨《しんけい》　柔腸《にゅうちょう》一寸にして　愁《うれ》い千縷《せんる》
春を惜むも春去り　幾点　催花《さいか》の雨
遍《あまね》く欄干に倚《よ》り　只だ是れ情緒無し
人　何処《いずこ》にあり
天に連なる芳草《ほうそう》　望断《ぼうだん》す帰来の路を

宋・李清照・点絳唇

年月の　積もりはててもその折の　雪のあしたはなほぞ恋しき

右京大夫・右京大夫集一一五

それにしても、深深庭院に束縛される清照の現実は寂しい。

旅に出かける夫趙明誠のもとに清照は歌を届ける。秋の黄昏、西風が簾《すだれ》を巻きあげるが、簾の奥で思いにふける私は、「人比黄花瘦」（人　黄花より瘦せり）と。庭に枯れた黄花よりも瘦せてしまったよ、と彼女は訴える。黄花は菊のことである。「人　黄花より瘦せり」の一句に感激した夫は、自分がとうてい妻の詩才に及ばないと嘆いたという（酔花蔭）。

清照は子供に恵まれなかった。子無きことが最大の親不孝とされた儒家社会において、清照は苦しみ、むつまじい夫婦関係にもやがてひびが生じる。夫は跡を継ぐ子どもがいないと不満をもらし、若き女を侍妾《じしょう》にした。北宋代の文人士《し》大夫《たいふ》が侍妾をもつことは風潮であり、めずらしいことではない。だが、情熱的で繊細な詩人清照にとっては耐えられることではなかった。彼女の作品は次第に暗くなってゆく。冒頭の一首はこの時期の作である。

寂寞たる深閨、一寸の柔腸に千縷の愁いがある。春はそろそろ終わり、雨は花の散ることを催促するかの如く降り出す。独り居の家に何をやっても興味がない。欄干に寄りかかり、外の世界を眺める。あの人はいまどこにいるのか。春の原野に一面に茂る青草が天に連ね、あの人が帰ってくる道の尽きたところまで、目を凝らして見つめるばかり。

この年、李清照は三十三歳。茫々たる天地の間に広がる野原。はるか遠くまで伸びていく路に人影もない。彼女は欄干に寄りかかり遠方を眺める。そのまなざしは目の前の庭院を越え、遠い野原を越え、そして果てしなき天地に向かった。

右京大夫にも、雪の積もる庭をひとりで眺める朝があった。「年月の　積もりはててもその折の　雪のあしたはなほぞ恋しき」。年月がどんなに重ねられようとも、その雪の朝のことは忘れられない。右京大夫が忘れられない「その折の雪のあした」とは、どんな朝のことか。あの雪の朝、薄柳色の衣、紅梅色の薄衣、枯野の織物の狩衣《かりぎぬ》、蘇芳《すおう》色の衣、紫色の指貫《さしぬき》を身につけて、急いで家に入ってきたあの人の姿が忘れられない。真っ白な雪の中に、この萎《しお》れた私などと違い、どんなに若々しくて艶《なまめ》かしかったその姿であることか。ずいぶん昔のように思いながらもまた昨日のように思う、と詞書《ことばがき》は記す。

三十一文字の歌で刹那の心の機微を表現し、詞書の散文で歌の背景を叙述する。歌と詞書が見事に解け合い、一個の世界を成す。これが私にとっての和歌の最大の魅力でもある。

ともあれ、閨中の無聊《ぶりよう》を紛らわすため二人の詩人は庭を眺める。しかし、その視線の異なることに私は気づく。

庭から野原へ、さらに野原を越えて天地の果てまで向かう清照のまなざしと異なり、右京大夫の目は一度は庭に向かうものの、そこから先には越えていかず、ふたたび自分の身に戻り、内へ内へと向かい、心に留まる恋人の姿に戻ってくる。

永遠の恋を追い求める清照は我が恋を天地の間におき、宇宙の広大の中で一個人の寂寞、狭い深閨の寂寞を解き放とうとする。

永遠の恋などありえないと疑う右京大夫はただわが心を凝視し、その奥へと思いを深めていく。恋は「その折の雪のあした」という過ぎ去った日の、つかの間のものであり、過ぎればふたたび戻ってこない。

「夕日うつる」の詠においても、恋のまぶしさを朝陽ではなく夕日にたとえたことからも、彼女の心情がよくわかる。夕日はどんなに素晴らしくても、しょせん黄昏に近い。恋も喜びも、幻でありまたたく間に消えてゆく。

右京大夫は清照のように恋の喜びを歌わず、恋の悲しみを宇宙の間で解消しようとせず、ただ閨房に閉じこもり、心の奥で恋の苦しみを抱え込み、悲しみを縷々《るる》詠嘆する。

脱出

もし国が破れなければ、右京大夫も清照も深閨という狭き世界で、恋人や夫を恨んだり愛《いと》しがったりして優雅な恋歌を詠み続けたのであろう。だが、二人の運命は時代の波に呑み込まれてゆく。

星の夜の「深きあはれ」

月をこそ　ながめなれしか星の夜の　深きあはれを今宵知りぬる

右京大夫・右京大夫集二五二

「此一門にあらざらん人は、皆人非人なるべし」（平家物語）と驕る平家の栄華に翳《かげ》りがさし始めたのはいつのことか。源平の合戦が繰り広げられ、平家は一族を挙げて西国に逃げる。

右京大夫にも恋人との別れの日がやってきた。

都落ちする前に、当時蔵人頭《くろうどのとう》の資盛は「今の私はもう昔の私ではない。悲しんだり名残り惜しんだりなどはしない。あなたのところに弱音を吐くような手紙も出さない。しかしあなたへの愛情がないということではない。私のことを死んだ人だと思ってください」と、意気たかく彼女に別れをつげた。

資盛は後白河法皇にすがり京に留まろうとするが叶わず、しかたがなく都落ちしたと慈円が『愚管抄《ぐかんしょう》』（一二二〇年頃成立）に記す。しかし、右京大夫の眼中の恋人はそんな未練がましい人ではない。あらゆる思いを捨て、死を覚悟して戦場に赴く英雄だった。

「恐ろしき武士ども、いくらも下る」と、京に攻め込んでくる東国武士を右京大夫は苦々しく描く。「波風の　荒き騒ぎにただよひて　さこそはやすき空なかるらめ」（右京大夫集二〇八）。「波風の荒き騒」ぐ世の中では、あの人は少しも安らかな気持ちにならないだろう。資盛のことを心配し、泣きながら寝入りする。すると昔のままの優雅な「直衣姿《なおしすがた》」の資盛が夢に出てきたりするのである。

一一八五年三月二十四日、壇ノ浦の合戦で資盛は入水する。

資盛の死の報が京の右京大夫のもとにも届く。もしかしたら死んでいるかもしれない、という怖れが現実となる。覚悟はあったものの、涙がとまらない。

「かなしとも　またあはれとも世の常に　いふべきことにあらばこそあらめ」（右京大夫集二二四）。悲しいとか、哀れとか、世の中の人はみんなそう言う。だが、私は言葉にすることができない。悲しいとか、哀れとか、そんな薄っぺらの言葉でどうしてこの心のうちを言い尽くすことができようか。

右京大夫は、誰にでもわかる普通の言葉で、誰もが共感できる気持ちを歌いあげた。詠歌の技巧が重んじられる『新古今集』の直前である。右京大夫の率直な歌風は時代の流れに合わないためか、その歌は『新古今集』に一首も選ばれていない。

こうして、恋人への追憶から右京大夫の後半生が始まる。

思い出のつまった閨から逃げ出せば悲しみが忘れられるだろうと、彼女はあるとき、比叡山ふもとの坂本に出かけた。都とはただひとつの関でしか離れていない坂本の里であるが、右京大夫にとっては精一杯の旅だったのだろう。

坂本の宿での夜。空から雁の鳴き声が聞こえる。「憂きことは　所がらかとのがるれど　いづくもかりの宿と聞こゆる」（右京大夫集二四六）。

憂いが多いのは場所のせいだと思い、京からここに逃れてきた。けれど、この世にいる限り、どこにいても仮の宿でしかないのだ。かりそめのこの世を渡り行く雁の鳴き声は、京で聞くときも、この坂本で聞くときも、同じように哀切である。

そして十二月一日の夜。雪が降り出したが、夜更けに晴れてきた。空を見あげれば、花色の紙に金箔を散らしたかのように、大きな星粒が浅葱色の夜空にきらきらと輝く。

「月をこそ　ながめなれしか星の夜の　深きあはれを今宵知りぬる」。

狭い京、狭い深閨から脱出し気を紛らわすのが旅の目的であった。だから新しい土地で新たな発見をする。これまでよく閨中の月を眺め千々の思いにふけっていたが、今宵になってはじめて星を眺めながら「深きあはれ」を覚えた。

大星小星が沸きあふれるようににぎわう星空。地上に独りぼっちの我が身。星空に織姫と彦星の逢瀬はくりかえされるが、地上の自分と資盛との恋はすでに終わってしまった。月の夜の物思いは苦しいものであるが、星の夜の物思いも哀れ深い。

広い天地に身を置けば、心も自然に広くなり、悲しみも薄れる。漢詩の詩人ならば、個人の恋から宇宙の永遠に身を任せるであろうが、右京大夫はそうしない。資盛はもうこの世に居ないが、どこに行っても資盛を忘れることができない。雁の鳴き声は哀れであり、夜空の星も哀れである。これまで見たことのない美しい星の空に見惚れるが、脳裏に浮かび上がるのは依然として亡き恋人を想う「深きあはれ」である。

「三山に去らん」

天接雲濤連暁霧　　天　雲濤《うんとう》に接し　暁の霧に連なる

星河欲転千帆舞
彷彿夢魂帰帝所
聞天語　慇懃問我帰何処
我報路長嗟日暮
学詩謾有驚人句
九万里風鵬正挙
風休住
蓬舟吹取三山去

星河　千帆の舞を転ぜんと欲す
夢魂《むこん》　彷彿として　帝所《ていしょ》に帰らん
天語を聞き　慇懃として我に問う　何処にか帰らんと
我れ　路長きことを報じ　日の暮るることを嗟《なげ》き
詩を学ぶに　謾《むなし》く驚人《きょうじん》の句有るも
九万里の風　鵬《ほう》　正《まさ》に挙がらんとするところ
風　住《とどま》る休《な》かれ
蓬舟《ほうしゅう》を吹き取りて　三山に去らん

宋・李清照・漁家傲

一方、清照があの深深庭院から外に足を踏み出したのは一一二七年のことである。北方異民族の金に攻められ、北宋は滅び、国が破れたからだ。四十四歳の清照は夫と共に故郷の青州《せいしゅう》（今の山東青州）から江南に亡命する。二年後、夫は建康《けんこう》（今の南京）にて病死。彼女の後半生は、国破《こくは》家亡《かぼう》のなかに始まる。

右京大夫は大変な世の騒ぎの中でも、昔の「直衣姿《なおしすがた》」の恋人を思い、泣きながら寝入りするが、清照の目は個人の恋から離れて、国の政治に向かう。

「生きれば当《まさ》に人傑《じんけつ》と作《な》り　死ぬれば亦た鬼雄《きゆう》と為《な》る　今に至りて項羽を思い　江東を過ぐるを

肯《がえ》んぜず」（李清照・夏日絶句）。

生きれば英雄に、死ねば鬼雄になる。いにしえの英雄項羽は死んでも江東に逃げようとしなかった。であるのに、この国（北宋）の意気地なき男どもよ、皇帝にしても役人にしても、何ゆえみんな先を争って逃げようとするのか。清照は高らかに軟弱な男どもを嘲笑した。

が、男権社会への容赦なき批判は彼女の後半生をますます険しくしてゆく。流言誹謗《るげんひぼう》のなか、異郷の地を転々とした清照は人生の悲苦を独り耐えていかなければならない。「声声慢《せいせいまん》」という後期の名作に、「窓児《まど》を守《まも》着り　独自《ひと》り怎生《いか》にして黒を得《え》ん」（李清照・声声慢）の二句がある。独りで窓辺に坐り、暮れなずむ空を眺め、この黄昏どきをどのように堪えていこうかと。一字一字に詩人の涙が浸透し、数百年後の今でも人の心をうつ。

清照の作品は、狭い閨を越え、個人の恋を越え、生きることそのものの孤独を訴えていく。

江南に亡命した北宋は臨安《りんあん》（今の杭州）で新しい朝廷を開いた。すなわち南宋である。建炎四年（一一三〇）、金軍が長江を越えて侵入してくる。逃げ場のない宋高宗《こうそう》（南宋の初代皇帝）は仕方がなく海に逃げ込む。高宗一行にしたがう清照も、船を雇い海上に出る。このときに詠んだのが冒頭の詞である。

空は万里の波濤に接して暁の霧がこもる。天の川に星たちがきらきらと輝き、千帆の舞を踊る。魂はさまよい天帝のところに帰ってゆこうとする。天帝は優しくどこに行きたいかと私に訊ねる。日が暮れ、路は漫漫として長い。詩を詠めても所詮空しい、と私が嘆いたその時、九万里の風が吹き始め、鵬《おおとり》が翼を挙げ正に空に飛び立とうとする。風よ、とどまるなかれ。私の小船を蓬萊仙山に送り届けよ、と。

「我れ　路長きことを報じ　日の暮るることを嗟《なげ》き」。日が暮れるのに、残る路がまだ長い。苦しみの満ちた世の中の喩えである。どこに行きたいかと天帝に聞かれた詩人は、ひとり残されたこの世をいかに過ごしていこうかと嘆く。

「詩を学ぶに　謾《むな》しく驚人《きょうじん》の句有るも」。さらに天帝に訴える。私は詩を詠むのが得意で、人を驚かす佳句を作るのも苦ではない。が、それがまた何の甲斐があるか。男なら科挙試験に出て大志を遂げることができるが、女の私には、才能があればあるほど生きにくい。清照は江南での流亡生活の中、近所の少女に詩を教えようと申し出たことがある。が、「才学は女子のやるべきことではない」と断られたという。詩人老後の辛酸がうかがえる。

「九万里の風　鵬　正に挙がらんとするところ」。風に乗り九万里の高い空に飛び立つ鵬とともに、この世から飛びだしたい。

「蓬舟《ほうしゅう》を吹き取りて　三山に去らん」。「蓬舟」は蓬で葺いた粗末な小舟。「三山」は海上にある蓬萊・方丈・瀛州《えいしゅう》の仙山。かつての玄宗と楊貴妃は、この世で別れても、必ず仙山で再会すると誓い合った。ここで詩人も、女ひとりで生きにくいこの世を脱出し、亡くなった夫と仙山で再会しようと願った。

清照の眼に映った星空は「星河　千帆の舞を転ぜんと欲す」。天の川に夥しい数の星がきらきらと煌めく。まるで千隻の帆船が八方の風の中で舞うような様子だ。星から仙山へと想像が広がり、そこで風を呼び止め、風よ、私をこの世から仙山につれてゆけと叫ぶ。

一方、右京大夫は風にも星にも叫ばなかった。ただ無言のまま、ひたすら星空の「深きあはれ」の奥に沈んでいったのである。

清照と右京大夫

閨秀詩人李清照と右京大夫。その歌は多くの共通点を持ちながらも異なる。

右京大夫は閨の恋の刹那にこだわり続けた。京を出て閨から離れても、我が恋から視線を逸らさない。恋の永遠を信じないから、恋の喜びを詠わない。恋が終わると思うからこそ、恋の刹那を捉《つか》まえようとして、その変わりゆくことを悲しむ。右京大夫の恋歌は深閨の瞬間を見つめる作品であった。

だが李清照は、夫との結婚しか与えられず、閨しか与えられない狭い世界でも、恋の永遠を信じ、広大な天地にむけて、恋の喜びをうたい、夫を失った悲しみを解き放つ。

和歌が深閨の恋ばかりにこだわる理由は、深閨にこもる女性歌人の活躍によるためであろうと私は仮説を立てた。

だが、これまで見てきた通り、同じ深閨の女性でも、李清照の歌は開放的で意境《いきよう》が高い。

それに、和歌の恋歌を見わたせば、女性歌人にかぎらず、男性歌人も同じく営々と閨の恋歌を詠みつづけた。紀貫之に「世の中は　かくこそありけれ吹く風の　目に見ぬ人も恋しかりけり」（古今集四七五）の詠がある。「世の中」はここでも恋をする男女の世界をさす。

『源氏物語』の作者は女性だが、読者は女性に限らない。物語は当時の宮廷で大変な好評を博し、一条天皇も道長も、この恋物語に興味津津だった。紫式部は男女を問わず読者の好みに合わせて作品を書いた。天皇も公卿大臣も、狭い深閨のわが恋を「狭い」とは思わなかったのであろう。

ここでもう一度、なぜ和歌の恋は深閨の刹那にこだわるのか、という出発点に戻ってみよう。

山河の恋

後鳥羽院と李后主

和歌の恋は閨の刹那にこだわり、漢詩の恋は閨を越えて宇宙に広がる。

和歌の恋歌は、女性歌人のほかに、天皇歌人によるものも多い。天下に君臨する帝王なら、その視野が広いはずだ。では、天皇の恋歌は深閨を越える視野をもっていたのであろうか。

天皇歌人と言えば、谷崎潤一郎に皇室第一の詩人と称えられた後鳥羽院である。谷崎は「増鏡に見えたる後鳥羽院」の中で、「あはれ百二十一代の皇統を通じて院こそは皇室第一の詩人にましましけれ」と述べた。

右京大夫の恋人資盛ら平家一門が幼帝安徳天皇を擁して都落ちしたのち、京の都でわずか四歳の尊成《たかなり》皇子が即位する。後鳥羽天皇（一一八〇—一二三九）である。鎌倉幕府との睨み合いのなか、天皇は十八歳で譲位し、上皇となる。

和歌に打ち込み、『新古今集』の編集を主導しながら、自らも新古今時代を代表する歌人となる。和歌の文の力で将軍実朝《さねとも》を手なずけ、武の力で幕府を討伐しようとした院は、一二二一年、討幕の兵を挙げる。すなわち承久の乱である。

だが、あっけなく失敗したのち、天子の座を追われ隠岐島に流される。それから十九年間、望京の念を抱きながら帰京できず、遥遠《ようえん》たる島で生涯を閉じた。

この後鳥羽院と同じ運命をもつ中国の皇帝がいた。李后主《りこうしゅ》である。李后主こと李煜《りいく》（九三七—七八）は江南国の君主である。

江南国は唐王朝が滅亡したのち、今の南京を都に成立した王朝である。江南の富を背景に、経済が発達し文化も爛熟したが、不幸にもこのとき、北方の地に宋国が誕生した。宋の太祖は中国全土を統一しようという野心に燃えた。后主および父親の中主はともによき詩人であるが、よき帝王ではなかった。

後鳥羽院と同じく、江南国の文の力で宋国の武力に対抗しようとしたが、そんなことははじめから不可能であった。やがて国が破れる。后主は囚われの身となる。毒殺されたのは四十二歳の誕生日の夜である。

題詠の恋

天皇の座を退き上皇になった十八歳の後鳥羽院は、もてあます精力を蹴鞠、競馬、管弦などの趣味に投入した。そして正治元年（一一九九）頃から和歌の世界に入る。院は歌の天才だった。「うすくこき　園の胡蝶《こちょう》はたはぶれて　霞める空にとびまがふ哉」（後鳥羽院御集七）や「春雨に軒のかげろふ見えわかず　暮れゆく空のたどたどしさに」（後鳥羽院御集十二）など初期の歌を見ると、初々しさのなかに鋭い感受性が垣間《かいま》見られ、明るさのなかに一抹の陰翳が感じられる。技巧を弄するにはまだ早いが、優れた歌才はここに端倪《たんげい》することができる。『新古今集』の誕生はそう遠くない。

ところで、院はその生涯において数々の歌を詠んだが、ほかの歌人に比して、恋の歌に類されるものの数は多くない。そもそも院の歌は象徴性が強く、同じ歌を政治的な歌としても恋歌としても読むことが可能であるが。たとえば、『新古今集』に収められる院の恋歌を見ると、「忍ぶ恋」、「待つ恋」、「心変わりの恋」など、宮廷社交界につき合うための題詠歌が多い。「わが恋は　真木《まき》の下葉に漏《も》る時雨　濡《ぬ》るとも袖の色に出でめや」（一〇二九）。「頼めずは　人をまつちの山なりと　寝なましものをいさよひの月」（一一九七）。「袖の露も　あらぬ色にぞ消えかへる　移れば変る嘆きせし間《ま》に」（一三二三）。

いずれも、月や涙、しぐれや袖など常套的で新意がない。技巧を重んじる新古今時代の歌は優美ではあるが、型に嵌まった歌が多い。というより、王朝和歌には優美の定型がある。鶯は優美だが、雀やからすは優美ではない。月やしぐれは優美だが、皓々と照らす太陽や嵐は優美ではない。歌を優美にするために、おのずから題材が限定されたのである。

あるいは題詠でも真情をこめれば佳き歌にもなろうが、院の題詠恋歌は空虚としか言えない。恋の詠より、「人も惜《お》し　人も恨《うら》めしあぢきなく　世を思ふゆへに物思ふ身は」（後鳥羽院御集一四七二）や、「いかにせん　みそぢあまりの初霜を　うちはらふほどになりにけるかな」（後鳥羽院御集一四七一）などのほうが遥かに感動的である。鎌倉幕府の存在が大きな脅威となりつつあるなか、天下の形勢を変える力を持てない君王の悲しみや、刻々とせまってくる老いへの歎きという実感がこもっているからだ。

院は空疎な題詠恋を詠むが、実生活の本当の恋は詠まない。二十代の若き院の後宮には多くの美しい妻がいたはずなのに、なぜおのれの恋を詠わないのか。

承久の乱は敗れはしたが、天皇の権力を取り戻すために戦った。院は、大義の前に恋など小事に過ぎないという心の持ち主ではなかったか。『新古今集』の編纂は鎌倉幕府を意識した上での大いなる政治的な行為だ。院にとって人生最大の目的は支配者であること。恋を人生最高の目的などとは思わない。この意味では漢詩の詩人と相似する。

わが恋を詠まない理由は二つあると私は考える。

ひとつは承久の乱まで起こした院の激しい性格のためではないか。

安徳天皇は三種の神器とともに都落ちした。京で思いもかけず王位に押しあげられた後鳥羽天皇の即位は、三種の神器がないという異常な状況であった。三種の神器がなければ、皇位の正当性が疑われる。のち鏡と勾玉《まがたま》が戻ったが、剣はついに戻ってこない。

剣は武の力を象徴する。鎌倉幕府におののく朝廷にとっては武の力が必要であった。院は刀剣に並みならぬ執着を見せ、御所の中で太刀を造り、御所焼太刀《ごしょやきたち》と名づけて近臣たちに与えたりした。刀剣だけではなく、相撲、競馬、狩猟などあらゆる武芸に興味があった。院の武芸への関心はこれまでの天皇に見られなかった一面であると石井進は述べる（『日本の歴史七　鎌倉幕府』中公文庫）。

武を代表する刀剣は文を代表する和歌の対極にある。ことに恋歌となると、女々しくて軟弱に見える。東国の強大な勢力と立ち向かわなければならぬという使命を自覚し、血の気がまさに盛んなる若き院は、進んでわが恋などは詠まなかったのであろう。

わが恋を詠まない二つめの理由も院の性格による。激しい性分のゆえに、実生活の恋においても感情の起伏が穏やかではなかったはずだ。優美を尊ぶ王朝和歌の器では院の強烈な恋を容れられない。院は和歌の伝統を守るため、実生活から遊離して優美を旨とする題詠恋を詠むしかなかった、ということではないか。

大空を覆う袖

大空に　おほふばかりの袖なれや　濡るれば月の濡るるがほなる　　後鳥羽院・源家長日記

だが、院は愛する人の死に遭遇する。

元久元年（一二〇四）七月、更衣尾張局《おわりのつぼね》は後鳥羽院の皇子を生んだ。産後の肥立ちが悪く、里にさがって養生すればよかったのだが、院は最愛の女が自分のそばから離れることを許さない。盛大な祈禱もその甲斐なく、十月に更衣は帰らぬ人となった。二十四歳の若き院にとって、寵姫との死別はこれまで経験したことのない悲しい出来事であった。

院に仕え、『新古今集』編纂事業の事務長をつとめた源《みなもとの》家長《いえなが》（不明—一二三四）は、院の悲しい様子を詳しく日記の中で記した。

院はすっかり落ち込み、政務を執る気もない。更衣が亡くなった翌日、山里の離宮なら少し慰めになるだろうと思ったのか、水無瀬《みなせ》殿に出かける。が、おりもおり。初冬の山里のしぐれはかえって院の涙をさそう。風が冷たく、空はどんよりとしている。嶺から吹き降ろす松風や岩間を流れる水の音も、今は悲しい音としか聞こえず、これがまた院の涙を誘う。周りの人に気兼ねをして院は悲傷を表に出さないようにするが、あまりの悲しさにそれを隠すことができない。

沈鬱の日々の中、院はおのれの胸中を歌に訴える。真情のこもった恋歌はこうして生まれることになった。

院は十首の歌を慈円に送った。そのうちの一首が先の「大空に」である。

「折り焚く柴」

思ひいづる　折りたく柴の夕けぶり　むせぶもうれし忘れがたみに

後鳥羽院・源家長日記

そして、翌年の元久二年（一二〇五）一〇月、亡き更衣の一周忌にあたり、院は水無瀬殿で御堂供養を営んだ。そのときの歌に、右の「思ひいづる」の一首がある。

あの人の形見である火葬の煙。その煙にむせんでも、息がつまり苦しんでも、あの人に触れたような気がして嬉しい。ゆらゆらとたちのぼる煙のなかで、恋人の艶かしい姿を見出す。新古今時代に尊ばれる朦朧妖艶の美をあらわす。と同時に、更衣への愛情がしめやかに伝わる。

これほど更衣を愛していたのに、彼女が生きているときの恋の喜びを院は詠わなかった。右京大夫が恋の喜びを歌わないのと同様に、院も恋の喜びを作品にしない。華麗な宮廷生活や至尊《しそん》の地位とは裏腹に、「思ひつつ　経《へ》にける年のかひやなき　ただあらましの夕暮れの空」（新古今集一〇三二）、「荻の葉に　身にしむ風はをとづれて　来《こ》ぬ人つらき夕暮れの雨」（後鳥羽院御集四八四）など、院の恋歌には悲苦が満ちる。

もしこれらの恋歌が題詠であり、真実の恋ではなくただの遊戯であるというなら、更衣の死を悼む歌は院の本当の恋歌と言えよう。真情実感をこめたからこそ、のちの世まで人の心をうつ。院は更衣の肌の温もりから感じる喜びを詠まなかったが、火葬の煙にむせぶことで、過ぎ去った恋の喜びを懐古した。しかし、折り焚く柴や、黄昏の煙、煙に結ぼれる鬱々とした喜びなど。抑制された煩悶や苦痛がにじみ出て、陰湿で不気味な気もする。承久の乱を起こす院の激しい気性がここからも垣間見ることができよう。

後鳥羽院を天皇の器ではないと罵倒した新井白石は、「思ひいづる」の詠から、自らの自叙伝の書名『折りたく柴の記』をとった。よほど「折り焚く柴」を気に入ったのではないか。

亡き人を悼む恋歌は漢詩にも多々見られるが、火葬の煙を詠む例を私は知らない。おそらく古代中国では、火葬ではなく土葬が多いためではなかろうか。それにしても、火葬の煙にむせぶことで恋を感じる感性は、私の目になんとも異様にうつる。私は白石と違い、「折り焚く柴」より「大空に」のほうが好きだ。

「大空に　おほふばかりの袖なれや　濡るれば月の濡るるがほなる」。我が身だけをまとう袖ではなく、大空をおおうほどの広い袖。狭い閨ではなく、天地いっぱいに満ちる涙。王朝和歌のなかでめずらしく雄大な視線をもつ歌である。

王者としての院の歌は定家などの職業歌人の歌より遥かに大柄である。

それでも、院はあくまでも王朝の貴族であり、その歌はあくまでも王朝の和歌であった。「濡るれば月の濡るるがほなる」。下句になると、涙が袖を濡らし、袖に映される月顔を濡らす云々の常套になってしまう。大空に向けていた視線を急いで自分の身にむけ、いつもの涙や袖に戻る。あたかも涙で袖が濡れなければ、袖に月が映らなければ、悲しいとは言えないようである。宮廷和歌の枠からぬけ出せない。この点においては天才の院も例外ではなかった。

寒士の語

李后主《りこうしゅ》と後鳥羽院。ともに帝王から囚人に零落した悲運の主人公であり、ともに帝王でありながらも文学史に名を残す一大詩人であった。違うのは、後鳥羽院が歴代天皇のなかで最も強い意志をもった天皇であるのに対して、后主は歴代皇帝のなかで最も意志軟弱な皇帝であったことである。

后主の軟弱さは、宋の太祖の言葉から知ることができる。

宋太祖（北宋の開国君主）が北方で宋王朝を建立したとき、后主は太祖の朝廷に使者を派遣する。使者は燦爛たる江南国の文化を太祖に見せつけるように、后主の作品を朗々と読みあげた。聴き終えた太祖は、「寒士《かんし》の語に過ぎない」と一蹴した。「寒」は小さい、狭い。了見の狭い小者の語に過ぎないという意である。

「寒士の語」と太祖に貶された作品は果たしてどんなものか。

金縷鞋

花明月暗籠軽霧
今宵好向郎辺去
剗襪歩香階　手提金縷鞋
画堂南畔見　一向偎人顫
奴為出来難
教君恣意憐

花明るく月暗くして　うす霧こもる
今宵は郎《きみ》のもとに向かうに好し
くつしたのまま香階《こうがい》を歩き　手に金縷鞋《きんるわい》を提げ
画堂南畔《がどうなんはん》にてあえば　ひたすらに震えて寄り添う
われ　出で来ることむつかしきゆえ
君よ　恣《ほ》しいままにわれを怜《いと》しむべし

五代・李煜・菩薩蛮

李后主の妻周皇后は美貌だけではなく、歌舞音楽への造詣も深い人であった。唐の玄宗と楊貴妃が創作した霓裳羽衣曲《げいしょううい》という名曲があるが、戦乱のために失われてしまった。それを再び甦らせたのは周皇后である。

琴瑟相和《きんしつあいわ》すの結婚生活が十年続いたのち、周皇后は病に倒れる。皇后の十五歳の妹が姉の見舞いに宮中に来る。そこで、君王であり義理の兄である后主は、姉と同じ美貌の持ち主である妹と恋に落ちる。二人は病床に臥す皇后の目を盗んで密会を重ねた。その密会を后主は右の作品にした。

花が咲く朧月のある夜、軽い靄がこもるなか、あなたに会いに行く。金縷鞋（金糸の刺繍をほどこした沓《くつ》）を手に提げ、くつしたのままで軽やかに階段を登り、約束した画堂（宮殿の名）の南の部屋に向かう。ようやく逢えた今宵、震えてあなたの懐に飛び込む私を、思う存分に愛してください。

大胆に恋に身を任せる十五歳の少女の姿が見事に描き出される。后主の名作である。

妻が病で苦しむ間に走った妻の妹との新しい恋。二人の噂を耳にして妻はまもなく亡くなる。伝えによると、姉は死ぬまで妹のほうを振り向かなかったという。

后主は情の深い人である。深すぎてのちに悲劇をもたらす。だから姉を深く愛したように妹をも深く愛する。后主はまた多情な人である。だから華美にして溌剌な恋歌を詠みあげる。そこには恋の苦しみや悩みはかけらも見られない。

こうして妹は正式に皇后となる。史上では姉が大周后、妹は小周后と呼ばれた。

后主は有能な皇帝ではなかった。政治よりも詩文の世界に打ちこみ、香艶なる作品を詠みつづけた。国家統一の大志を抱く宋太祖から見れば、いかに華麗な詞藻を用いても、狭い宮廷、狭い閨の恋を描く后主の作品は、帝王の気位がなく、一介の放蕩人の作品であるに過ぎない。だから太祖は「寒士の語」だと軽蔑した。

艶麗《えんれい》を極めた「金縷鞋」の詠には確かに君主としての雄大な気象がない。だが、後鳥羽院の恋歌に感じられない明亮《めいりょう》と闊達《かったつ》がある。

隠岐の島守

新島守の後鳥羽院

一方、承久の乱の失敗で四十二歳の後鳥羽院は都を遠く離れた隠岐島に身を寄せる。孤島の生活は、院をしてはじめて「二千里外　故人の心」（白居易・八月十五日夜禁中独直対月憶元九）の意味を理解させた。狭い京にいた頃は、どんなに愛しても理解できなかった漢詩の心。だが、いま果てしなき海と空の下でようやく実感できたのである（増鏡）。

「我こそは　新島守よ隠岐の海の　あらき浪風心してふけ」（遠島百首）はこの頃の歌である。従来、この歌は波風に命令することが帝王の至尊ぶりのあらわれだと評されてきた。

確かにこの歌は、王朝和歌の中でめったに見られない荒れ狂う大海と波風が詠まれ、それなりに堂々としている。波風に「心してふけ」と号令する院が勇ましくも見える。傀儡《かいらい》天皇の在り方に満足せず、朝廷の威光を取り戻そうとした院は、この意味では傑出した君王と言えよう。

だが、敗戦を知ればにわかに弱腰になり、おのれの保身のために、戦ってくれた味方の兵士を門外に締め出すなど、帝王として無責任であり、忠実な臣下に無情である。そして隠岐にくる。

君主たるものが流罪に処されたことへの屈辱や悔恨より、島の番人「新島守」と自称し、本来は幕府に見せるべき威厳や、兵士を守るべき王者の胸襟を波風に見せつけるところに、私は至尊よりも卑小を見る。

丸谷才一は武士を将棋の駒とみるのが当時の貴族の常識であり、それを以て院を責めることはできないと述べる（『後鳥羽院』筑摩書房）。忠義などの仁義道徳をもって院の行動を批判するなど毛頭も思わないが、私はそこから院の歌の世界を見てとろうとする。

つまり、環境の激変を経験しても、広大なる海原を目の前にしても、後鳥羽院は狭小な京の貴族世界から抜け出すことができなかった。だから波風にこの王を侮ってはいけないぞと虚勢を張る。身はすでに京の都から離れているが、心は都の宮殿にとどまったままである。これは隠岐島で詠まれた恋歌からも知ることができる。

「袖の中に　人の名残をとどめをきて　こころもゆかぬしののめの道」、「我恋は　槙《まき》の尾山の秋の露　色に出でじとしのびこしかな」、「しのびあまり　恋に袂は朽ちはてて　置き所なきわが涙かな」。

いずれも「遠島五百首」にある、有明の別れや忍び恋の苦しみなどの題詠恋歌の定番である。孤独な島暮しでは優雅な王朝風の恋愛などもちろんできない。遠島で詠じた恋歌は結局、みやこの題詠の続きであり、無聊をなぐさめる遊戯であった。

亡き更衣を思う

あひ見ても　いづれを夢とわかぬまに　涙くだくる床のさむしろ　　後鳥羽院・遠島五百首

しかし隠岐の院は折々、昔の愛人の更衣尾張局を思い出す。

更衣が亡くなって既にひさしい。でも院は忘れられない。時が経つにつれ忘却するのが世の常であるが、亡き更衣への院の思念は消えることがない、とかつて源家長も歎いた。

おそらく多くの妻のなかで院は更衣だけに心を許したのではないか。「君ならで　たれにかつげのをまくらの　かかる涙の夜の思ひを」（源家長日記）の一首が院の気持ちをよく表す。

宮中の繁華の中でさえ更衣を忘れられなかったのに。まして島での孤独な日々の中である。

この日の夢で更衣と再会したのか。それとも再会を願ったが果たせなかったのか。院は右の一首を詠じた。

たとえ夢の中で再会しても、どれが夢でどれが現か、それを確かめようとした間に、きっと涙がぼろぼろと、冷たい蓆《むしろ》に落ちこぼれるのでありましょう。

宋の詩人蘇軾も十年前に亡くなった妻の夢を見た。

「縦使《たとえ》相い逢うも　応に識らず　塵　面に満ち　鬢《びん》　霜の如し　夜来　幽夢《ゆうむ》忽《たちま》ち郷に還る　小軒《しょうけん》

の窓　正に粧《よそおい》を梳《す》き　相顧《あいみ》るも言無く　惟《た》だ涙　千行《せんぎょう》有るのみ」（江城子）。
たとえ夢の中で再会しても、君は白髪だらけの私を知らないであろう。昨夜の夢で故郷に帰り、窓の下で二人見つめあうだけで言葉がない。涙のみがぼろぼろととまらない。

亡き人の夢を見て、相い向いて言葉なく、ただ涙を流す、という情景描写は蘇軾の「江城子」と院の「あひ見ても」は同工である。異なるのは作品の結び方である。蘇軾は涙目を天地の間にひろがる「明月の夜　短松《たんしょう》の岡」（こうこうと照らす明月の夜に、君がねむる、あの松の木が蒼々《そうそう》と茂る小丘）に向けたが、院は涙の溢れる目を狭い閨の蓆にとどめた。

　さらに、隠岐の院にはこんな歌もある。「命あらば　めぐりあひなん常陸帯《ひたちおび》の　結びそめてし契りくちずは」（遠島五百首）。

　常陸帯は源　俊頼《みなもとのとしより》の『俊頼髄脳』に見られ、東国の鹿島神社に伝わる古い民間信仰である。男女がおのおの意中の人の名を帯に書き神前に供え、神が帯を結んで縁を定める。その帯は神功《じんぐう》皇后《こうごう》が御懐胎の時に使われる腹帯であり、安産の守りともされる。

「常陸帯」を詠む歌は『新古今集』にも、「東路《あずまじ》の　道の果てなる常陸帯の　かごとばかりも逢はんとぞ思ふ」（新古今一〇五二）の一首がある。『新古今集』二千余首の歌を全部暗誦できた院はこの歌をよく知っているはずだ。

　したがって、この一首も亡き更衣への恋歌ではないか、と私は見る。更衣は皇子を生み、産後の肥立ちが悪かったために亡くなったのだから。最愛の女を失って院は常陸帯にすがりたかったのであろう。命があれば、また君にめぐりあおう。今度こそあの常陸帯で決して朽ちることのない契りを結ぼう。

亡き更衣との恋は院にとって華やかな宮廷生活のすべてであった。だから切に「命あらば」と願った。再び昔の栄華に戻れることを願うように。いま生きるこの世を超越することはできない。というより、超越しようとも思わない。なぜなら、「なまじひに　生《い》ければうれし露の命　あらば逢ふ世を待つとなければど」（遠島百首）と思うからである。

望京の日々

隠岐にいながら、院は二千里外の京に帰る日をひたすら待ち望んだ。「故郷を　別《わか》れ路《じ》に生ふる葛の葉の　風は吹けどもかへる世《よ》もなし」。「眺むれば　いとど恨みも真《ま》菅生《すげおう》る　岡辺《べ》の小田をかへす夕暮れ」。「とへかしな　大宮人の情《なさけ》あらば　さすがに玉の緒《お》絶《だ》えせぬ身を」。「くやしくぞ頼むもつらし水の泡の　消えでとまらぬ人の情けを」。遠島百首と遠島五百首に入っている歌である。

京から訪ねてくる人や、京から伝わってくるであろう帰京の許可を首を長くして待っていた。葛の葉を見れば帰京を思い、畑を見ればまた帰京を思う。帰京の願いがかないそうもないと悟ると、誰も助けてくれないことを恨む。

隠岐配流は王朝貴族にとって稀なる体験である。それがあるからこそ、院は京のみやこ時代と異なり、心をうつ感動作を数多く詠みあげた。だが一方、これらの歌からもわかるように、院の視線は始終わが身から離れない。

漢詩の世界では、役人をやめて山野に戻った陶淵明《とうえんめい》は、農夫と農事を相談したりした。夔州《きしゆう》に放浪した杜甫は自分より貧しい西隣の老婦人に庭の棗《なつめ》を分けた。宣城《せんじよう》に旅した李白は町の酒造り職人紀叟《きそう》の死を悲しむ挽歌を詠んだ。辺鄙な海南島に流された蘇軾は、村の人と酒を飲んだ。彼らの作品には隣の翁や老婦人、村の農夫なども登場し、詩人とともに泣き、ともに笑った。

だが院は、土地に溶け込もうとしない。「遠島百首」に「春雨に　山田のくろを行く賎《しず》のみの吹乱《ふきみだ》る暮れぞ寂しき」、「たをやめの　袖うち払ふむら雨の　取るや早苗のこゑもならばず」など、里人の歌もあるが、院はあくまでも第三者の視線で眺めるだけであり、その世界に入ってゆこうとしない。

また、王朝和歌には農事をもちいて恋を詠む伝統があると丸谷才一は指摘する。百人一首冒頭にある天智天皇の「秋の田の」という詠は農事を使う恋歌であり、『源氏物語』にも農事をよみこんだ恋歌がある（『光る源氏の物語』中公文庫）。畑の風景を描く隠岐の院の歌も、この王朝和歌の伝統に従っているだけのことではないか。

『増鏡』には院の次の一首が見られる。「限《かぎ》りあれば　さても堪《た》へける身のうさよ　民のわら屋に軒をならべて」。民のわら屋と軒をならべて住むことに堪えねばならぬわが身のみじめを歎く。下下《しもじも》の庶民と懸離《かけはな》れた世界に慣れた院は始終、雲の上からの視線を変えることがなかったのである。

隠岐の人々は雲の上のお方である院に心を込めた奉仕をしたに違いないが、院の心は隠岐の海原に開かれず、ただわが身の「いとど恨み」を見つめるばかり。

「思ひやれ　真木のとぼそをおしあけて　独り眺《なが》むる秋の夕暮」（遠島百首）。京を眺めつづけて、わが恨みを歌い続けて十九年。延応元年（一二三九）二月二十二日、六十歳の院は未練を残したまま孤島の一隅で没する。それから八年後、生涯の敵である鎌倉幕府は院の祟りをおそれ、鶴岡雪の下の新宮で鎮祭する。

かつての九重《きゆうちよう》の深宮では、歌は東国の野蛮な武士どもを懐柔する手段であり、優雅な遊びであった。隠岐では、歌は骨を刻むような孤独や鬱憤、期待や思念を訴える唯一の道である。歌の役割は変わったであろうが、院の歌心は王朝貴族の閉ざされた精神世界のままであり続けた。宮中にいようが、隠岐の島にいようが、詠む歌は常に優美でなければならない。王朝貴族が考える優美の定型から、院は脱け出すことができなかった。

恋歌においても同じだ。狭い京を出て、果てしなき海原が眼の前にあっても、亡国激動の人生に遭遇しても、院の恋歌は依然として宮廷の恋という拘束から逃がれることはできなかった。題詠恋歌は言うまでもないが、更衣尾張局を悼む恋歌でさえ、涙や小筵《さむしろ》、常陸帯など王朝和歌の小道具を詰め込み、孤島の雰囲気を感じさせない。

院の恋歌は常に閨中の恋の刹那に向けられ、そこから先には開かれていない。貝のように、寂しさや悲しみ、あらゆる思いを殻の中に閉じこめ、そこで自ら消化し、自ら完結させる。これがまた、坂本の星空を眺めながら、「深きあはれ」に陥る右京大夫と相通ずる。

でも、中国の詩人李后主は違う。

天上人間

亡国の君主

金縷鞋をさげて密会した数年後、江南国が亡ぶ。三十八歳の后主はついに太祖の囚人となり、九七五年十一月二十七日、江南国の王宮から追われる。

この日のことを后主は作品に詠む。

建国四十年、三千里の広大な山河を持つ江南国。空に摩《ま》する壮麗な宮殿のなかで育った私（后主）は、どうして干戈《かんか》の戦があることを知ることができようか。「最も是れ　倉皇《そうこう》として廟《びょう》を辞するの日　教坊《きょうぼう》　猶《な》お別離の歌を奏で　涙垂《なが》して宮娥《きゅうが》に対す」（李后主・破陣子）。

「倉皇」とは慌てるさま。「廟」とは祖先の位牌を祀る宮殿。「辞廟」とは祖先たちに別れの挨拶をする。「教坊」は音楽をつかさどる宮中の役所、「宮娥」は后主に仕えてきた宮中の女性たちのことである。

最も忘れられないのは、江南国の王宮から追われた日。宮中教坊の彼女たちは最後の別離歌を奏でてくれた。私はただ、彼女たちを前に涙を垂れることしかできなかった、と。

自殺を果たさなかった后主は小周后とともに、宋の都の汴京に連行された。

宋代詩人蘇軾は、后主の「涙垂《なが》して宮娥に対す」を批判する。

四面楚歌に囲まれた項羽は最愛の虞姫《ぐき》に別れを告げ、「力　山を抜き　気　世を蓋う」と慷慨《こうがい》悲歌する叱咤の気があった。これに対して、国を追われた后主は祖先の廟で号泣し、民に謝るべきであるのに、なぜ女々しく「涙垂して宮娥に対す」のか、と。

秦末、漢高祖劉邦《りゅうほう》との天下争いで項羽は敗れた。逃げのびて故郷に戻れば再起を図ることもできるが、故郷の父兄に会う面目がないと、烏江畔《うこうはん》で自らの命を絶つ。

命を絶つ前に、項羽は愛人の虞姫に最後の別れをする。「力　山を抜き　気　世を蓋う　時利《り》あらず　騅《すい》逝《ゆ》かず　騅の逝かざるは　奈何《いかん》とす可《べ》きも　虞《ぐ》や虞や　若《なんじ》を奈何《いかん》せん」（秦末・項羽・垓下歌）。

「騅」は愛馬烏騅《うすい》のこと。共に戦場を駆けめぐってきた騅は、烏江のほとりで前に進まなくなった。「虞」は美人虞姫《ぐき》のこと。項羽の愛人であり、常に側を離れず歳月を共にしてきた虞姫は、愛する英雄の気持ちに応えるため、毅然《きぜん》と死に赴いた。

覇王項羽はめそめそ泣かない。戦いに負けたのは、力が足りないのではなく、天が私の味方をしなかったからだ。虞よ、おまえと別れたくはないが、天が私を滅ぼすので仕方がない。「上邪」の少女の「天地　合《がっ》すれば　乃ち敢えて君と絶たん」を思い出す。少女も項羽も、わが恋を天地宇宙から見ようとしたのである。

項羽と比べ、后主には帝王の気概が足りない。だが、私は「涙垂《なが》して宮娥に対す」の后主の姿に深く感動する。いかにも李后主たる詩人の数々の作品に相応しく、人間らしい姿である。江南王宮の繁華を背景とした、二人の美貌の皇后との才子佳人の恋は、后主を花間《かかん》の艶情詩人にした。そして、「涙垂して宮娥に対す」の亡国の痛みは、后主の作品を大きくしてゆく。

妻を守れない天子

簾外雨潺潺　春意闌珊
羅衾不耐五更寒
夢裏不知身是客
一餉貪歓
独自莫凭欄
無限江山　別時容易見時難
流水落花春去也　天上人間

簾外《れんがい》の雨さんさんとして　春意《しゅんい》らんさんたり
羅衾《らきん》　五更《ごこう》の寒に耐えず
夢のなか身の是れ客なることをわすれ
しばし歓をむさぼる
ひとり　欄に凭《よ》ることなかれ
無限の江山　別れるは易く　見るは難《かた》し
流水落花　春去りぬ　天上人間《てんじょうじんかん》

五代・李煜・浪淘沙

帝王時代の后主には豪奢な宮廷生活を描く「寒士の語」が多いが、今日まで人口に膾炙《かいしゃ》する作品はほとんど亡国後のものである。王者から囚人への没落は后主の作品を一転させる。右の一首がそうである。

窓外の雨はさんさんと降り、春が過ぎてゆこうとする。薄きふすまは独り寝の五更《ごこう》の寒さに耐えられない。夢の中でこの身が異郷にいることも知らずに、しばし歓楽をむさぼる。独りで欄干にもたれて遠望することなかれ。江南の山川よ。別れは容易《たやす》いがふたたび見ることは難しい。流水落花、春も過ぎてゆく。天上人間《てんじょうじんかん》。

隠岐島で海や空を眺め、島を出ぬ限りは自由に行動できたはずの後鳥羽院と比べ、汴京の小楼に幽閉されたままの后主はみじめであった。

妻の小周后はその美貌のために宋太宗（北宋の二代目皇帝。太祖の弟が即位して太宗となる）にみそめられる。太宗に召されて小周后は幾日経っても戻らない。戻ってくると必ず大泣きしながら后主をののしった。金縷鞋を提げて密会した快活な少女の姿はもうどこにもない。恥辱の中、日々涙で顔を洗う后主は作詩に励んだ。この「浪淘沙《ろうとうしゃ》」は辞世の作品とされる。

雨がふりしきる晩春の暁。春も終わろうとするのに、寒さがなお退かない。

「羅衾《らきん》　五更《ごこう》の寒に耐えず」。「羅衾」は絹のふすま。この語から閨中の孤独を歌う恋歌であることが分かる。「五更」は一夜を五分割にしたうちの最後の時刻、明け方の三時から五時頃にあたる。この日も妻の小周后が太宗に呼ばれて側に居ない。冷たいふすまのなかで目が覚めた后主は、独り寝の孤独を嚙みしめる。愛する妻を守れないおのれの軟弱をどれほど怨んだことか。「夢のなか身の是れ客なることをわすれ」。夢の中で、異郷の小楼に囚われるわが身を忘れ、華麗な妃たちに囲まれる江南王宮の帝王時代に戻り、「一餉貪歓《いっしょうどんかん》」す。

しばし歓をむさぼる。「貪《どん》」の一字は実に全体を引き立たせる点睛《てんせい》のはたらきがある。大周后との琴瑟和鳴《わめい》や、小周后との宮中密会など、しばらく忘れかけた恋の歓《よろこ》びをふたたび実感したい。時間をかけてゆっくり味わうのではなく、短い時間の中で「むさぼる」のである。このように「貪」の一字から詩人の置かれた状況を知ることができる。また同時に、しょせん一餉《いっしょう》（一回の食事の時間。片時）で終わってしまう歓びを、むやみにむさぼろうとする人間の哀れ。その哀れなる自分を離れて傍観する詩人の視線も感じられる。

夢かうつつかを見分けようとすれば涙が蓆に落ちる。後鳥羽院の「あひ見ても」の詠と同じ趣である。ただし、院は夢に溺れるだけだが、后主は夢から目覚め、広い天地を求めてゆく。「別れるは易く　見るは難《かた》し」。江南王宮から追われた日のことを連想するとよい。あの日は宮中に攻め込んできた宋軍にむりやりに連れ出されたため、故国に別れを告げることができなかった。だから「別れるは易く」である。遥遠なる異郷に閉じ込められ、江南の春に二度と会うことができない。だから「見るは難《かた》し」という。

ちなみに、「同じ世に　又住の江の月や見む　今日こそよその隠岐つ島守」（遠島百首）という同じ趣旨の歌が後鳥羽院にもある。

「流水落花　春去りぬ」

「浪淘沙」という作品の最後に「天上人間」の四文字が据えられている。

この四文字については古来より議論が絶えない。白居易の「長恨歌」に「天上人間　かならず相《あ》い見《まみ》えん」の一句がある。天上（あの世）にいる楊貴妃と人間（この世）にいる玄宗の二人は必ず会うことができようという意味である。后主の「天上人間」も亡くなった大周后と自分のことを「長恨歌」の恋に比しているのであるという。また、帝王だった昔は楽しい天上、囚人となった今は苦しい地上。后主は天上地上の雲泥の落差を悲嘆しているのである。

しかし、もし后主がただおのれの境遇の差を悲嘆するだけの境地なら、数々の名句を詠めるはずがない。

「流水落花　春去りぬ」。后主はおのれの愁いを流水にたとえて詠むことが多い。

「君に問う　能《よ》く幾多の愁い有りやと　あたかも一江の春水　東に向かって流るるに似たり」（虞美人）。愁いはいかほどあるのか。まるで一江春水のように、ただただ東へと流れてゆく。

「自ずから是れ人生の長き恨み　水　長《とお》く東へ」（烏夜啼）。人の世の長き恨みは、東に向かう川の水のように永遠に絶えることがない。

四十二歳の后主は、短い人生の中で常人にはわからない多くのことを経験した。君主の栄耀《えいよう》、亡国の悲哀、詩人の浪漫、囚人の屈辱。恩々怨々、その場その場、あれこれ、さまざまな思いをしてきた。それらの思いは東に流れる川水のように滾々《こんこん》としている。

しかし、天上人間、広々とした大空と果てしなき大地。その思いをこの広大な天地宇宙の間に投げ出せば、耐えられぬ重き思いもとるにたらぬ一微塵《いちみじん》になる。后主は天地宇宙からわが身を巨視し、わが運命の理不尽から解放しようとした。一個人の運命は、天上人間に対して、ただそれだけのものだった。

いや、むしろ天上も人間もない。帝王も囚人もない。愁いもなく楽しみもない。すべてが流水落花のように、すべてが春夏秋冬のように、ただ流れ来たり、そして流れ去る。

汴京の小庭の中で、后主は、天上人間の四文字を以て、数奇なるわが人生をそのまま受け入れ、流れに身をまかせていたのである。

後日の評

后主の視線は閨中の一室から天上人間、宇宙へと広がってゆく。詩人の悲哀は川水のように流れ、散る花のように散り、過ぎる春のように過ぎ、そして宇宙の間に消えてゆく。

しかし後鳥羽院の哀愁はたまるばかりだ。「かきくらす　野山の雪は消ゆれども　身の思ひこそ年積もりぬれ」(遠島五百首)。

後鳥羽院の視線はまたつねにおのれの身にある。「あふことは　かた結びなる白糸《しらいと》の　とけぬ恨みも年ぞへにける」（遠島五百首）。

後鳥羽院に対する後世の評価はまちまちである。

そのひとつは、九重の深宮でのんびりと優雅な生活をかまえ、和歌を詠んでいればよいのに、天下国家など大それたことを考えるから、無謀な挙兵をして失敗した、というものである。

これは、李后主に対する中国の批判とまったく逆である。

后主は九重の深宮にてのんびりと優雅な生活を送り詩文に溺れ、天下国家をないがしろにしたからこそ、国が滅亡したのだという。日中文化における政治と文学の関係を考えるうえで興味深い対比である。

帝王たる気象にとぼしく、「寒士の語」を詠んだ后主は、囚人になってからの作品が意境雄渾《いきょうゆうこん》になった。亡国という悲惨な境遇が后主の詩心を大きくしたと言えよう。

清末の文学者王国維《おうこくい》（一八七七―一九二七）は、詞というものは、后主より以前はほとんど花前月下の男歓女愛《だんかんじょあい》を描くものであったが、后主から豪放になったという。后主は一個人の狭い恋を、天地宇宙の雄大な境地に高めたのである。

詞は后主という詩人を得てしだいに栄えてゆくが、后主は自らの詞のために命を失う。

北宋太平興国三年（九七八）七月七日。后主は汴京の小楼でお気に入りの自作「簾外の雨さんさんとして」を歌った。その声は太宗皇帝の耳に入る。不興を覚えた皇帝が、さっそく亡国の君主に毒薬を賜ったとされる。この日は、后主四十二歳の誕生日であった。

永遠と刹那

李清照と李后主の恋歌は、個人の恋を超えて、宇宙の永遠を見る。一方、右京大夫と後鳥羽院の恋歌は、閨中の恋の刹那を凝視する。恋はもともと私的な情感であり、深閨の恋にこだわることに何の不思議もない。だが、李清照や李后主の作品から分かるように、漢詩の詩人は閨の恋を表現しながらも個人を超え、一個の悲しみを超え、広大永遠の天地宇宙にまなざしを向けてゆく。

同じ恋とは言え、漢詩の恋は宇宙に広がる壮大な恋であり、和歌の恋は一局に閉じこもる精緻な恋である。漢詩の恋歌は永遠を志向し、和歌の恋歌は刹那に凝縮する。和歌と漢詩にこの相違をもたらしたのは、宇宙観の違いではないだろうか。

俯仰自得のまなざし

前不見古人　後不見来者
念天地之悠悠　独愴然而涕下

前に古人を見ず　後に来者《らいしや》を見ず
天地の悠悠たるを念じ　独り愴然と涕《なみだ》を下《くだ》す

唐・陳子昂・登幽州台歌

琴を愛した魏晋文人の嵆康《けいこう》は世俗のしがらみを捨て、竹林の中で隠者となった。いわゆる竹林七賢のことである。

「目は帰鴻《きこう》を送り　手は五弦を揮《ふる》う　俯仰自《ふぎょうじ》得《とく》し　心は太玄《たいげん》に遊ぶ」。竹林の中の嵆康は何事にも囚われないわが心をこのように歌った。目は空の鴻《おおとり》を見送り、手は五弦の琴を弾く。「俯仰自得」として、心は虚空の中で遊ぶ（贈兄秀才従軍十八首）。

嵆康の憧れる「俯仰自得」とは、いかなることであろうか。

最古の経典とされる『周易』には、「仰を以て天文を観、俯を以て地理を察する」という言葉がある。俯は俯《うつむ》いて地を見る。仰は仰いで天を見る。天地を俯仰すればその真理を知ることができる、ということである。

「自得」とは心のおもむくままにのびのびと楽しむこと。天地の間で自由自在に遊ぶ「俯仰自得」の姿は荘子の名文「逍遥遊《しょうようゆう》」によって知ることができる。

鵬《ほう》という鳥がいる。背中はひろくて幾千里もあり、翼を広げれば垂天の雲のようである。飛び立とうとすると、羽風は水面に三千里ほど波を立たせ、鵬はその風で九万里も上にのぼる。仰げば天の蒼蒼たること、俯けば地の蒼蒼たること。鵬は翼下の風に乗り、青天を背負い、何ものにも束縛されることがなく、ただ逍遥として遊ぶ。

天地はいかに広々としていることか。果てしなき天地の間で心のままに逍遥することがいかに楽しいことか。狭小な俗世を超越した天地の広大無辺なる姿は、中国人の宇宙観を創りあげた。「宇」とは四方上下の空間、「宙」とは往古来今《おうこらいこん》の時間。広大な時間と空間で成り立つ宇宙の中で、「俯仰自得」する。中国人にとって最高の自由であり最大の逍遥である。

むろん、「俯仰自得」は詩文の世界にも持ち込まれる。『文心雕龍』は「目は既に往還すれば、心は亦た吐納《とのう》す」と述べる。眼が往還して、上下四方の角度から景色を眺めることができれば、心に感動が生まれ、美しい詩文が自然と流れ出る。

上下四方とは、上の天、下の地、それに東西南北の四方。つまり六合《りくごう》である。漢詩はよく高楼に登ることを詠む。高楼ならば上下四方を見ることができる。その視線は一箇所に固定しているのではなく、天を仰いで地を俯瞰する。俯と仰によって、天地宇宙を視野に納める。そうして、漢詩の世界は天地宇宙に広がるのである。

晴耕雨読の生活を送っていた陶淵明は、畑に出られない雨の日に、『山海経』を手にとる。「俯仰して宇宙を終《つく》し　楽しからずんば復た何如《いかん》とす」。神話の世界から宇宙の隅々まで、俯仰して見渡し、なんと楽しいことであろうと、淵明は歌う（読山海経十三首）。

詩文は自らの心を表現するものである。詩人は「俯仰自得」のまなざしで自分の心を見る。しかし自分の心だけに留まらない。自分から他人へとまなざしを移してゆく。

旅愁を詠う漢代の作品がある。旅の憂鬱におそわれた我が身を述べたうえ、「座中　たれ人か憂いを懐《いだ》かざらんや」と続ける。ここにいるみんな、だれひとり憂いをいだかない人がいるかと。

詩人は自分ひとりの小さな憂いを、すべての人の憂いに拡げていった（漢楽府・古歌）。

曹植は「先民　誰か死なずや　命を知れば復た何をか憂う」と詠む。往古来今、死なない人が誰一人でもいたのか。ならば、何も私一人で悩むことはないと（箜篌引）。

蘇軾も「黄鶏《こうけい》　暁を催《うなが》して須らく愁いなし　世人　尽《ことごと》く老いて我れ独りに非ず」と開き直る。歳をとることは何も怖いことでない。だって此の世のすべてのものが老いてゆくのだから、私一人のことではない（与臨安令宗人同年劇飲）。

吉川幸次郎は『中国詩史』でこのように述べる。「単に狭い個人的な感情を詠うというのではなく、常に世の中のすべての人々とともに悲しみを分かち合おう、喜びを分かち合おうという感情が、中国文学の根底に濃厚に流れている」。

自分から他人に移した「俯仰自得」のまなざしはなおそこだけに留まらず、宇宙万物に向かう。わが身を万物の中においてみる。山川草木、虫魚鳥獣。天地は我とともに生き、万物は我と一体である。万物と一体になれば、胸中は泰然となり、何のわだかまりもなく自由になる。

これでもまだ足りない。「俯仰自得」のまなざしは宇宙万物からさらに悠久なる時間に移る。右に挙げたのは初唐の詩人陳子昂《ちんしこう》の名作「幽州台《ゆうしゅうだい》に登る歌」である。

前に古人を見ず、後ろに来る者も見ず。天を仰ぎ地を俯《ふ》し、その悠々たる久しきを念《おも》い、独り愴然《そうぜん》と涙する。

俯仰自得のまなざしをもつ漢詩の世界は大きい。恋どころか、友情や志、征伐や流謫、憂国や政治、すべてが視野に入る。たとえ閨中の恋でも、個人の運命を越え、狭い閨房を越え、宇宙の視点から達観的に捉えられる。喜も悲も万物と一体になる。胸中の塊が宇宙の間に解き放たれていく。

漢詩の驚人句

私はずっとひとつの疑問にとらわれていた。

漢詩と言えば、唐詩が最高峰である。唐詩と言えば、李白と杜甫が最高峰である。だが日本の王朝貴族は李白杜甫を好まない。『和漢朗詠集』にも李白杜甫の詩は一首も入っていない。「白髪三千丈の世界を日本人は理解できない」と友人は私に言う。「白髪三千丈」は李白の「秋《しゅう》浦《ほ》歌《か》」の中の一句である。中国人の私から見れば、「白髪三千丈」は豪放であり、めったに得られない絶妙な「驚人句《きょうじんのく》」（人を驚かせる絶妙の句）である。が、日本人には、大袈裟すぎて共感を得られない。

杜甫の名句には「乾坤《けんこん》　日夜浮かぶ」（登岳陽楼）がある。岳陽楼で一望した洞庭湖《どうていこ》の景色である。天も地も、日も夜も浮かぶような湖はどれほど壮観であることか。中国人はこの句の開闊《かいかつ》壮麗な意境を愛する。だが、和歌ではこの景観を表現しにくい。「乾坤浮《けんこんう》かぶ」とか、「日夜《にちや》は浮《う》かぶ」とか、いずれも誇大空疎であり感動がない。むしろ湖畔に咲く一輪の花を詠じたほうが生き生きとする。

五山文学の代表である禅僧の義堂周信《ぎどうしゅうしん》はある日、二条良基《にじょうよしもと》のところを訪れた。良基は周信を御《ご》榻閣《とうかく》に招きいれ、色々と雑談をした。話が古今和漢の詩文に及んだとき、良基は杜甫李白の詩から学ぶことができるかと聞いた。

周信は可でもあり不可でもあると答えた。どういうことかと良基はさらに訊ねると、才能と器量の大きい人は学んでよいが、小さい人は学んではいけないと話す。

言い換えれば、李白杜甫の世界は気勢が磅礴《ほうはく》（広大で限りないさま）すぎる。王朝の貴族にはそれを受け入れる器量がない、ということであろう。

いまこの刹那のまなざし

末の露　もとのしづくや世の中の　おくれさきだつためしなるらん

遍昭・和漢朗詠集

年々歳々花相似　年々歳々花相《あ》い似《に》たり

歳々年々人不同　歳々年々人同《おな》じからず

唐・劉希夷・代悲白頭翁・抄

和歌は漢詩を土台にして成長してきた。万葉時代から歌人は漢詩を取り入れ和歌を詠じた。興味深いのはその取り入れ方である。

大江千里の『句題和歌』や、藤原公任の『和漢朗詠集』が典型である。漢詩を全体的に理解してから和歌に作り直すというのではなく、漢詩から一句か二句だけを切り取ってくる。当然、長大な漢詩の一場面に限ることになる。

たとえば、右の一首目は『和漢朗詠集・無常』にある僧正遍昭《へんじょう》の歌である。この歌とともに、「年々歳々花相似　歳々年々人不同」という漢詩の二句も収められている。

「年々歳々」は現代日本でもよく知られる、唐代詩人劉希夷《りゅうきい》の「白頭を悲しむ翁に代わる」の中の二句である。落花を惜しむ洛陽の女児《じょじ》の愁いから始まり、滄海桑田《そうかいそうでん》の変を経るも、古の落花と今の落花は同じである。紅顔はあっというまに白頭になり、今は病床に臥する半死の白頭翁であるが、昔は錦繡楼閣《きんしゅうろうかく》を享楽した紅顔の美少年であった。紅顔は白頭の昔であり、白頭は紅顔の今である。むかし賑わった歌舞地に今は黄昏の鳥だけがさびしく鳴く、と詩人は広い時空を背景に運命の無常を歌う。

遍昭の俗名は良岑宗貞《よしみねのむねさだ》である。左近衛少将だった時代に良少将と称され、五条の女との恋が大和物語に見える。仕えた仁明《にんみょう》天皇が急逝したため、三十五歳で出家して遍昭法師となる。

このような遍昭が「末の露」を詠む。木の枝先の露と根元の雫、消える順序はあと先があるかもしれないが、同じく消えてゆくさだめである。世の人もあと先があるが、同じ死ぬ身である、と。

「末の露」も「年々歳々」も、同じく無常を悲しむ意匠であるが、遍昭の視線は露が滴るその刹那に集中する。これに対して、劉希夷の「白頭を悲しむ翁に代わる」は古から今まで、紅顔から白頭まで、歳月の移り行く全過程に視野をひろげる。二十六句にも及ぶ長詩だが、日本人はただの二句だけを切り取る。すると、長い過程が消え、いまのこの刹那の一場面だけが浮かびあがる。大きな悲哀が、小さな悲哀に縮んでしまう。

和歌は三十一文字しかない。限られた字数で意を尽くせないこともあり、漢詩のように広大悠久な宇宙を盛り込むことができない。万葉時代には長歌があった。それでも日本人は長歌を捨て、三十一文字の短歌に花を咲かせた。後世になるとさらに十七音の俳句に縮まる。つまり、三十一文字に限定されたために宇宙を詠めないというより、日本人は雄大を好まず、いまこの刹那を好むのではないか。

加藤周一は、日本文化は時間における「今」を強調し、空間においては「ここ」を重視すると話す（『日本文化における時間と空間』岩波書店）。短歌も俳句も極端に短く、表現するのはその場その瞬間の感情である。

三十一文字の和歌では、天地宇宙を俯仰する必要がなく、今のこの刹那だけを見ればよい。凡河内躬恒《みつね》に次のような歌がある。「わが恋は　行方も知らず果てもなし　逢ふをかぎりと思ふばかりぞ」（古今集六一一）。私の恋はこれからどこに向かうか。不安ではあるが、二人が会うこの瞬間を限りだと思うばかり。「行方も知らず果てもなし」という限りなき恋の苦しみを、限られる瞬間に凝縮する。作者の視線はあくまでも今、この刹那である。『和漢朗詠集』にも取り入れられたこの歌は当時の人々の好みに照応した。

漢詩の「俯仰自得」と和歌の「いまこの刹那」。宇宙を見るまなざしの相違はどこから来るものか。

無限なる時空

漢詩の「俯仰自得」と和歌の「いまこの刹那」。宇宙を見るまなざしの相違は、宇宙観の違いによる。

「宇」と「宙」の二文字に「カンムリ」がついているように、中国人の宇宙はいくら広大であっても、そこに限りがある。時間はどんなに久しくても、天地がひらかれる時までしかさかのぼれない。空間はどんなに広くても、荘子の大鵬は「九万里」という高さまでのぼれるが、無限にのぼれるわけではない。

このような中国人に無限なる時空の概念を教えたのは仏教である、と現代中国の学者葛兆光は『古代中国文化講義』で論じる。仏教は人の渺小《びょうしょう》と命の無常を際立たせるために無限の時空を力説する。

仏教において空間は「三千大千世界」とされる。日、月、四大洲、四大海など広大な領域を含めて一世界という。この一世界が千個集まれば小千世界であり、小千世界が千個集まれば中千世界であり、中千世界が千個集まれば大千世界である。三千個の大千世界を無数にもつ宇宙とは、どれほどの空間であることか。

また、仏教における時間は「無量劫《むりょうごう》」という。一劫《ごう》とは、天人が方四十里の大石を薄い衣の袖で百年に一度払い、その石がすり減り無くなるまでの長い時間である。無量の劫はどれほどの時間であることか。

「一微塵に宇宙あり」

仏教の想像力はまだこれだけに留まらない。この無限なる宇宙は、わずかの一微塵に映しだされると華厳宗《けごんしゅう》は説く。一微塵に宇宙があり、一瞬の中に永遠がある。極小のなかに極大があり、微小のなかに無限がある。華厳宗のこの考え方が荘子の「天地は一本の指《ゆび》、万物は一頭の馬」（荘子・斉物論）の考え方と極めて相似すると鎌田茂雄は指摘する。荘子の哲学を融合した華厳の宇宙観は禅の中にも流れ込む（『華厳の思想』講談社）。

禅僧はよく、「青青《せいせい》たる翠竹《すいちく》　尽《ことごと》く真如《しんにょ》なり　郁郁《いくいく》たる黄花　般若《はんにゃ》にあらざるもの無し」と言う。青竹は不変の真理であり、黄花は最高の智慧である。一本の竹に、一輪の花に仏法があり宇宙がある。禅僧は「○」を描き、円相《えんそう》と呼ぶ。たかが丸であるのに、そこには宇宙の真理や悟りの境界があるという。

宋代詩僧の道燦《どうさん》は九月九日の重陽《ちょうよう》を詠む。「天地　一の東籬《とうり》なり　万古《ばんこ》　一の重九《ちょうきゅう》なる」。天地という無限な空間は東の籬にあり、万古という無限な時間は重陽の今日にある。

「一微塵に宇宙あり」という宇宙観は漢詩にも大きな影響を与えた。しかし、大陸の開闊な空間に馴れた中国の詩人にとって、その精神の根底にあるのはなんと言ってもやはり荘子の逍遥遊《しょうようゆう》の世界である。女流詩人の李清照もこの世を飛び出したいときに、庄子の九万里の鵬と連れたつことを願ったのではないか（李清照・漁家傲）。彼らは天馬空《てんばくう》を行く優遊自在《ゆうゆうじざい》の世界を愛してやまない。一微塵に宇宙を見る視点は中国詩人の「俯仰自得」のまなざしを根本から変えることはできなかった。

だが、洋中の小島で生きる日本人は、現実性を持って「一微塵に宇宙あり」を受け入れることができる。国土は狭いが、狭いところに全宇宙がある。決して中原の大地に劣らないという誇りであり、大陸への対抗心でもある。一微塵に宇宙を見るという考えは漢詩よりも、和歌のほうに色濃く投影された。

藤原俊成は歌が仏道に通じると語り、天台止観《てんだいしかん》を用いて歌を説明した。

止観とは、雑念を止めて心をひとつの対象に集中して見つめる修行法である。天台宗は止観の修行を通して「一念三千」の理を体得することを説く。「一念三千」とは一念の中に三千大千世界、一心のうちに森羅万象があること。華厳や禅の「一微塵に宇宙あり」に通じる考え方である。

俊成は後鳥羽院の和歌の師であった。俊成の生きた時代は、『新古今集』が編纂される和歌の最盛期である。また禅宗が盛んになり、仏教が王朝貴族の独占から次第に庶民の間に広がってゆく時代でもあった。だから、和歌の道と仏法の道とは不二《ふに》の関係であると盛んに言われた。俊成の言葉は時代の流れを鋭くとらえたものである。

俊成はさらに述べる。和歌にはわずか三十一文字しかない。和歌は簡単だと人から侮られるが、そんなことはない。和歌の深い境地は限りない大空のように、限りない大海のように、果てても極みもない、と言う（古来風躰抄）。

俊成の三十一文字の中には宇宙がある。俊成は閨の恋から宇宙を見ようとしたのである。

刹那と永遠

閨房の恋を好む和歌の特性は、むろん、女性歌人の多いことや、閉鎖的な貴族社会の雰囲気にもよる。だがそれは本質的な理由ではない。根本の理由はこの宇宙観の相違にある。

有限の中に無限を見る。一微塵から宇宙万物を見、刹那から永遠を見る。仏教的な宇宙観は、右京大夫や後鳥羽院の恋歌を閨の刹那に閉じこめる。

いっぽう、李清照と李后主は、閨の個人の恋から天上人間に視線を移し、広大な宇宙に永遠と闊達を求めた。天地を俯仰自得する道家荘子の宇宙観は、漢詩の恋を天地宇宙いっぱいに広げたのである。

恋の刹那から宇宙を見ることと、恋を永遠の宇宙に置いてみること。恋歌から見る日中それぞれの宇宙観。茫々たる大海が日本と中国を地理的に隔てるように、宇宙観の違いはまた日本と中国を精神的に隔てる。和歌と漢詩はその意境を異にした。

第五章

恋の終焉——もののあはれと雅怨

日本で出会った「長恨歌」

来日してまもないある日、近所の青果店で店主のおじいさんに、「長恨歌《ちょうごんか》の国だね」と言われた。青果店のあるじから「長恨歌」の名を聞くとは思わなかった。

「漢皇《かんのう》　色を重んじて傾国を思い　御宇《ぎょう》　多年求めるも得ず　楊家に女《むすめ》有り　初めて長成し　養はれて深閨《しんけい》に在り　人未だ識らず」。なんと、老人はすらすらと詠みはじめた。恥ずかしながら、私は長恨歌など暗誦できない。「中学校のときに習った。今も覚えているよ」と、老人は言う。

その頃私は大学で日本近代文学を専攻していた。しかし、芥川龍之介や幸田露伴の作中にある中国よりも、店のあるじの中国のほうがはるかに生き生きと私の心に入り込んだ。

弘法大師空海が長安の町を去った八〇六年の十二月に、三十四歳の白居易（七七二―八四六）は、唐王朝の第六代皇帝玄宗と楊貴妃の悲恋を題材に、「長恨歌」を書きあげた。

玄宗は貴妃との恋に溺れ、国政をおろそかにしたため、安禄山《あんろくざん》・史思明《ししめい》の反乱、即ち安史の乱をよぶ。乱中で貴妃が殺され、残された玄宗は深い悲しみの日々を送る。道士を遣わし蓬萊仙山にいる貴妃のもとを訪ね、天上での二人の再会を約束するという、史実と虚構が入り混じる百二十句の長詩である。

そして、中国から日本へと「長恨歌」は伝わる。「長恨歌」の構想を借りて創作された『源氏物語』をはじめ、玄宗と貴妃の悲恋は『今昔物語』、『太平記』など多くの物語に取り入れられた。

また屛風絵の画題として描かれたり、謡曲の舞台で演じられたりして、日本人はこの異国の物語を異国のものと思わずに自由自在に扱ってきた。

ことに和歌には、「長恨歌」を下敷きにした作が多い。

「夕されば　蛍よりけに燃ゆれども　光見ねばや人のつれなき」（紀友則・古今集五六二）、「木にも生《お》ひず　羽も並《なら》べでなにしかも　浪路《じ》隔てて君を聞くらん」（伊勢・拾遺集四八二）、「君ゆへにうちもねぬよの床のうへに　思を見する夏虫のかけ」（慈円・拾玉集）、「あなかしこ　楊貴妃のごと斬られむと　思ひたちしは十五の少女《おとめ》」（与謝野晶子・佐保姫）などの詠がある。

和歌は漢詩を土台にして生まれてきた。『詩経』や『楚辞』、漢代楽府《がふ》詩や六朝《りくちょう》詩文、そして「長恨歌」をはじめとする唐代詩文。歴代の漢詩から『万葉集』ができ、『古今集』ができ、ついに王朝和歌が最盛期を迎える。

紫式部が「長恨歌」を借用して『源氏物語』を創作したのと同様に、王朝の人々は「長恨歌」を借用して和歌を創作した。漢詩と異なる新たな文化、もののあはれがここにはじまる。

では、王朝の和歌は「長恨歌」を借りながら、どのようにもののあはれの世界を創り出したのか。

わかれの情

李白乗舟将欲行　　李白　舟に乗り将《まさ》に行かんと欲す

忽聞岸上踏歌声　忽ち聞く　岸上の踏歌《とうか》の声
桃花潭水深千尺　桃花潭水《とうかたんすい》　千尺深くも
不及汪倫送我情　汪倫《おうりん》の我れに送る情に及ばず

唐・李白・贈汪倫

さをさせど　そこひも知らぬわたつみの　深き心を君に見るかな

紀貫之・土佐日記

王朝の和歌を語るときかならず触れられるのが「もののあはれ」である。王朝の和歌はもののあはれを理想の美とする。

もののあはれとは何か。これが私の長年の疑問である。日本語を習い始めたときから、もののあはれはわびさびと同じく、日本独自の文化であり、日本人にしか分からない感覚だと教えられた。だがのちになってわかったのだが、もののあはれという語の出現は漢詩と関係が深い。

承平四年（九三四）、六十四歳の紀貫之《きのつらゆき》は任地土佐での勤務を終え京に帰る。船出の日に、五年間親しく付き合った地元の人々が貫之が去るのを惜しみ、手に手に酒をもって送別に集まる。かつて人心の変わりやすいことを嘆き、「ひとはいさ　心もしらずふるさとは　花ぞ昔の香ににほひける」（古今集四二）と詠んだ貫之が、土佐の人々のまことをつくづくと感じた。

出発の時がきて、船がしだいに岸を離れゆく。人々が船を追いかけながら、声を合わせて別れの歌をうたう。名残りおしい情緒におそわれ、貫之は歌を詠む。

「さをさせど　そこひも知らぬわたつみの　深き心を君に見るかな」。

『土佐日記』の冒頭にある感動的な送別場面である。これを読んだ私の脳裏に浮かぶのは、李白の名詩「汪倫《おうりん》に贈る」であった。

安史の乱が勃発した年に、李白は安徽《あんき》涇県《けいけん》の桃花《とうか》潭《たん》に旅した。酒仙李白のことだから、毎日地元の酒屋で人々と豪飲した。時節は桃花燦爛《さんらん》の春。しばらく滞在したのち、詩人が桃花潭を発つ日がやってきた。

飲み友の汪倫や酒屋のあるじなど、みんな見送りに来てくれた。船がいよいよ岸辺から離れ出す。そのとき、忽然として踏歌の声が詩人の耳に入る。

桃花がひらひらと散りゆく河岸の上で、汪倫たちは足で地を踏み鳴らし、歌っているのだ。詩人は、思いもよらぬこの送別の情景に涙がこみあげ、口から出たのがこの詩である。

わたし李白は船に乗り行こうとした。がそのとき、岸辺から踏歌の声が聞こえる。桃花潭の水は千尺の深さがあるというが、汪倫の情の深さには及びませぬ。

人々の深情に感激した李白は、自分の名と友人汪倫の名をそのまま詩句に織り込んだ。送る人と送られる人、友情が心にしみこむ。

『土佐日記』の送別は「汪倫に贈る」とあまりにも似ている。船が離れてゆくなか、送る友は岸辺で声を合わせて歌い、送られる友は歌を詠み、海よりも深い友情をたたえる。漢詩も和歌も心の思いに堪えかねたときに詠まれるものだと主張する貫之が、李白の詩を踏まえていることは明らかだ。

「汪倫に贈る」はここで終わるが、貫之の『土佐日記』はまだ続く。

別れを惜しみ涙を拭う人々をよそに、船頭は「潮があがってくるぞ。風が吹いてくるぞ」と騒ぎたて、出発を急ぐ。

「楫《かじ》取りもののあはれも知らで、おのれし酒をくらひつれば、早く去《い》なむとて」。船頭は「もののあはれ」も知らずに、自分だけ酒をたっぷり飲んで、早く船を漕ぎ出そうとする、と貫之は難ずる。

船頭が知らない「もののあはれ」とは、李白と汪倫たち、貫之と土佐の人々の間に流れる濃《こま》やかな友情であり、哀感のこもった離情別意《りじょうべつい》である。

貫之は、李白の詩を意識しながら、漢詩の情と和歌の情を何の隔たりもなく、同じこの世を生きる人間の情として受け止め、「もののあはれ」の言葉で表現した。

もののあはれの語はここで初めて文献に登場する。

もののあはれ

もののあはれを最初に言い出した貫之は『古今集』の撰者として仮名序で述べる。

「世の中にある人、ことわざ繁きものなれば、心に思ふことを、見るもの聞くものにつけて、言ひ出せるなり（この世を生きる人々が絶えずさまざまなものに触れて、見たものや聞いたものにおのれの心を託して言い出すのが歌である）」と。

ここの「ことわざ繁きもの」「見るもの聞くもの」は、もののあはれの「もの」にあたり、「心に思ふこと」は「あはれ」にあたる。「もの」は「あはれ」を引き起こす自然や人事。様々な物事に触れて心に生じる思いが「あはれ」だと私は理解する。

では、もののあはれは具体的にどんな心情を表すのか。

「あはれてふ　ことだになくは何《なに》をかは　恋の乱れの束ね緒《つかお》にせむ」（読人不知・古今集五〇二）。「あはれ」のもとは、物事に感動するとき発する「ああ」の声である。「ああ！（恋しい）」「ああ！（会いたい）」。ここから、「ああ」の声を「あはれ」で表記し、しみじみとした心の感動を「あはれ」と名づけて呼ぶようになる。

漢語にも感嘆をあらわす「嗚呼《ああ》」がある。けれど「嗚呼」はあくまでも感嘆詞であり、中国人はそれを何かの呼称としては使わない。「あはれ」、「わび」や「さび」など、不思議な名を好んでつける日本人の「名づけ力」に感心する。日本文化はやはり命名の文化である。

それにしても、もののあはれの意味はまことに曖昧である。

貫之はあるとき、簾の外で女房たちに歌物語を語っていた。簾のうちから女君が「おかしな程に物のあはれをよく知っている翁みたいですね」と話しかけられる。すると貫之は、次の歌で返事した。「あはれてふ　事にしるしは無けれども　言はではえこそあらぬ物なれ」（紀貫之・後撰和歌集一二七一）。

どんなときに「あはれ」と言わなければならないのか。もののあはれを知る貫之でさえ、うまく説明することができない。もののあはれがいかに摑みどころがないものかよくわかる。

江戸時代の本居宣長《もとおりのりなが》（一七三〇―一八〇一）のもののあはれ論は有名である。宣長によれば、もののあはれの心は人間の真情であり、神国日本に生まれた日本人の素朴にして雅《みやび》な心であるという。さらに宣長は光源氏の恋からもののあはれ論を展開し、もののあはれを最もよく体現するのは『源氏物語』であるという（源氏物語玉の小櫛）。

だが『源氏物語』は「長恨歌」を底本にして書かれたものである。『源氏物語』がもののあはれの総本家というなら、「長恨歌」ももののあはれと無関係であるはずがない。「長恨歌」とものあはれとは如何なるつながりを持つのか。

この問題を解くには、まず「長恨歌」を見る必要がある。

長生殿内の誓い

開元二十四年（七三六）、開元の治と呼ばれる盛世の最中。玄宗は長年寵愛した武恵妃《ぶけいひ》を喪う。意気消沈の皇帝を慰めるため、人々はさまざまな方法を考えた。大勢の美女が後宮に送り込まれたが、皇帝の気に入る女《ひと》はいない。

そんなとき、息子寿王の妻楊玉環《ようぎょくかん》の噂が玄宗の耳に入る。ひとめでほれ込んだ楊氏を後宮に入れようとしたが、息子の妻を奪うことはさすがに世間体が悪い。玄宗はまず楊氏を出家させた。楊玉環の名を楊太真《たいしん》にあらため、あたかも別人のようにしてふたたび宮中に迎える。このとき玄宗は五十代で、楊貴妃は二十歳前後。「長恨歌」はここから始まる。

「帝《みかど》は傾国傾城《けいこくけいせい》の美人を探し求めたが、気に入る人が見つからない。楊家に年頃の娘がいて、生まれつきの美貌は人々の評判を呼ぶ。帝の妃に選ばれて後宮に入る。振り返り一笑すれば、万千の媚態が生じる。彼女の前では、後宮の美人はみな色が褪せる」（長恨歌・第一句―第八句）。

「長恨歌」を書いたとき白居易は三十四歳。若き詩人は息子の妻を奪う皇帝の醜聞を隠した。

「初めて帝と結ばれたのは、春まだ浅い日のこと。華清池《かせいち》で沐浴を賜わり、滑らかな温泉の水が凝脂《ぎょうし》を洗ったのち、侍女たちはしなだれる彼女をたすけ起こす。雲のような黒髪、花のような笑顔、歩けば黄金の簪《かんざし》が揺れ動く。芙蓉刺繡の帳中で暖かい春宵を過ごし、春宵は短くてあっという間に夜があける。この日より帝は朝の政務を怠るようになった」（長恨歌・第九句―第一六句）。

楊貴妃の美貌を描いた作品は多いが、白眉は李白の「清平調《せいへいちょう》」三首である。玄宗と貴妃が恋に落ちたその頃、治国の理想を実現しようと熱望した李白が長安にやってくる。

李白は、まず玄宗と貴妃の牡丹宴に招かれた。天下の詩仙は貴妃の美貌を雲や名花や仙女などにたとえ、千年後の私たちも感激するほどの名作「清平調」を一気によみあげた。

ちなみに、玄宗と貴妃にたいそう気に入られた李白だが、自らの才能が治国ではなく遊宴に使われるのが悔しかったのか、悄然として長安を離れる。でも玄宗と貴妃は李白のことなど気にもとめず、ひたすらおのれの恋を楽しんだ。

「彼女は帝の側に付き添い片時も離れない。春は春の遊びに、夜は夜のおとぎ。後宮の妃は三千人もいるが、三千人に注がれるはずの寵愛が彼女一身の上に浴びせられる。煌びやかな宮殿、艶やかな美人、帝はほろ酔いの春の心地になる。彼女の兄弟姉妹はみな貴顕《きけん》になり、世の中の父母は男児より女児を産みたいと願った」（長恨歌・第一七句―第二六句）。

三十歳ほど年の差のある玄宗と貴妃の恋は彼女の一族に栄華をもたらす。三人の姉はそれぞれ韓国夫人、虢国《かくこく》夫人、秦国夫人に封ぜられ、従兄弟の楊国忠《ようこくちゅう》は宰相の座に抜擢された。長安の街で権力を振るった楊氏一家の驕奢《きょうしゃ》ぶりは、貧乏書生の杜甫が皮肉をこめて名作の「麗人行《れいじんこう》」に書き残している。

だが、都の栄華をよそに、東の地に不穏の気配がしだいに濃くなる。

「青雲に届くほど高く聳える驪宮《りきゅう》から、仙界にしかない美しい音楽が風と共に四方にただよう。糸竹にこもる緩々とした彼女の歌声や、悠々とした彼女の舞姿を、帝はいくら見ても足りない。そんなとき、遠く漁陽の地から、激しい鼙鼓《へいこ》の音が大地を轟かしながら伝わり、驪宮の霓裳羽衣《げいしょううい》の曲を破る」（長恨歌・第二七句―第三二句）。

天宝十四年（七五五）の十一月、安史の乱が漁陽（今の北京）で勃発。安禄山《あんろくざん》は軍を率い、長安（今の西安）に向けて攻めあがる。

国全体を戦乱に巻き込んだこの反乱は八年後の七六三年に平定されるが、玄宗と貴妃の恋はここに終止符が打たれる。霓裳羽衣曲は破れてしまった。霓裳羽衣曲は、音楽造詣の深い玄宗によって作曲され、歌舞の天才楊貴妃によって舞いを創案された、玄宗の華やかな宮廷と二人の恋を象徴する名曲である。

「九重宮中に乱軍が闖入する。戦馬が埃を巻きあげ、街中に煙が立ちこめる。翡翠の羽を飾った帝の旗が揺々として、長安を出て西へと進んだり止まったりしながら、馬嵬坡《ばかいは》に至る。ここで六軍は前に進まなくなった。帝はどうすることもできない。たおやかな娥眉《がび》が馬前で死す。螺鈿の簪、翡翠《ひすい》の髪飾り、黄金の髪飾りなど、ばらばらと地に落ちるが、拾う人がいない。見ていられない帝は自らの顔を覆い隠して血の涙を流す」(長恨歌・第三三句―第四二句)。

七五六年の六月十二日、玄宗は貴妃など側近を連れて都落ちする。十四日に長安の西の馬嵬坡に到着すると、護衛を担当する軍隊はここで足を止めた。国がひどい目に会ったのは貴妃のためである。軍人たちは貴妃を殺すようにせまる。反乱を恐れる玄宗はやむを得ず、貴妃殺害を許す。このとき貴妃は三十八歳。

一国の天子が自分の妻すら守ることができない。皇帝を惑わす悪女は殺されるべし。後世の人々は大体この二派に分かれて責め合う。貴妃を失った玄宗は蜀への亡命を続ける。貴妃は蜀の出身であった。貴妃を育んだ蜀の山水を見て、帝は悲しみを深める。

「黄砂がたちのぼり、風がさびしく吹くなか、帝は険しい山道をたどって蜀に入る。峨眉山の麓に人影は少なく、太陽が曇り帝の旗も光を失う。蜀の山水は青くてきれいだが、帝は日にも夜にも彼女のことを思うばかり。行宮で月を見れば悲しみ、夜雨で猿（鈴）の音を聞けばまた断腸の思い」（長恨歌・第四三句―第五〇句）。

同じ頃、杜甫は反乱軍に捕えられ、陥落した長安に連行される。身分が低いために幸い殺されずに済んだが、困窮の日々が続いた。

「国破《やぶ》れて山河《さんが》在《あ》り」（杜甫・春望）の名句が生まれたのもこのときだ。詩人は反乱軍の目を盗み、こっそりと曲江を訪ねる。かつてここで貴妃姉妹の豪華な曲水宴を見て「麗人行」を詠じたが、今は江畔の宮殿はことごとく扉を閉ざし、ひっそりとして人影もない。詩人は声を呑み痛哭《つうこく》し、名作「哀江頭《あいこうとう》」が生まれる。

年が変わり、至徳二（七五七）年九月、ようやく長安が回復される。蜀に避難していた玄宗は十月に蜀を発ち長安に帰る。

「天地を騒がした乱がようやく収まる。帝は蜀から都に引き返す。途中ふたたび馬嵬坡を通る。彼女はここにいるはずだが、その顔を見ることができない。ただ泥土が空しくあるだけ。離れゆくことを忍びがたく、帝はさまよい、みなと顔を見合わせながら涙が衣を濡らす」（長恨歌・第五一句―第五五句）。

『旧唐書《くとうじょ》』（五代・劉昫、九四五年成立）の記録によると、このとき玄宗は貴妃を改葬しようと墳《はか》を開けてみた。身体は朽ち果てて見る影もないが、唯一残された香り袋がまだかすかに香っている。玄宗はそれを手にして涙がとまらない。

「馬の足に任せて都に帰る。宮中の池や園も昔のまま。太液池《たいえきち》の芙蓉をみれば彼女の顔を、未央宮の柳を見れば彼女の眉を思う。春風桃李の日も秋雨落葉の夜も、帝は涙が止まらない。西宮南内に秋草がぼうぼうと茂り、紅葉が階段に満ちても掃く人がいない」（長恨歌・第五六句―第六四句）。

太液池の芙蓉に玄宗は特別な思いがある。どの年の秋だったことか。芙蓉の花を褒め称える人々に、玄宗は「芙蓉がどうして私の「解語花《かいごか》」の比になれよう」と自慢した。自分の気持ちをよくわかってくれる貴妃のことを、玄宗は「解語花」と呼んだ。

「宮中梨園の弟子の頭に白髪が増え、皇后寝宮の女官の眉毛が老いてゆく。夕方の宮殿に蛍が飛び回り、その光を眺めて悄然となり、灯心が燃え尽きても眠ることができない。時を知らせる鐘《しょう》鼓《こ》は遅々として鳴らず、夜がこんなに長いかと初めて知る。天の川が微かに見えて夜が明けようとしない。鴛鴦の瓦は冷たく霜が重い、翡翠のしとねは寒くてともにする人がいない」（長恨歌・第六五句―第七二句）。

ここまでが「長恨歌」の前半である。

蓬萊宮中の想い

これから後半に入るが、ほぼ史実通りの前半と比べ、後半は中国文学によく見られる仙人の世界が繰り広げられる。

「馬嵬坡《ばかいは》で別れてすでに何年か経った。彼女の魂魄《こんぱく》は一度も帝の夢に入ってこない。蜀に仙術のできる道士《どうし》がいて、精誠《せいせい》を以て魂魄に至ることができるという。道士は、輾転反側《てんてんはんそく》する帝の心を慰めるため、空気を御して雷のように空に登り地にもぐり、あちこちに彼女を探し求める。青空の尽きるところにも、黄泉の尽きるところにも、彼女を見つけることができない」(長恨歌・第七三句―第八二句)。

「このとき、海上に仙山があり、山は縹渺《ひょうびょう》たる雲中にあると聞く。五雲《ごうん》が立ち昇るなか、華麗な楼閣が聳え、そこに美しい仙子《せんし》がたくさん住んでおる。うちひとりは「太真《たいしん》」という名前である。雪の如く白い肌に花の如き容貌はまさに彼女であるに違いない」(長恨歌・第八三句―第八八句)。

「道士は仙山を訪ねる。仙宮の扉を叩くと、侍女の小玉《しょうぎょく》と双成《そうせい》が出てきた。漢家天子からの使者だと聞き、九華帳《きゅうかちょうちゅう》中の太真は夢から醒め、衣をとり枕を押して起き上がる。真珠の簾や金銀の屏風がひらき、雲鬢《うんびん》が偏り花冠《かかん》も整わないまま、驚いた彼女は堂上から降りる。仙子の衣が風中に飄々と揺られ、まるで霓裳羽衣《げいしょううい》の舞の如く、寂しい玉顔《ぎょくがん》に涙が乱れ、雨露を帯びる春の梨花の如し」(長恨歌・第八九句―第一〇〇句)。

「哀愁の漂う眼を凝らし、帝への感謝を述べる。『帝と別れて、顔も声も遠くなった。長安昭陽《しょうよう》殿《でん》中の恋が終わり、蓬萊《ほうらい》宮中の歳月が長い。長安を振り返って見ても霧が茫々として何も見えない。昔いただいた螺鈿の合子《ごうす》と金釵《きんさい》を帝にとどけ、私の思いを帝に伝えておくれ。鈿合《でんごう》は蓋と身に分け、金釵は二股に分け、ひとつは帝にひとつは私。鈿合は蓋と身が別れても同じ螺鈿であり、金釵は二股に分かれても同じ黄金。互いを思う心は螺鈿と黄金のように堅ければ、天上人間、必ず会うことができよう』と」（長恨歌・第一〇一句―第一一二句）。

道士が蓬莱仙山に楊貴妃を訪ねる話は、むろん白居易の虚構である。現実と虚構が少しも違和感なく溶け込む中国文学の特徴がここにもあらわれる。

「道士が帰る前、太真はまた重ねて伝言を頼む。『あの年の七月七日、あの静かな夜半に二人が長生殿《ちょうせいでん》で囁いた言葉。その言葉に二人しか知らない誓いがある。天に在りては願わくは比翼《ひよく》の鳥と作《な》り、地に在りては願わくは連理《れんり》の枝と為《な》らむ』と」（長恨歌・第一一三句―第一一八句）。

「天が長くて地が久しくても、尽きるときは必ず来る。が、この恨みだけは綿々として絶えるときがない」（長恨歌・第一一九句―第一二〇句）。

楊貴妃が殺されて五十年後、玄宗が亡くなって四十五年後の八〇六年、若き白居易の傑作である百二十句の「長恨歌」は、ここで終《つい》に筆をおく。

「長恨歌」は世に出るとすぐ曲がつけられ、長安の町の流行歌となった。長安の芸者はそれを歌うことを自慢した。「長恨歌」はそれほどにも人を魅了したのである。その魅力はいったいどこにあるのか。

「長恨歌」の魅力はまずその平易流麗な言葉にある。長い作品だが、言葉の流れが抑揚《よくよう》に富み、音楽的な旋律をもつため、朗々として諳《そら》んじやすい。白居易の詩はその平易さで多くの人に愛された。伝えによると、詩ができるとまず字も読めない老嫗《おうな》に聞かせる。わかったと老嫗が言うまで何遍も書き直したという。

でも詩文の巧みさより、「長恨歌」の魅力は、その描かれた恋にある。

玄宗と貴妃の恋は狭い宮廷を出て、個人の運命を越え、李白杜甫をはじめ多くの詩人を巻き込み、唐王朝ないし中国の歴史を翻弄した壮大な恋である。

いや、壮大だけではない。雅のなかに悲があり、悲のなかに雅がある。玄宗と貴妃の恋は雅と悲の美を同時にそなえ、恋少なき中国文学史上に璀燦《さいさん》たる色を添えたのである。

雅と悲

カラスから雅

「長恨歌」は雅《が》の美を極めた作品である。

雅とは何か。

『詩経』には風・雅・頌の三種類の歌がある。「風」は地方で歌われる田舎の歌。「頌」は神様を称える祭祀の歌。「雅」は宮廷で演奏される格式高い歌。つまり、雅は洗練された美、品位のある優美を意味する。

雅の起源は鳥のからすにある。現代中国語でも「鴉（からす）」と「雅（みやび）」は同じく「ya」と発音するので、その因縁は並みならぬものと言えよう。

漢の許慎《きよしん》の『説文解字《せつもんかいじ》』（一〇〇年成立）の「雅」の項目に、「楚の烏《からす》なり。一名は鸒《よ》、一名は卑居。秦、之れを雅と謂う」とある。雅は、楚地《そ》（今の湖北湖南）に生息しているからすである。鸒、または卑居とも呼ばれる。秦地《しん》（今の陝西）では「雅」と呼ぶ、という意味だ。

秦地は統一王朝西周の都の所在地なので、秦地の方言はみやこ言葉である。つまり、からすはみやこ言葉では「雅」と呼ばれる。

王朝は広い国土をもち、各地にそれぞれの方言がある。越地《えつ》（今の浙江《せつこう》）の方言でうたう歌はどんなに素晴らしくても楚地に行けば誰もわからない。楚地の方言に訳して楚地の人がわかったとしても、今度は秦地の人がわからない。だが、各地の方言をみやこ言葉、すなわち標準語に統一すれば、越の人も楚の人も誰もがわかるようになる。

からすの呼び名も、標準語の「雅」に統一され、全国に広がってゆく。そのうち、「雅」はみやこ言葉の代名詞となる。さらに「雅」はみやこ風の洗練の美を象徴するようになる。そして、『詩経』になると、「雅」は宮廷で演奏される優美な歌を代表することになった。

「雅」とからすの関係については諸説あり定説はないが、おそらく「雅」はこうして、からすの名から優美を意味するようになったのではないか。

古代中国の神話では、太陽には三本足の烏《からす》が棲んでいるという。大津皇子の辞世歌「金烏　西舎に臨み」からもわかるように、古くは太陽を「金烏《きんう》」と呼んだ。至高の神様太陽でさえからすとかかわるのだから、からすはかならずしも雅の対極にあるものではない。

雅言

中国戦国末期の思想家荀《じゅん》況《きょう》の著『荀子《じゅんし》』に「越人　越に安じ、楚人　楚に安じ、君子　雅に安じ」という言葉がある。越の田舎の人は越に安住し、楚の田舎の人は楚に安住し、君子たる人は雅に安住する。要するに、士大夫の君子は野暮な田舎者と違い、洗練された都風の「雅」に振舞わなければならない。

だから魯国出身の孔子は詩や書を読むときに、田舎の魯の言葉ではなく、みやこの標準語「雅言」を使用する。

士大夫の「雅言」は文言である。「文言」の「文」は飾り、「文言」は装飾された優雅な言葉の意。数千年の間に中国の詩文は雅な文言を用いてきた。それが否定されたのはわずか百年前の文学革命である。士大夫が用いる雅な文言は古臭い、白話すなわち口語を用いることこそ新時代にふさわしい、ということで数千年続いてきた雅の文学は途絶えたのである。

漢詩は雅を最高に尊ぶ。宋学の大成者朱熹《しゅき》は、詩を書くときに、胸中に一字の世俗言語もあってはならない。そうすれば出来上がった詩は自ずから格調高く、高遠なる境地をもつという。

宋代末の厳羽《げんう》は『滄浪詩話《そうろうしわ》』の中で、「詩を学ぶにはまず五俗を取り除かなければならない。

一は俗体。一は俗意。一は俗句。一は俗字。一は俗韻」と述べる。

とにかく、詩人にとって、技巧の巧拙よりも大事なのは、俗を忌むことである。詩は雅でなければならないのである。

「長恨歌」の雅

「長恨歌」の雅はどこにあるのか。

それはまずその題材にある。華美なる後宮を舞台にした玄宗と楊貴妃の恋そのものが雅なのである。

「驪宮《りきゅう》　高き処《ところ》　青雲《せいうん》に入《い》り　仙楽《せんがく》　風《かぜ》に飄《ひるがえ》りて　処処《しょしょ》に聞こゆ」。

驪山の山頂に建てられる華清宮は玄宗と貴妃が毎年たずねた離宮である。宮殿は高くそびえ、青い雲の上に届く。そこに仙楽が風にしたがい翻る。仙楽は霓裳羽衣《げいしょううい》の曲をさす。霓裳とは虹の如き仙女の衣、羽衣《うい》とは羽の如き仙女の衣。雲上の仙宮で、玄宗と楊貴妃がむつまじく霓裳羽衣の曲を演奏する。帝と妃の恋は俗世と隔絶された仙人の恋である。白居易が息子の妻を奪い取ったというどろどろとした俗世の醜悪を切り捨てたのもこの雅のためであろう。

「長恨歌」の雅はまたその詩文表現にある。これは作品全体について言える。

たとえば、「漁陽《ぎょよう》の鼙鼓《へいこ》　地《ち》を動かして来り　驚破《けいは》す　霓裳羽衣の曲」。漁陽で反乱が勃発。世の中が乱れて殺伐とした時代が始まる。

白居易は荒々しい戦をそのまま書かず、戦場で打ち鳴らす「鼙鼓《へいこ》」の音で緊迫した空気を表現する。俗世を象徴する鼙鼓の音は仙界を象徴する霓裳羽衣の曲を破り、俗の音楽と雅の音楽の対立で野蛮な戦場を婉曲に描き出す。

また、楊貴妃の死の場面を「花鈿《かでん》　地《ち》に委《す》てられて　人《ひと》の収《おさ》むる無し　翠翹《すいぎょう》　金雀《きんじゃく》　玉搔頭《ぎょくそうとう》」と描写する。花鈿や翠翹、金雀や玉搔頭、たとえ意味がわからなくても、漢字を見るだけで華やかな印象を受ける。

本来なら血と涙が満ちる凄絶な場面であるのに、白居易は華美を極めた語の羅列で、帝と妃の恋に迫力を与えながら、貴妃の悲運を柔らかに表現する。それだけではない。あげくに「人の収むる無し」である。花鈿、翠翹、金雀、玉搔頭。地に落ちて散り乱れるが、拾う人が誰もいない。極華美《ごくかび》（華美の極み）であるが、また極寂寞《ごくせきばく》（寂寞の極み）でもある。雅であるが、また悲である。なるほど。「長恨歌」は雅であると同時に、また悲なのである。

悲を美とする

「長恨歌」は雅だけではない。帝と妃の恋は世のあらゆる恋と同じくついに終焉を迎える。恋の終焉は「長恨歌」の悲の美を創り出す。

文学は人の喜怒哀楽の情を表現することを旨とする。

喜怒哀楽の中にも、悲（哀）がことに好まれて詩文で詠まれ、その伝統は『詩経』や『楚辞』

にさかのぼることができる。だが、好んで悲を歌い、すすんで悲を美とする文学観が成立したのは、実は魏晋南北朝《ぎしんなんぼくちょう》時代、ことに六朝《りくちょう》時代（二二〇―五八九）である。

六朝とは、長江流域の建康（今の南京）に首都を置いた南方の六つの王朝のことである。三国志で知られる呉をはじめ、東晋、宋、斉、梁、陳の順に次々と王朝が交代した。六朝時代は三百年以上も続いた中国史上最長の乱世期である。この時代の幕を力ずくで開けた曹操の詩を読めば、その空気をうかがい知ることができる。

曹操は政治力に優れるばかりでなく、秀でた詩人でもあった。その作品には悲愴の情が溢れる。「酒に対《むか》い歌わん　人生　幾何《いくばく》ぞ　たとえ朝露の如く　去る日苦《はなは》だ多し　当に慷慨すべく　憂思《ゆうし》忘れ難し」（短歌行）。酒を飲んで歌おう。人生は朝露のようなものだ。過ぎ去る日が多くなるばかり。すべてを忘れて慷慨して歌おうと思うが、悲しみは忘れがたい。

そして、「月明るく　星稀《まば》ら　烏鵲《うじゃく》　南に飛ぶ　樹を繞《めぐ》りて三匝《さんそう》し　何れの枝にか依る可し」と続く。月明るくて星まばら。烏鵲（からす）は南に飛ぶ。木々のうえを何回もめぐるが、頼りにできそうな枝が見つからない。

ここに乱世の梟雄《きょうゆう》の姿はどこにもない。ただ漂泊する孤独な詩人の姿があるだけだ。

曹操の死後に皇帝となった曹丕《そうひ》（魏文帝）にも「西北に浮《う》雲《うん》有り　亭亭《ていてい》として車蓋《しゃがい》の如し　惜しい哉時は不遇なり　適《まさ》に飄風《ひょうふう》に会いしことを」（雑詩二首其二）の句がある。西北の空に一片の雲があり、抛りどころなく寂しくさすらう。よい時に遇《あ》わずまことに惜しいが、風に吹かれれば空しく散ってゆく。

曹操も曹丕も、帝王の勇壮ではなく孤独を歌った。それは時代によるものだった。統一帝国の後漢が崩壊し、戦乱が絶えず、千里に鶏鳴《けいめい》なしの悲況が続いた。それまで信奉されてきた儒学の価値も地に堕ち、人々は住む家のみならず、精神的な拠りどころも失った。時代の先も、個人の行く末も見えない。どうせ避けられぬ運命の悲哀であるならば、いっそ、まっすぐにそれを見て賞美するがよい。悲を美とする風潮が生まれる。

人の死を悼む悲しい挽歌が楽しい宴会などに用いられたのもこの時代だった。にぎやかな宴がたけなわになるとき、挽歌を歌い、感を極め、涙を流す。挽歌の悲語と旋律が人々に愛された。

晋の阮籍《げんせき》（二一〇―六三）に八十余篇の膨大な「詠懐詩」がある。すべて幽鬱《ゆううつ》の色調に染まった作品である。「終身　薄氷《はくひょう》を履《ふ》み　誰か知る　我が心の焦せることを」。「願わくは雲間の鳥と為り　千里に一たび哀鳴す」。阮籍の胸中にどれほどの悲哀が積もっているのか。

南朝宋の江淹《こうえん》（四四四―五〇五）に「恨《こん》の賦」という作品がある。蔦が絡んだ野原の墓を見て、恨みを残しつつ亡くなった古人を思う。人は終生恨みを抱く。国を滅ぼされた天子の恨み、戦場で落命した武士の恨み、青雲の志を実現できなかった才人の恨み、故郷を思う浪人の恨み。春夏秋冬がくりかえすなか、人は誰もが死んでゆく。「恨みを飲《の》み、声を呑《の》む」。永遠に消えない恨みを含み死んでゆく。さまざまな人生の恨みを一気によみあげた「恨の賦」は、圧倒的な迫力をもって悲を美とする六朝人の美的感覚を表現する。

雅なる悲

ただ、悲だけではいけない。悲とともに雅がなければならない。六朝は貴族の時代であり、その文学も貴族文学であるゆえに雅が追求される。

華麗な文章で名を馳せた晋の文人陸機《りくき》は「文賦《ぶんのふ》」の中でこのように述べる。「実感のない空疎な表現は人の心を悲しませるものではない。かといって、世俗に迎合するための野卑な恋歌はたとえ人の心を悲しませることができても、雅ではない」。雅なる悲の文学観が示されている。

王朝交代の戦乱、王朝内部の残酷な権力闘争。多くの人が非業の死を遂げた六朝時代は、文学が文学として確立された時代でもある。雅と悲を美とする感覚はこのまま中国文学の流れとなり、雅なる悲歌は中国古代文学の一大分野となる。

「長恨歌」は題名の「長恨」からもわかるように、恋の終焉による永久《とわ》の悲哀を主題とする。その恋の終焉は浮気などによる蓮っ葉なる破局ではない。深く愛し合っているが、愛する人を殺さなければならない。深く愛し合っているが、愛する人に殺されるのを甘んじて受け入れなければならない。たとえあの世で再会しても、一言の恨み言もなく、ただひたすらに天地よりも長き恋を祈るばかり。

歴史と運命に引き裂かれた帝と妃の恋の終焉は、中国史上における最も偉大な時代に終焉をもたらす。恋の悲しみに時代の悲しみがあり、個人の悲しみに国の悲しみがある。ゆえに後世の人々は好んで貴妃の美貌を思い描き、貴妃の恋を惜しみ、そこで限りなき悲の美を味わいながら、過ぎ去った唐王朝への郷愁に浸るのである。

悲を美と昇華する漢詩の伝統は、悲を詠う「長恨歌」をすぐれた作品にし、そこから『源氏物語』のもののあはれの世界が成立する。

もののあはれの悲と雅

もののあはれの悲

青果店頭での出会いから、ここまでくると、私にもわかった。玄宗と貴妃の恋がそのまま光源氏の恋に投影され、「長恨歌」の雅と悲がそのまま、もののあはれの世界につながっていることを。

光り輝く美貌をもつ皇子として生まれ、多くの才媛に囲まれながら、準太上天皇にまでなった光源氏の生涯は華やかである。だが幼くして母を失い、母の面影をもつ義母の藤壺女御を恋い慕い、罪の子が生まれる。また藤壺の面影をもつ紫上を愛しながらも彼女を正式な妻にすることができない。女三宮を妻に迎えるが、その妻が別の男と密通して子の薫が生まれる。わが子ではないわが子を抱きながら、光源氏は藤壺との不義な恋の報いだと苦しむ。

そして最愛の妻紫上の死を描く「幻」の巻のあとに、作者の紫式部は「雲隠」という名のみの巻を設ける。夢幻の如く、泡影《ほうえい》の如く、露水《つゆみず》や電光《いなずま》の如き光源氏の恋の遍歴の生涯を、無言の悲しみを以て終わらせる。

光源氏の恋が体現したもののあはれは、まず悲でなければならない。

本居宣長は悲しみにかぎらず、喜びも面白さも、楽しさも可笑しさも、人間の心から自然に出てくる喜怒哀楽のあらゆる感情がもののあはれであると語る。しかし、「あはれ」は漢字で「哀」と書く。「哀」は悲しみ、憐れみ、憂いを意味する。

春の悲

うらうらに　照れる春日に雲雀《ひばり》あがり　心悲《こころがな》しもひとりし思へば

大伴家持・万葉集四二九二

もののあはれの根底には悲がなければならない。そのように考える理由は二つある。

ひとつは人間の感情の不思議である。喜びの気持ちはすぐ消えるが、悲しみはいつまでも尾を曳く。人生は喜より悲のほうが遥かに多く、悲が喜より共感を呼びやすい。ゆえに悲はもののあはれの底流になり得るが、喜はもののあはれの底流になり得ない。

ふたつめの理由は、もののあはれを尊ぶ和歌に悲しい歌が多いこと。和歌の悲哀美は、六朝詩文の悲を摂取した『万葉集』時代にすでに見られる。

右に挙げる家持の歌がある。ひばりが空に飛び上がるのどかな春の日。なんとなく悲しい。この春の悲しみを歌でも詠まなければ心を落ち着かせることができない。だから歌を作り、悲しい心のうちを訴えることにした、と家持は詞書で述べる。

春は本来人の気持ちをうきうきさせる季節である。爛漫たる春の陽射しの中にひばりが飛び立ってゆく。静かなのどかな景色であるのに、歌人はこの景色を悲しむ。華やかなもののなかに悲しみを見る。

家持の「うらうらに」から、紀友則《きのとものり》の「ひさかたの　光のどけき春の日に　静心なく花のちるらむ」（古今集八四）、藤原俊成の「またや見ん　交野《かたの》のみ野の桜狩《さくらがり》　花の雪散る春のあけぼの」（新古今集一一四）に至る。

『万葉集』、『古今集』、そして『新古今集』。綿々と受け継がれる春の悲しみである。歌人たちは爛漫たる春に一抹の悲哀を添えなければ気がすまない。春は爛漫だけでは美にならない。爛漫のうちに哀愁があるから春は美しい。

甚だしいものでは、誰でも願う「比翼の鳥」の恋ですら、悲しいほうがよいという吉田兼好の放言まである。男女の恋はただ逢って契りを結ぶだけというものではない。実らぬ恋を憂い、はかない逢瀬を恨み、長き夜をひとりで明かし、遥か遠くにいる人を想い、荒れた宿で昔の恋を懐かしむ。兼好にとって、結ばれぬ悲しい恋こそが美しい。

「あはれ」は涙である

あはれてふ　言の葉ごとに置く露は　昔を恋ふる涙なりけり　　読人不知・古今集九四〇

「あはれ」という言葉は涙である。過ぎ去ったものを懐かしむ悲しみの涙である。栄枯盛衰のなかで感じる寂寞や孤独、移り変わりゆくものを自分の意志では左右できない無力、さまざまな「悲」の感情が入り混じるのが「あはれ」という言葉である。

西行は山里の柴の庵を見て「あはれ」を覚える。

「立ち寄りて　柴の煙のあはれさを　いかが思ひし冬の山里」（山家集）。冬の山里は花もなく紅葉もないまったく殺風景。崩れそうな庵から白い炊煙が立ちのぼる。こんな山里でも人が住んでいる。こんな山里でも人がものを食べて生きている。人間の営みはなんと哀れであろうか。

西行はまた秋の夕暮れの「あはれ」を詠む。

「心なき　身にもあはれはしられけり　鴫《しぎ》たつ沢の秋の夕暮れ」（山家集）。「心なき身」は出家の身をさす。出家した以上、俗世の煩悩をすべて切り捨てたはずなのに、秋の夕暮れを見て哀れを感じずにいられない。煩悩を棄て切れない人間の業、孤独な姿で餌を漁る沢の鴫の業、業から逃れられないこの世の生きとし生けるものの宿命。歌人は秋の夕暮れを借りて、生きることの

「あはれ」を詠んだ。

俊成にもこの一首がある。

「荒れわたる　秋の庭こそあはれなれ　まして消えなん露の夕暮れ」（新古今一五五九）。ぼうぼうと生い茂る夏草が枯れきった秋の庭。暁ならば、枯れ草に露が結びまだそれなりの面白さがあるが、黄昏になると露すら消えてしまい少しの趣もない。八十歳をすぎた俊成は秋の夕暮れに自分の人生をかさねて詠んだ。

後鳥羽院は、歌壇の長老であり自らの歌の師である俊成の歌を「やさしく艶に、心も深く、あはれなるところもありき」（後鳥羽院御口伝）と高く評価した。秋庭のような老いの侘びしさ、露のような生の悲しみ。それを「あはれ」として俊成は詠んだのである。

もののあはれをよく知る紀貫之に、「秋の菊　にほふかぎりはかざしてむ　花よりさきと知らぬわが身を」（古今集二七六）、「秋の野に　乱れて咲ける花の色の　千種《ちぐさ》に物を思ふころかな」（古今集五八三）などの詠がある。

自然と人事、花と我が身の悲哀が一体に溶け合う。生がある以上、死はかならずやってくる。生死に翻弄される命あるものの生の悲哀が、すなわちもののあはれである。

光源氏の悲恋

生の悲哀が常に光源氏の恋につきまとう。多くの妻をもつが、恋の別れがつぎつぎと彼を襲う。

妻葵上はいきなり死ぬ。いくら好きではない妻であれ、源氏は悲しんだ。「長恨歌」の「鴛鴦《えんおう》の瓦　冷やかにして　霜華《そうか》重く　翡翠《ひすい》の衾《しとね》寒くして　誰と共にかせん」にちなんで詠む。「亡き魂《たま》ぞ　いとど悲しき寝し床《とこ》の　あくがれがたき心ならひに」。「君なくて　塵積もりぬるとこなつの　露うち払ひいく夜寝ぬらむ」（源氏物語・葵）。

紫上の死をなかなか受け入れられない。玄宗のように貴妃の魂を尋ねてゆきたい。「長恨歌」の「夕殿　蛍飛びて　思い悄然たり」や「臨邛《りんきょう》の道士　鴻都《こうと》の客《かく》　能《よ》く精誠を以て　魂魄に致す」にちなんで詠む。「夜《よる》を知る　蛍を見てもかなしきは　時ぞともなき思ひなりけり」。「大空を　かよふまぼろし夢にだに　見えこぬ魂の行く方たづねよ」（源氏物語・幻）。

光源氏の恋は間違いなく「長恨歌」の「天長く地久しきも尽きる時有り　此の恨み綿綿として絶《た》ゆる期《とき》無し」の延長線上にある。個人の恋はかならず移ろいそして消えてゆくが、恋の悲哀だけが共有され天地とともに永遠である。

もののあはれの雅

大江流日夜　　大江　日夜流れ
客心悲未央　　客心　悲しみ未だ央《や》まず

六朝斉・謝眺・暫使下都夜発新林至京邑贈西府同僚・抄

思ふこと　さしてそれとはなきものを　秋の夕べを心にぞ問ふ　宮内卿・新古今集三六五

悲だけではもののあはれにならない。

李白杜甫に大きな影響を与えた謝眺《ちやちよう》（四六四―九九）は六朝斉の詩人である。小人に讒言《ざんげん》され君主から遠ざけられたとき、右の作品を詠じた。

「大江　日夜流れ　客心　悲しみ未だ央まず」。滔々たる大江の水はわが心の悲しみのように日夜もやまず流れる。詩人は胸中の激しい悲憤を波立つ長江の巨流に見立てた。

漢詩の大悲が和歌になると、淡々とした小哀に変わる。

宮内卿《くないきよう》は苦吟歌人として有名である。あまりにも苦心しすぎたせいか、二十歳未満で世を去った。その歌才が後鳥羽院に認められ、『新古今集』に十五首も選ばれている。右の一首は彼女の歌である。

特別に何もないが悲しい。生計のために奔走することはない。病床に臥して生死の境をさまようのでもない。秋の夕暮れが醸し出す淡々とした哀愁にひたる。

ここには「大江　日夜流れ　客心　悲しみ未だ央《や》まず」の大悲がない。けれど、あっさりと流れる歌の旋律は薄霧のような哀愁を生み出すことに成功している。なぜなら、もののあはれは悲であると同時に、雅でなければならないからだ。

では、もののあはれの雅とは何か。

古き言葉は雅である

そもそも和歌は漢詩と同じく雅を尊ぶ。藤原定家は和歌を詠むときの心得を「詞は古きを慕ひ、心は新しきを求め」（近代秀歌）と語る。歌を詠む心は新鮮でなければならないが、歌の詞は古き言葉を使うべきである、と。

定家の言う古き言葉は雅語をさす。和歌の雅語は『古今集』『後撰和歌集』『拾遺和歌集』の三勅撰集に用いられる言葉のことだと久松潜一は指摘する（『日本歌論史の研究』風間書房）。『万葉集』が雅語に入らないのは、おそらく作者層が広く、天皇貴族のみならず、防人《さきもり》や遊女、乞食者《ほがいびと》や東国の農民などもいたからではないか。田舎の訛りは素朴であっても雅にならない。

『古今集』になると、作者はもっぱら宮廷貴族に限られる。王朝文化の担い手である貴族の歌言葉はむろん雅である。これについて吉田兼好は面白いことを言う。たとえ農夫や樵《きこり》などの卑しい仕草《しぐさ》でも、枯れ草の上でころがる豚でも、「ふす猪《い》の床《とこ》」のような和歌の言葉で歌うと、大変優美に聞こえる、と。

武士が台頭する時代に生きた吉田兼好は、雅びな王朝文化が衰微してゆくことに危機感を覚えた。だから、どんなにさびれた末世でも世俗に染まらず、いにしえの雅を保ち続ける宮中に憧れ、どこまでも王朝文化を懐かしんだ。

なにとなくの雅

うきも契り　つらきも契りよしさらば　みなあはれにや思ひなさまし

永福門院・風雅和歌集一一六四

伏見《ふしみ》天皇の中宮である永福門院《えいふくもんいん》（一二七一―一三四二）の詠である。

「契り」とは前世から定められて変えられぬ宿命の恋。歌人は一句の中で「憂き」、「つらき」、「あはれ」という三つの言葉を用いて恋を表現する。恋の「あはれ」は「憂き」でもなければ「つらき」でもない。「憂き」も「つらき」も重すぎて沈鬱である。恋の「あはれ」は淡くて甘い哀愁でなければならない。

永福門院の恋の相手は伏見天皇ひとりしかいない。が、天皇の相手には数多くの後宮女性がいる。後宮女性の恋は単なる恋ではなく、一族の運命を左右する政治でもある。妬みや恨み、孤独と不安。なんとなく哀愁を覚える宮内卿と違い、永福門院の悩みは重大なものである。だから「憂き」や「つらき」や、と院は立てつづけに訴える。

だが、王朝貴族は典雅を以て物事を判断する。何事も雅でなければならない。天に向かって叫び、地に頭をぶつけるような荒立てた泣き方は粗野である。袖に顔を伏する忍び泣きこそが雅であり優美である。過度な悲哀は雅ではなく、もののあはれではない。

ゆえに永福門院は歌う。憂きも辛きも、全部恋の「あはれ」であると。深刻な苦しみは淡々としたもののあはれに消化する。現実の中の苦しみは消えることがないが、歌は苦しみを和ませる。「よはりはつる　いまはのきはの思ひには　うさもあはれになるにぞ有りける」（永福門院・玉葉和歌集一七二五）の詠も同じ意匠である。

「何となく艶にもあはれにも聞《きこ》ゆる事のあるなるべし」（古来風躰抄）と俊成も語ったではないか。「何となく」の「あはれ」であり、切羽詰った哀れではない。歌は「やさしく物《もの》あはれによむべき事」（毎月抄）と定家も述べているのではないか。どんなに恐ろしいものでも、歌に詠めば優美になりやさしくなる。もののあはれは決して強烈で深刻な大悲ではない。やさしくて柔らかくて、薄くて淡くて、なんとなくたゆたう雅なる哀愁である。

「長恨歌」を優美に

熾烈なる戦を太鼓の音で象徴する「長恨歌」はすでに雅を極めている。だが和歌は「長恨歌」の雅をさらに優美にする。

『長恨歌』に「夜雨　猿を聞き　断腸の声」の一句がある。

玄宗は夜雨に伝わる猿の断腸の啼き声を耳にして亡き貴妃を悲しむ。断腸は『世《せ》説新語《せつしんご》』（六朝宋・劉義慶）に見られる故事による。猿の子が人に連れて行かれ、母猿はあとを追いながら啼き続けた。息絶えた母猿の腹をひらいてみると、腸《はらわた》がずたずたに千切れていたという。この故事を用いて白居易は玄宗の悲傷の甚だしいことを形容した。

だが、ずたずたに千切れている腸。血淋漓《りんり》とした有様が強烈すぎて、平安貴族の脆い神経では耐えられない。ために定家は、「恋ひて鳴く　たかねの山の夜の猿　おもひぞまさる暁の雨」（拾遺愚草員外）と詠み変えた。「断腸」の語が消え、「夜の猿」だけ残す。「夜の猿」の語から断腸した母猿の故事や「長恨歌」の句が思い出される。鮮烈な場面を無理に突き出すのではなく、読む人の想像に任せる。

定家のみならず、慈円も温和に詠じた。「このしたに　雨に鳴くなる猿《ましら》よりも　わが袖のうへの露ぞかなしき」（拾玉集）。「断腸」が見えず、「雨に鳴くなる猿」の文字で断腸を思わせる。その上、「猿」を「さる」ではなく、異名の「ましら」で呼ぶ。剽軽味《ひょうきんみ》を添えることで、悲哀を緩和する。さらに王朝和歌定番の袖や露を加える。柔らかいもののあはれの歌が、「夜雨　猿を聞き　断腸の声」から脱皮する。

もうひとつ例をあげよう。

源道済は「長恨歌の心をよめる」として、「思ひかね　別れし野べをきてみれば　浅茅《あさぢ》が原《はら》に秋風ぞ吹く」（俊頼髄脳）を詠じた。乱が平定され、蜀から都に引き返す途中、玄宗は貴妃を亡くした馬嵬坡を再び通りかかる。歌はこのときの玄宗の心を詠じたものである。別れの野原に秋風が浅茅を吹き渡りゆく。何の具体的な叙述もなく、情景を淡々と描写するのみで、あとは想像に任せる。

王朝の和歌はこうして「長恨歌」の悲と雅を借用しながら独自の世界を創りあげてゆく。漢詩の詩句を取り入れるが、強烈な印象をもつ漢語を取り除く。あるいは目に見える具象を消し、醸し出す雰囲気でぼやけさせたり薄めたりする。深刻な悲哀を深刻のままではなく、淡い哀愁に創りかえてゆくところに、もののあはれが生まれる。

漢詩は闊達雄大であるが、繊細さ柔軟さにおいては和歌に及ばない。では、和歌は雄大な漢詩を吸収しながらなぜ、独自の繊細なもののあはれの世界を創りあげることができたのか。

もののあはれと雅怨

「恋せずは」

恋せずは　人は心もなからまし　もののあはれもこれよりぞ知る

藤原俊成・拾遺風体和歌集

もののあはれは恋によって知ると俊成は言う。

もののあはれは恋によって表現されるので、もののあはれを求める和歌に恋歌が多いのも納得できる。俊成自身も多くの恋歌を詠じた。「あはれなり　うたた寝《ね》にのみ見し夢の　長き思ひにむすぼほれなん」（新古今集一三八八）。短い逢瀬と長い思いの対比で恋の「あはれ」を詠みだす。

春のある日、「思ひあまり　そなたの空をながむれば　霞を分けて春雨ぞ降る」（新古今集一一〇七）を恋人に贈る。「あはれ」の語がないが、春の暖かさ、牛毛のような雨の細さ。春雨の姿が恋の哀れをあらわす。

「月影に　わが身をかふるものならば　つれなき人もあはれとや見む」（壬生忠岑・古今六〇二）。恋心の襞に折りたたまれる様々な感情が「あはれ」の一語に含まれる。

光厳《こうごん》天皇の后徽安門院《きあんもんいん》は初めて恋をした。「思ふてふ　ことはかくこそ覚えけれ　まだ知らざりし人のあはれの」（風雅和歌集一〇一六）。

村上天皇の「逢《あ》ふことを　はつかに見えし月影の　おぼろげにやはあはれとも思ふ」（新古今集一二五六）。

源経基《つねもと》の「あはれとし　君だに言はば恋ひわびて　死《し》なん命も惜《お》しからなくに」（拾遺集六八六）。もののあはれが恋心に通じ合うことがこれらの歌から知られる。

恋は切ないものである。想う相手が必ずしも自分のことを想うとは限らない。互いに想っても必ず結ばれるとは限らない。たとえ結ばれたとしても、共白髪まで続くとは限らない。「会者定《えしやじよう》離《り》」という言葉があるように、会うものは必ず別れる運命にある。恋は花の色のように移ろい、終焉の日がかならずやってくる。

恋はまた敏感で傷つきやすいものである。親への孝や友への誠など当たり前の感情より、心の奥底に秘める恋は、微妙繊細《デリケート》である。愛しい、悔しい、恨めしいなどさまざまな感情が交錯する恋心は、一抹の哀愁を帯びるもののあはれに最適である。

だから古の歌人俊成はもののあはれを知るために恋をしなければならないと言う。現代歌人の馬場あき子も、恋を移ろうものとして受け止め、その移ろいの儚さを味わう姿勢こそ「あはれ」であると述べる（『日本の恋の歌』角川学芸出版）。

宣長ももののあはれを知るために、恋に勝るものがないとするうえ、道ならぬ恋のほうがよりよいと主張する。宣長は面白いたとえをする。道ならぬ恋は汚い泥水であり、もののあはれはそこから出《いで》る蓮の花である。汚泥ではなく、蓮の花をめでればよいと。また、光源氏と義母藤壺との不義の恋を中心に、多くの道ならぬ恋を扱う『源氏物語』は淫乱でもなく、説教でもなく、恋の悲しみや苦しみを率直に表現することで、もののあはれの世界を創りあげたという（源氏物語玉の小櫛）。

漢詩のもののあはれ

もののあはれは恋によって知る。これこそが、和歌が漢詩を吸収しながらも独自のもののあはれの世界を創りあげた所以である。

漢詩も和歌も同じく悲と雅を最高の美として尊ぶ。しかし、和歌の悲と雅は恋のもののあはれの淡々とした哀愁であり、漢詩の悲と雅はそれとは異なる。

北宋代の詩人晏殊《あんしゅ》（九九一―一〇五五）は「紫薇朱槿《しびしゅきん》　花残り　斜陽却て欄干を照らす　双燕《そうえん》の帰るを欲する時節に　銀屏《ぎんびん》昨夜微かに寒し」（清平楽）を詠じた。紫薇花（さるすべりのこと）、朱槿花（くれないの槿《むくげ》）が咲き残り、夕日が斜めに欄干を照らす。燕が帰ってゆくこの季節に、銀屏からかすかな寒意を覚える。恋人を想う深閨の女性の憂いを描く作品である。

北宋一の文人政治家晏殊は、高い地位と裕福な暮らしがその作品に富貴の気をもたらす。雅なる銀屏に映る淡い哀愁。幽艶《ゆうえん》にして切ない恋心は、王朝貴族のもののあはれでなければまた何であろう。

だが、晏殊のこの手の作品は漢詩では高く評価されない。なぜなら、漢詩の悲と雅は恋のもののあはれではなく、憂国の雅怨《がえん》でなければならないからである。

友情を詠む

梁の鍾嶸《しょうこう》は、中国最初の詩論『詩品』の中で、曹植《そうしょく》の詩文について、志が高く、詞《ことば》が華やか、情が雅怨をかね、輝きが古今を照らすと、最高の賛辞をおくった。

「雅怨」の語がここにおいて初めて現われ、漢詩の最高境地を指す語として使われるようになってゆく。

「雅」は格調が高いこと、「怨」は悲しいこと。「雅怨」は格調高い悲哀を含意する。

では、曹植の作品はなぜ雅怨と言われるのか。

漢詩には恋が少なく友情が多い。吉川幸次郎は、西洋詩の圧倒的な題材は男女の恋だが、漢詩の圧倒的な題材は友情である、友情の価値を発見したのは曹植だと述べる（『中国詩史』筑摩書房）。西洋詩のみならず、和歌の圧倒的な題材も恋である。この意味では恋に近づかない漢詩のほうがむしろ独特と言えよう。

曹植作品の題材の大半を占めるのは友情である。

たとえば友人の徐幹《じょかん》（一七〇—二一七）に詩を贈る。徐幹は著名な文学者だが、生涯不遇であった。曹植は落魄の友人を助けたいが助けられない。父親曹操のお気に入りの息子であるにもかかわらず、兄の曹丕に抑えられ自分には力がないからだ。だから曹植は「蓬室《ほうしつ》の士を顧念《おも》い　貧賤として誠に憐れむべし」と友人の境遇に同情し、友人と同じ境遇にいる自分の無力を悲憤す。美玉であればかならず輝く日がやってくる。私たちの友情は深くて、あらためて言う必要もないと、友人を慰める（曹植・贈徐幹）。

また友人の王粲《おうさん》（一七七―二一七）にも贈る。王粲は曹操の部下であるが、なかなか出世できず悩んでいた。友人の力になりたいが、色々思いめぐらせば心が落ち着かない。詩人は西園に出かける。庭に春の花が賑やかに咲いているが、池では一羽の鴛鴦《おしどり》がさびしそうに鳴く。「中に孤の鴛鴦有り　哀鳴して匹儔《とも》を求む」。ああ、あの鴛鴦ですら友を求めるのに。鴛鴦はよく相愛する男女のたとえとなるが、曹植は友を想う自分をたとえた。曹植にとって、恋も友情も変わらないのである（曹植・贈王粲）。

友情は曹植によって漢詩の一大分野となる。唐詩に友情を扱う名作は数え切れない。

安史の乱中、李白は西南の僻地夜郎《やろう》（今の貴州）に流される。杜甫は遠い友を案じ、三夜続けてその夢を見る。「李白を夢む」の長詩二首が詠まれる。

詩人の夢に入ってきた李白は旅路の険しさを訴える。白髪を掻きながら出て行く後姿に、大志が遂げられなかった悲しみがこもる。険悪な南方の地で、ひとりで生きていけるのか。老いた身がなぜこんな理不尽な処遇をうけるのか。王侯貴族が行きかう華やかな長安城に、なぜこの人だけが憔悴しているのか。名は千秋万歳の後にも伝えるのに、生きているときはなぜこんなに寂寞であることか。

「冠蓋《かんがい》　京華に満つるも　斯の人のみ　独り憔悴す」「千秋万歳の名　寂寞として身後の事」の名句である。杜甫は、友の孤独を誰よりも理解し誰よりも同情し、その悲運を憤り、その詩名を高く評価する（杜甫・夢李白）。

李白のために悲憤する杜甫自身も、乱を避けるため家族を連れて各地を転々とした。ようやく蜀の成都に落ち着いたのは七六〇年頃。同じ時期に詩人の高適《こうてき》（七〇二―六五）も都から蜀州に左遷されている。他郷で旧友に再会した喜びと共通した境遇の悲哀。高適は一月七日の人日に杜甫に詩を贈る。

安史の乱が収まらず世はまだ乱れているのに、心中に千万の憂愁があるのに、遠き蜀地にいて、天下国家のために何の役にも立てない。柳の新緑を見ていられず、枝の梅花を眺めても断腸の思いがする。今年の人日に会うことはできず、ただむなしく思うだけであるが、来年の人日は互いが何処にいるかもわからない。

「今年人日　空しく相い憶うも　明年人日　何処かを知らん」。詩を受け取った杜甫は、涙を禁じえなかったという（高適・人日寄杜二拾遺）。

和歌の歌人の涙はもっぱら恋のために流されるが、漢詩の詩人の涙は恋ではなく、友人のために流される。

なぜ詩人は友人を恋人のようにいとしく思うのか。

それは、友人が単なる酒の友だちではなく、同じ志をもつ同志だからである。

憂国を詠む

曹植の詩才はずば抜けたものであるが、曹植自身は自分の志は詩文ではなく天下国家を救済するところにあると述べる。

すなわち憂国の志である。曹操の息子として当たり前のことなのかもしれないが、その大志が野心と見られ、兄の曹丕に疑われて後半生の悲劇を招く。

憂国は友情とともに漢詩の最大の題材である。それは『楚辞』の屈原から始まる。

黄河流域に生まれた『詩経』と異なり、『楚辞』は長江流域の文学を代表する。広い意味で楚地の歌謡をさし、主な詩人は屈原（前三四〇—前二七七）である。

屈原は中国全土が戦乱に陥った戦国時代に生きた。祖国の楚が強国の秦に呑みこまれないよう、屈原は美しい政治を行おうとした。だが、高遠な理想は実現しにくい。秦に攻められ楚は陥落する。国の滅亡がもはや避けられないと悟った屈原は、国の運命、民の運命、そして自分の運命を嘆きながら、汨羅江《べきらこう》に身を投げた。

憂国の悲情が屈原作品の行間に溢れる。

『史記』の司馬遷は、楚辞を読むと屈原の志を悲しみ、飛び込んだ汨羅江を眺めると涙が絶えないと慨嘆した。屈原が後世の人々に尊ばれたのは、ついに遂げられなかったその高潔な憂国の志のためである。

詩人は個人を超え、天下国家を憂う公的な感情こそ、高らかに謳歌すべきだと考える。彼らは恋よりも天下を憂い、国家を治めることに情熱を燃やした。友情を詠む漢詩も、実は憂国の志を詠んでいる。なぜなら、友情は憂国の志を共にするもの同志の情義であるからだ。友人の志がすなわち己の志、志を実現できない友人の恨みはすなわち己の恨み。友情を詠むことで、互いに励まし、互いに憐れむ。このことは曹植や杜甫の友情詩から充分に知ることができる。

曹植は華麗なる詞藻を以て崇高な志を謳い、志の遂げられぬ悲しみを謳う。だからその詩は風《ふう》骨《こつ》が高く、雅怨である。しかし、「長恨歌」はすこし違う。

「長恨歌」の憂国

中国における「長恨歌」の評価は、好評一辺倒の日本と比べ、毀誉《きよ》褒貶《ほうへん》相半ばである。「荒淫《こういん》の語」や「穢褻《わいせつ》の語」など、白居易の最悪の作品だという悪評すらある。何より作者の白居易本人が、友人の元稹《げんしん》にあげる手紙の中で、「長恨歌」は町の人々に愛されているが、自分は好きではないと語る(白居易・与元九書)。

なぜ詩人は自分の大作をきらうのか。

玄宗と楊貴妃は煌びやかな宮殿で「雲鬢《うんびん》　花顔《かがん》　金歩揺《きんほよう》　芙蓉の帳《とばり》　暖かくして　春宵《しゅんしょう》を度《わた》る」の恋に落ちる。煙海の如き漢詩の中でこの句は最高の句に挙げられよう。華麗にして高雅であり、非の打ちどころがない。だが、『旧唐書』に記載されている事実を知れば、単なる華麗高雅ではすまない。たとえば貴妃の着物に刺繡を施す職人だけで七百人に上ったとされる。玄宗と貴妃の恋を包む芙蓉帳にあしらわれている芙蓉花の刺繡は、七百人の辛苦の労働によって造り出されたものであった。

玄宗と貴妃の恋の裏に、唐王朝の民は実に悲惨な暮らしが強いられた。杜甫の「朱門の酒肉臭くも　路に凍死の骨有り」（自京赴奉先県詠懐五百字）の二句がよく知られる。朱門は朱色に塗られる大門、王侯貴族の家をさす。貴族の家に酒肉が余って腐っているのに、道辺に餓死や凍死の死体がころがっている、と。

日本でも「開元の治《かいげんのち》」として知られる「開元の盛世」。それを作りあげた明君の玄宗は、このころ暗君の典型に転じた。政務を怠り、政治が乱れ、贅沢三昧の宮廷を満足させるために、とめどなく領土を拡張しようとする。そのために辺境民族との戦争を繰り返す。飢餓に耐えてきた民は、さらに終わりのない兵役に苦しむ。

生涯漂泊の旅を続けた杜甫は、ある日目にした一幕を作品に詠む。

車はリンリンと路上の石ころを軋らせながら進み、馬はショウショウと悲しく嘯《うそぶ》く。腰に弓箭《きゅうせん》をさす兵士を、父母妻子は走りながら見送る。巻きあがる埃は咸陽《かんよう》の橋を覆い隠す。戦場に赴く息子や夫の袖を引っ張り、止めようとするが止められない。足をばたばたして泣き叫ぶ人は道路をさえぎるほどに大勢いた。泣き声が雲の上まで届く。青海《せいかい》の戦場に残る古代からの白骨を誰も収める人がいない。旧鬼《きゅうき》（旧い死者の亡霊）がまだ哭《な》き止まないのに、新鬼《しんき》（新しい死者の亡霊）が加わり哭き始める。どんよりとした空から雨が降り出し、鬼たち（亡霊たち）の慟哭《どうこく》がシュウシュウと聞こえる（杜甫・兵車行）。

平安の王朝貴族は杜甫を読まない。唐の民が経験した亡国の苦しみや悲しみを知らない。そもそも彼らは自国の民にすら眼を向けない。民の飢寒を詠った和歌は、万葉時代の山上憶良以来見当たらない。王朝の人々は異国の「長恨歌」の優美に酔い痴れ、それを自分たちの和歌の世界で再現することに忙殺された。

紅顔禍水の楊貴妃

一方中国では、貴妃の驕奢《きょうしゃ》はのちのちまで人々に詬病《こうへい》される。貴妃は美貌で玄宗を惑わし、国に大きな動乱を招いた。いわゆる「紅顔禍水《こうがんかすい》」。紅顔は美しい顔、禍水とは禍いをもたらす水のことである。

漢の成帝《せいてい》は美人趙飛燕《ちょうひえん》を寵愛した。五行説《ごぎょう》によると漢王朝は火である。火を消すのは水だ。漢王朝衰亡の原因を作った張本人は趙飛燕とされ、後世は彼女のことを禍をもたらす水と蔑《さげす》んだ。

色を好む君主は悪くない。悪いのは君主を惑わす女だ。中国史上でたびたび見られる言説である。「唯だ女子と小人《しょうじん》とは養い難しと為す」を信条とする儒者の論理から来ることは言うまでもない。

清代に書かれた小説『紅楼夢』に有名な場面がある。

主人公の宝玉《ほうぎょく》が従妹宝釵《ほうしゃ》の美貌を「楊貴妃のように美しい」と褒める。すると、いつも物静かな宝釵が怒り出す。楊貴妃のような国を乱した紅顔禍水に比されるのが不快だったからだ。

現代に生きる私でさえ、華やかな「長恨歌」の裏に隠れた民の苦難を思えば、貴妃を紅顔禍水と罵るまでにはいかなくても、貴妃の恋を単純に悲しむことはできない。安史の乱を経た唐王朝、というより後の宋王朝にしても明王朝にしても、中国という国に開元盛世の如き時代がふたたび来ることはなかった。安史の乱が中国歴史の分岐点になったことを考えると、「長恨歌」を見る視線は自ずから異なってくる。

そして、紅顔禍水と罵られた楊貴妃とともに、「長恨歌」も批判にさらされる。「長恨歌」が中国で愛されるのも貶されるのも、雅怨のためである。

愛されるのは、「長恨歌」の雅と悲が、雅怨の雅と悲に適うためである。貶されるのは、雅怨が要求する高い境地に「長恨歌」がとどいていないからである。その境地は憂国で達することはできるが、恋ではできない。恋は私的な一時の感情であり、格調高いものではない。いかに文学的にはすぐれていても、恋を主題とする「長恨歌」は、立意に高さがなく、境地に深みがなく、二流にすぎないと、漢詩の詩人は考える。

二種の愁滋味

少年不識愁滋味　　少年　愁《しゅう》の滋味を識らず
愛上層楼　愛上層楼　　よく高楼にのぼりては　よく高楼にのぼる
為賦新詞強説愁　　新詞を賦《ふ》する為め　強いて愁を説く
而今識尽愁滋味　　而今　愁滋味を識り尽くすも

欲説還休　欲説還休
却道天涼好個秋

説かんと欲するも　また休《や》み　説かんと欲するも　また休む
却って道《い》う　天　涼しく好《よ》個き秋なりと

宋代詩人辛棄《しんき》疾《しつ》（一一四〇—一二〇七）の作品「醜奴児《しゅうどじ》」である。

人生の悲哀をまだ知らない少年は詩を詠むためにことさらに格好をつけて悲を説く。人生の悲哀を知り尽くした中年は、かえって悲を言わず、なんと涼しくて素晴らしい秋であろうと言う。歴城（今の山東済南）で生まれた辛棄疾は、金の支配下で育った。異民族に蹂躙《じゅうりん》された漢人を見て、金と戦い、滅んだ北宋を回復しようと志す。だが軟弱な南宋朝廷はひたすら金に媚び、すぐれた軍事才能をもつ彼を用いようとしない。辛棄疾は一生憂国し、一生不遇であった。彼にとって、中年に知り尽くした人生の悲哀は、危急存亡の国の運命への憂いと、志が遂げられない不遇の憂いであった。


もののあはれと雅怨の相違を考えるとき、私はこの作品を思い浮かべる。和歌の甘くて淡いもののあはれは、愁滋味《しゅうじみ》を知らない少年の愁いであり、浅き愁いであり、暇人《かじん》の閑愁《かんしゅう》である。漢詩の雅怨は、愁滋味を知り尽くした中年の愁いであり、深く重い憂いである。もののあはれは柔らかくておだやかでふんわりとした哀愁であり、雅怨は気骨のある深刻な悲哀である。

もののあわれと雅怨は、まさに二種の愁滋味である。

恋の悲と憂国の悲

もののあはれと雅怨。同じく雅と悲を求めるが、なぜ二種の愁滋味になりえたのか。

理由は二つある。ひとつは、もののあはれは恋うる心の悲であり、雅怨は憂国の悲であることだ。

漢詩の世界に有名な言葉がある。

「国家の不幸は詩家の幸なり　詩が滄桑《そうそう》に到れば句便ち工《たく》みなり」。

亡国の目に遭う国家は不幸である。けれど詩人にとっては幸である。なぜなら、亡国の滄桑は佳句を生み出すからだ。佳句は言うまでもなく、詩人が理想とする雅怨の句である。

杜甫は安史の乱で亡国の悲哀を歌った。そこから生まれた「国破れて山河在り」の雄渾と悲壮は雅怨の理想にかなう。

白居易は玄宗と貴妃の恋の悲哀を歌った。「天に在りては願《ねが》はくは比翼《ひよく》の鳥と作《な》り」の優美と纏綿はもののあはれの要求を満たす。

恋をすればもののあはれを知るが、亡国を経験すれば、雅怨の句を詠むことができる。個人の恋にこだわるもののあはれには、優美と纏綿はあるが、雄渾と悲壮がない。

だから定家は多くの漢詩を読み、漢詩は心を気高くすることができると語った。恋という私的な世界に閉じこもる和歌は、心を気高くするには無理があると感じたのであろう。

雅怨からもののあはれへ

もののあはれと雅怨が二種の愁滋味になりえた二つ目の理由は、もののあはれが王朝貴族の悠々と満ち足りた生活によるものであり、雅怨が中国文人の治国平天下の志によるものであることだ。

治承四年（一一八〇）九月、源頼朝が平氏討伐を唱え伊豆で挙兵し、全国に戦乱が広がる間際、十八歳の藤原定家は、白居易の「紅旗　賊を破るは　吾が事に非ず」（劉十九同宿）の句をまねて、「紅旗征戎《せいじゅ》　吾が事に非ず」と公言した（藤原定家・明月記）。

王朝の貴族にとって、おのれの雅な生活を維持するために必要なものは官位と荘園の租税である。官位と租税には関心があるが、戦には関心がない。そもそも戦は雅ではない。常に周辺民族に虎視眈々と狙われる大陸と違い、島国の日本は外来の侵略を受けたことがない。あんのんと春を眺め、秋を憂う環境に王朝の貴族が置かれていたのである。

安史の乱が勃発したとき、一介の書生に過ぎなかった杜甫は、国を守ろうとして意気揚々と戦場に赴いた。国から何の恩恵も受けず日々の暮らしに翻弄されているのに、反軍に捕えられ自分の命すら危うかったのに、杜甫は国のために尽くそうとした。

白居易には杜甫の貧窮も李白の漂泊もなく、生涯めぐまれた上級役人であった。ゆえにその詩風は優美端麗であり、李白杜甫のような雄渾悲壮がない。このような人生経験をもつ白居易だからこそ、その作品は日本の王朝貴族の趣味に投合《とうごう》した。

しかし、白居易だって儒学の教養を身につけ、憂国の志を抱く中国文人の一人である。「長恨歌」を書いたのは、破れた恋の恨みとともに、失われた盛世の恨みのためでもある。いや、むしろ白居易にとって、恋の感傷より憂国の志を詠じることに本望があった。だが、あまりにも華美な世界が出来上がったゆえ、作品は作者の意図から離れ一人歩きした。世の人は作中の美人君主の恋だけを重んじ、憂国の情を軽んじてしまった。あげくのはてに、作者をして自分の作品を嫌わせてしまったのである。

でも、そんなことは日本の王朝貴族には関係ない。漢詩を土台にして、「長恨歌」の雅と悲の恋を借りて、わが恋を歌えばよい。王朝和歌の最盛期に、「長恨歌」の雅と悲はもののあはれを成就したのである。

憂国の格調高い雅怨は、恋の淡々として優美なるもののあはれに変わる。漢詩と和歌の二種の愁滋味は「長恨歌」への愛と恨を生み、漢詩と和歌の美を異別にしたのである。

おわりに

唐代の話。月が暗く風高きある夜、旅の途中で詩人李渉《りしょう》は野盗の一群に襲われた。野盗の親分は捕まえた詩人に「名を申せ」と言って威喝《いかつ》した。「李渉」と答えると、親分は「詩人の李渉ならば、名を存じておる。財物は要らぬが、詩を残せ」と言った。そこで詩人は、名を隠し深山に隠居しようと思っていたが、あなたたちにまで名が知られているのでは隠居も無理だなあと、皮肉と幽黙《ユーモア》を込めて「井欄砂宿遇夜客」の一首を詠んだ。喜んだ親分は詩人に贈り物をしたうえ、恭《うやうや》しく見送ったという。

大和の国に長年連れ添ってきた夫婦がいた。年老いた妻に厭きた夫は新しい女を作りせっせと通ったが、ひとりぼっちの妻は縁側に座り、月を眺めながら歌を詠む。「風吹けば　沖つしら浪たつた山　夜半にや君がひとりこゆらむ」。つつましい妻の愛情に感動した夫は新しい女と別れ、旧妻と鴛衾《えんきん》を重温《ちょうおん》することにした（伊勢物語）。

唐国の李渉は詩で賊からの災いを免れたが、大和の国の妻は歌で夫との離別を免れた。緑林盗賊との応酬から夫婦の閨まで、詩歌の功徳は大きい。

和歌と漢詩。ともに風流の遊《すさ》びとして王侯貴族から田父野老《でんぷやろう》にまで嗜まれ、ともに千年の時を越えて日本文学と中国文学の中心を占めてきた。

和歌は漢詩を土台にして生まれた。

ゆえに和歌は漢詩と相通ずる。ともに春夏秋冬を借りて人の心を詠じ、ともに五七の旋律を貴ぶ。ともに花鳥風月の美、音楽の美、絵画の美など同じ美の境地をめざす。

その理由としては、日本と中国（ことに南方中国）の自然風土の相似や共通した農業の営みなどがあげられる。しかし何よりも大事なことは、十三世紀ころまでは、すなわち中国では宋王朝、日本では鎌倉時代までの長い間、和と漢が多くの古籍学問や宗教思想を共有してきたことである。四書五経、老子荘子、仏教の経典、禅宗の語録、文学の詩文論評など。和歌と漢詩における同じ美の境地は、このような日中両国の深く長い関わりの中から育まれてきたのである。

十三世紀以降、異民族の元の統治によって漢文化はその流れを大きく変える。和と漢の文化はここから枝分かれしてゆく。これは、本書が十三世紀以前の詩歌に的を絞る理由でもある。

だが、和歌と漢詩は相通じながらも異なる個性を持つ。恋歌がよい例である。

和歌はもっぱら恋を詠じ、歌人の視点はおもに閨中の刹那にあり、優美なるもののあはれを志向する。それに対して、漢詩は恋を詠うことにはばかりがあった。詩人の視点は広大な宇宙にあり、格調高き雅怨を最高とする。なぜ和歌と漢詩は相違する恋歌の世界をもつのか。

まずは詩歌の担い手の違いである。

和歌の歌人は王朝の貴族や宮廷女房を中心とした。好色を理想とする業平のような貴公子や、深閨に閉じこめられた貴婦人は、私的な恋愛にしか興味がない。鎌倉時代以後になると、台頭してきた武士も和歌を詠むが、王朝文化に憧れる彼らは王朝貴族の趣味を吸収し、王朝和歌の伝統をそのまま踏む。恋は始終、和歌の主題であった。

漢詩の詩人は男性の文人にほぼ限られる。彼らは治国平天下の大志を抱き、皇帝のもとで国の政治を行なうことを理想の人生とした。詩人は恋のためよりも、国のため、民のために憂う。漢詩の情はひとりの女性に向ける恋ではなく、天下国家に及ぶ広い愛であり大きな仁である。

つぎは詩人の視野の違いである。

漢詩の詩人はほとんど、李白や杜甫、蘇軾のように仕官か流謫のために万水千山に旅した。閲歴が豊富で視野も広い。山河、羇旅《きりょ》、友情、征伐、流謫などさまざまな題材を作品に取りあげることができ、恋ばかりを詠んではいられない。が、大和王朝の貴族は狭小な平安京の狭い貴族の世界しか知らない。見たこともない歌枕や名所をいくら織り込んでも、歌の世界の大きさはたかがしれたものである。

さらに国がおかれた状況の違いである。

中国という国は常に激動の中にあった。異民族との戦争や王朝の交代が繰り返され、何事もない平和な世がむしろ少ない。乱世の詩人は恋などに溺れる余裕がない。それに比して日本は平和である。宮廷や武士をめぐる争乱があっても、国そのものの存亡を揺るがす危機に瀕したことがほとんどない。「万世一系」を称える天皇のもとで、歌人は亡国の悲痛より有明の別れの「あはれ」に実感があった。

ゆえに、漢詩には恋歌が少なく、和歌には恋歌が多い。漢詩と和歌とは異なる恋の世界をもつようになったのである。

和歌は漢詩を土台に成長しながら、漢詩と異なる独自の世界を創りあげてきた。では、和歌はどのように漢詩と異なる独自の世界を創りあげてきたのか。

方法はいろいろある。ひとつは和漢の境《さかい》を紛らかすことである。むろん、これは詩歌の世界にかぎることではない。日本文化の全体に通じる問題である。

漢に憧れながらも、漢を排除しようとする。漢に対抗しながらも、漢をどんどん取り入れる。和漢の狭間でもがいた日本人が見つけ出した方法は、和漢の境を「紛らかす」、すなわち紛らわせることであった。

そもそもどれが漢でどれが和で、というのははっきりと区分することはできない。だって、万葉時代に入ってきた漢は王朝時代になると、すっかり和になってしまったではないか。和であろうと、漢であろうと、とらわれずに融通無碍《ゆうづうむげ》。和漢一体になった円融たる境地である。

たとえば日本語。和の仮名と漢の字の共存である。中国人なら、おそらく漢字か仮名のどれか一方に統一しなければ気がすまない。しかし日本人は和や漢を区別せず、漢字と仮名を両立させた。和も漢もなく、渾然一体となって日本の言葉が成立してゆく。

わび茶の祖である珠光《じゅこう》は言った。「此道《このみち》の一大事ハ、和漢の境《さかい》を紛《まぎ》らかす事、肝要肝要」。茶の湯においての一大事は和漢の境を紛らわすことであるという。中国で造られた青磁茶碗や天目茶碗などの唐物《からもの》があまりにも深く茶の湯の中に入り込んできたために、唐物を排斥し和物《わもの》をきわ立たせようとする動きがあった。しかし珠光は戒める。唐物にせよ、和物にせよ、そんなものにこだわる必要はない。

唐物に和歌から言葉をとり銘をつけ、和物に漢詩から言葉をとり銘をつける。和と漢に拘泥《こうでい》しないところから新たな日本文化、わびが生まれる。

和歌と漢詩も同様。『句題和歌』から『和漢朗詠集』、「長恨歌」から王朝和歌。和と漢の葛藤の中で熟成されてきた和歌の世界にもののあはれの景色が現出する。

もののあはれの成立は、和歌が漢詩を受容してきた道のりであり、和歌が漢詩を土台に独自の世界を創り出してきた道のりでもある。そして、漢の文化が和の文化に変わってゆく道のりでもあった。

和漢の境を紛らわせる。和漢の円融たる境地に独自な日本文化が花をひらく。

和歌と漢詩。その異にせよ同にせよ、不滅な生命力の源《みなもと》はただひとつ、人間の寂しさである。いつの世もどこの世も変わらない人間の寂しさ。孤島の後鳥羽院は詠む。

ふかき夜の　人さだまれる浅茅生《あさじふ》に　ひとりさびしき庭の月影

あとがき

こどもの頃、家に黒塗りの机があった。机面には白い漆で四句の詩が書かれていた。「滄桑必是揚眉日」(波瀾に満ちた人生、昂然と眉を揚げる日が必ず来る)の一句だけを覚えている。文化大革命の暗闇のなかで祖父が詠んだものである。

頭を揺らし、声を長く伸ばし、ひとりで悦《えつ》に入《い》るように、祖父は毎日詩を朗詠した。そんな祖父のもとで育った私は幼い頃から詩の暗誦を強制された。李白の「静夜思《せいやし》」、杜甫の「春望《しゅんぼう》」、孟浩然の「春暁《しゅんぎょう》」。意味はわからないが、祖父の真似をして頭を揺り動かしながら朗誦《ろうしょう》した。空がまだ暗いうちに起こされ、唐代大詩人たちの相手をさせられたのである。

暁の唐詩朗詠を、祖父はのちに詩に詠じた。

「児時清晨背唐詩　似懂存疑若有思　声韻和諧意境美　於今方覚使神怡」。

幼い人は早朝に唐詩を朗誦した。わかったような、わからないような、疑いがあるような、何か思うところがあるような、あどけない様子だ。清らかな声は詩の韻律と和やかに調和して美しい。今もなお爽やかな心地がする、と。

日本留学に出る私への、「扶桑《ふそう》留学に赴く孫娘のために賦す」という題の餞別詩である。だが、祖父の生前、この詩は私の手もとに届かなかった。祖父の亡き後に本棚で見つけたとき、私は涙をこらえることができなかった。

小学校に入り受験勉強を押し付けられ、いつのまにか中断した暁の朗詠。ふたたび戻らぬその日々を思い出したのである。

一方、日本に渡ってきた私は、日本の詩を知るようになる。

きっかけは茶の湯だ。茶の湯では抹茶を入れるための陶製の容器を茶入《ちゃいれ》と呼ぶ。初花《はつはな》という銘の唐物茶入がある。灰茶色の釉《うわぐすり》のうえに黒褐色の釉が垂れかかり、どこにでも転がっていそうな粗雑な陶壺である。

だが、「初花」の名を耳にすると、「紅の　初花染《はつはなぞ》めの色深く　思ひし心われわすれめや」（読人不知・古今集七二三）の一首を思い出す。咲き初めの紅花《べにばな》の色、深く染められた初恋の心。それが映像となり、たかが手のひらほどの小壺が、またたく間に優美になる。雑器が雑器でなくなる。

「初花」だけではない。茶の湯には和歌から命名された茶器が多い。「吹上《ふきあげ》」という唐物茶入もある。「秋風の　吹上にたてる白菊は　花かあらぬか波のよするか」（菅原道真・古今集二七二）の歌に由来する。吹上の浜に咲く白菊の姿は、ぱっとしないこの小壺をかぎりなく優雅にする。

和歌とは何だろう。小壺の豹変ぶりに驚いた私は和歌の魅力に目覚める。日本に来て漢詩から遠くなったと思ったが、日本には漢詩や漢詩から枝分かれして独自の世界をなした和歌があった。

やまない。
漢詩への愛着と憧憬、漢詩の勉強を怠ったことへの後悔と未練は、私を和歌の世界にいざなって

好きな漢詩と和歌の話を書きたい。だが、私は古典文学の専門家ではない。書いてよいのか。書けるのか。不安を感じながらも諦めることができない。日本に来てしまったことを宿命のように思う頃、私は恋の歌について書き始めた。

何度も挫折しそうになった本書の執筆を、折にふれ励ましてくれたのは田中優子先生である。また、歌人の古谷智子先生による自詠歌の添削指導では、和歌の心に触れる多くのことを教えていただいた。

そして筑摩書房の河内卓さんには、読みづらい原稿を丁寧に読んでいただき、貴重なご指摘を数多くいただいた。ご尽力に心から感謝申しあげます。

二〇一八年盛夏

彭丹

主要参考文献

邦文文献

青木正児『青木正児全集』春秋社、一九六九〜七五年
阿部秋生ほか校注・訳『源氏物語』一〜六、日本古典文学全集一二〜一七、小学館、一九七〇〜七六年
阿部吉雄ほか『老子・荘子（上）』新釈漢文大系七、明治書院、一九六六年
池田亀鑑『平安朝の生活と文学』ちくま学芸文庫、二〇一二年
石井進『日本の歴史七　鎌倉幕府』中公文庫、二〇〇四年
石川淳『本居宣長』（日本の名著二一）中央公論社、一九七〇年
石川忠久『詩経』新釈漢文大系、明治書院、一九九七〜二〇〇〇年
石川忠久『漢詩の魅力』筑摩書房、二〇〇六年
石田瑞麿『例文仏教語大辞典』小学館、二〇一一年
石田吉貞『源家長日記全註解』有精堂、一九六八年
石原道博訳「宋書倭国伝」『新訂　魏志倭人伝・後漢書倭伝・宋書倭国伝・隋書倭国伝――中国正史日本伝〈1〉』岩波文庫、一九八五年
市川安司・遠藤哲夫『荘子（下）』新釈漢文大系八、明治書院、一九六七年
市古貞次校注・訳『平家物語』一・二、日本古典文学全集二九・三〇、小学館、一九七三年・七五年
伊地知鉄男校注・訳「ささめごと」「風姿花伝」『連歌論集　能楽論集　俳論集』日本古典文学全集五一、小学館、一九七三年
犬養孝編『万葉歌人論――その問題点をさぐる』明治書院、一九八七年
今井宇三郎ほか『易経』上・中・下、新釈漢文大系二三・二四・六三、明治書院、一九八七〜二〇〇八年

今井源衛『漢詩文と平安朝文学』笠間書院、二〇〇五年
今川文雄訳『訓読明月記』一～六、河出書房新社、一九七七～七九年
岩佐正ほか校注「増鏡」『神皇正統記　増鏡』日本古典文学大系八七、岩波書店、一九六五年
岩佐美代子『風雅和歌集全注釈』笠間注釈叢刊三五、笠間書院、二〇〇三年
岩佐美代子『玉葉和歌集全注釈』笠間注釈叢刊二〇、笠間書院、一九九六年
上原作和『日本琴學史』勉誠出版、二〇一六年
宇佐美文理『中国絵画入門』岩波新書、二〇一四年
内田泉之助・網祐次『文選（詩篇）』上・下、新釈漢文大系一四・一五、明治書院、一九六三・六四年
内田泉之助『玉台新詠』上・下、新釈漢文大系六〇・六一、明治書院、一九七四・七五年
内野熊一郎『孟子』新釈漢文大系四、明治書院、一九六二年
宇野精一『孔子家語』新釈漢文大系五三、明治書院、一九九六年
遠藤哲夫『管子』上・中・下、新釈漢文大系四二・四三・五二、明治書院、一九八九～九二年
大隅和雄訳『愚管抄』講談社学術文庫、二〇一二年
大曽根章介・堀内秀晃校注『和漢朗詠集』新潮日本古典集成、新潮社、一九八三年
太田青丘『日本歌学と中国詩学』清水弘文堂書房、一九六八年
太田青丘『芭蕉と杜甫』法政大学出版局、一九七一年
岡田芳朗ほか『暦を知る事典』東京堂出版、二〇〇六年
岡村繁『白氏文集』一～十三、新釈漢文大系九七～一〇九・一一七～一一九、明治書院、一九八八～二〇一八年
荻原浅男・鴻巣隼雄『古事記　上代歌謡』日本古典文学全集一、小学館、一九七三年
小沢正夫校注・訳『古今和歌集』日本古典文学全集七、小学館、一九七一年
蔭木英雄『訓注空華日用工夫略集――中世禅僧の生活と文学』思文閣出版、一九八二年
加藤周一『日本文学史序説』上・下、ちくま学芸文庫、一九九九年
加藤周一『日本文化における時間と空間』岩波書店、二〇〇七年

加藤常賢『書経』上、新釈漢文大系二五、明治書院、一九八三年
片桐洋一ほか校注・訳「伊勢物語」「平中物語」「大和物語」『竹取物語　伊勢物語　大和物語　平中物語』日本古典文学全集八、小学館、一九七二年
片桐洋一校注『後撰和歌集』新日本古典文学大系六、岩波書店、一九九〇年
片野達郎『日本文芸と絵画の相関性の研究』笠間書院、一九七五年
金谷治ほか『荀子』上・下、全釈漢文大系七・八、集英社、一九七三・七四年
金子彦二郎校訂『句題和歌選集』長谷川書房、一九五五年
鎌田茂雄『華厳の思想』講談社学術文庫、一九八八年
川合康三『新編　中国名詩選』岩波文庫、二〇一五年
観世左近『観世流謡曲百番集・続百番集』檜書店、一九九〇年
楠山春樹『淮南子』上・中・下、新釈漢文大系五四・五五・六二、明治書院、一九七九〜一九八八年
久保田淳校訂「拾遺愚草員外雑歌」『訳注　藤原定家全歌集』下、河出書房新社、一九八六年
久保田淳校注・訳「建礼門院右京大夫集」「とはずがたり」『建礼門院右京大夫集　とはずがたり』新編日本古典文学全集四七、小学館、一九九九年
久保田淳・平田喜信校注『後拾遺和歌集』新日本古典文学大系八、岩波書店、一九九四年
久保田淳・山口明穂校注『六百番歌合』新日本古典文学大系三八、岩波書店、一九九八年
小島憲之ほか校注・訳『万葉集』一〜四、日本古典文学全集二〜五、小学館、一九七一〜七五年
後藤重郎校注『山家集』新潮日本古典集成、新潮社、一九八二年
小町谷照彦校注『拾遺和歌集』新日本古典文学大系七、岩波書店、一九九〇年
近藤信義『音感万葉集』塙書房、二〇一〇年
小山弘志ほか校注・訳『謡曲集』一、日本古典文学全集三三、小学館、一九七三年
坂本太郎ほか校注『日本書紀』一〜五、岩波文庫、一九九四・九五年
坂本ひろ子『中国近代の思想文化史』岩波新書、二〇一六年
佐々木信綱編「慈鎮和尚自歌合（十禅師跋）」『日本歌学大系』二、文明社、一九四〇年

佐々木信綱編「夜の鶴」日本歌学大系三、文明社、一九四一年
佐々木信綱編「野守鏡」日本歌学大系四、風間書房、一九五六年
柴佳世乃『読経道の研究』風間書房、二〇〇四年
島田虔次『朱子学と陽明学』岩波新書、一九六七年
徐送迎『『万葉集』恋歌と『詩経』情詩の比較研究』汲古書院、二〇〇二年
白川静『中国の古代文学』一、二、中公文庫、二〇〇三年
白川静『回思九十年』平凡社、二〇一一年
新撰万葉集研究会編『新撰万葉集注釈』巻上〈一〉・巻下〈二〉、和泉書院、二〇〇五・〇六年
新間一美『平安朝文学と漢詩文』和泉書院、二〇〇三年
菅野禮行校注・訳『和漢朗詠集』新編日本古典文学全集一九、小学館、一九九九年
鈴木健一『天皇と和歌』講談社選書、二〇一七年
鈴木日出男『源氏物語への道』小学館、一九九八年
多賀宗隼編著『校本　拾玉集』吉川弘文館、一九七一年
高階秀爾ほか『日本の美学』第三〇号（特集「絵・文字・ことば」）、ぺりかん社、二〇〇〇年
高田眞治『詩經』上・下、漢詩大系一・二、集英社、一九六六・六八年
高橋忠彦『文選（賦篇）』中・下、新釈漢文大系八〇・八一、明治書院、一九九四・二〇〇一年
竹内照夫『礼記』上・中・下、新釈漢文大系二七〜二九、明治書院、一九七一〜七九年
竹内理三『日本の歴史六　武士の登場』中公文庫、二〇〇四年
橘健二校注・訳『大鏡』日本古典文学全集二〇、小学館、一九七四年
辰巳正明『懐風藻全注釈』笠間書院、二〇一二年
田中隆昭『日本古代文学と東アジア』勉誠出版、二〇〇四年
田中優子『江戸はネットワーク』平凡社、二〇〇八年、
田中優子『江戸の恋』集英社、二〇〇二年
田中優子『江戸の想像力』ちくま学芸文庫、一九九二年

田中優子『江戸の音』河出書房新社、一九九七年
田中優子『近世アジア漂流』朝日新聞社、一九九五年
田中優子・松岡正剛『日本問答』岩波新書、二〇一七年
谷崎潤一郎「増鏡に見えたる後鳥羽院」『谷崎潤一郎全集』第二四巻、中央公論社、一九八三年
田渕句美子『異端の皇女と女房歌人』角川学芸出版、二〇一四年
玉村竹二『五山文学――大陸文化紹介者としての五山禅僧の活動』至文堂、一九五五年
津田左右吉『文学に現はれたる我が国民思想の研究』一～八、岩波文庫、一九七七～八年
土田直鎮『日本の歴史五　王朝の貴族』中公文庫、二〇〇四年
角田文衛『二条の后藤原高子――業平との恋』幻戯書房、二〇〇三年
角田文衛『待賢門院璋子の生涯――椒庭秘抄』朝日新聞出版、一九八五年
テーケイ、F『中国の悲歌の誕生――屈原とその時代』羽仁協子訳、風濤社、一九七二年
寺島恒世『後鳥羽院御集』明治書院、一九九七年
戸田浩暁『文心雕龍』上・下、新釈漢文大系六四・六五、明治書院、一九七四・七八年
中純子『詩人と音楽――記録された唐代の音』知泉書館、二〇〇八年
中島千秋『文選（賦篇）』上、新釈漢文大系七九、明治書院、一九七七年
中田勇次郎『歴代名詞選』漢詩大系第二四巻、集英社、一九六八年
永積安明校注・訳「徒然草」『方丈記　徒然草　正法眼蔵髄聞記　歎異抄』日本古典文学全集二七、小学館、一九七一年
中西進『日本文学と漢詩――外国文学の受容について』岩波書店、二〇〇四年
馬場あき子『日本の恋の歌――恋する黒髪』角川学芸出版、二〇一三年
馬場あき子『日本の恋の歌――貴公子たちの恋』角川学芸出版、二〇一三年
樋口芳麻呂「遠島御百首」『中世和歌集鎌倉篇』新日本古典文学大系四六、岩波書店、一九九一年
久松潜一『日本歌論史の研究』風間書房、一九六三年
久松潜一・西尾實校注「後鳥羽院御口伝」「無名抄」「和歌九品」『歌論集　能楽論集』日本古典文学大

系六五、岩波書店、一九六一年
日向一雅『源氏物語と漢詩の世界――『白氏文集』を中心に』、青簡舎、二〇〇九年
日向一雅『源氏物語と音楽――文学・歴史・音楽の接点』青簡舎、二〇一一年
日野龍夫校注「石上私淑言」『本居宣長集』新潮日本古典集成、新潮社、一九八三年
平野由紀子校注「伊勢集」『平安私家集』新日本古典文学大系二八、岩波書店、一九九四年
藤岡忠美ほか校注・訳「和泉式部日記」「紫式部日記」『和泉式部日記　紫式部日記　更級日記　讃岐典侍日記』日本古典文学全集一八、小学館、一九七一年
藤平春男ほか校注・訳「俊頼髄脳」「古来風躰抄」「近代秀歌」「詠歌大概」「毎月抄」『歌論集』日本古典文学全集五〇、小学館、一九七五年
藤平春男『歌論の研究』ぺりかん社、一九八八年
平安文学輪読会『斎宮女御集注釈』塙書房、一九八一年
堀淳一『王朝文学と音楽』竹林舎、二〇〇九年
前野直彬「列仙伝」『山海経・列仙伝』全釈漢文大系三三、集英社、一九七五年
松浦友久『リズムの美学――日中詩歌論』明治書院、一九九一年
松枝茂夫『中国名詩選』岩波書店、一九八三・八六年
松尾聰・永井和子校注・訳『枕草子』日本古典文学全集一一、小学館、一九七四年
松岡正剛『日本流』ちくま学芸文庫、二〇〇九年
松岡正剛『山水思想――「負」の想像力』ちくま学芸文庫、二〇〇八年
松野陽一ほか『藤原俊成全歌集』笠間書院、二〇〇七年
松林尚志『日本の韻律――五音と七音の詩学』花神社、一九九六年
松村誠一ほか校注・訳「土佐日記」「蜻蛉日記」『土佐日記　蜻蛉日記』日本古典文学全集九、小学館、一九七三年
丸谷才一『恋と女の日本文学』講談社、一九九六年
丸谷才一『文学のレッスン』新潮文庫、二〇一三年

丸谷才一『後鳥羽院』ちくま学芸文庫、二〇一三年
丸谷才一・大野晋『光る源氏の物語』中公文庫、一九九四年
峯村文人校注・訳『新古今和歌集』日本古典文学全集二六、小学館、一九七四年
村井章介『東アジア往還――漢詩と外交』朝日新聞社、一九九五年
目加田誠『唐詩選』新釈漢文大系一九、明治書院、一九六四年
目加田誠『世説新語』上・中・下、新釈漢文大系七六～七八、明治書院、一九七五～七八年
目崎徳衛『百人一首の作者たち』角川文庫、二〇〇五年
目崎徳衛『史伝後鳥羽院』吉川弘文館、二〇〇一年
矢代幸雄『水墨画』岩波新書、一九六九年
山田勝美『論衡』上・中・下、新釈漢文大系六八・六九・九四、明治書院、一九七六・七九・八四年
与謝野晶子「佐保姫」逸見久美ほか編『鉄幹晶子全集』第四巻、勉誠出版、二〇〇三年
与謝野晶子『みだれ髪』新潮文庫、二〇〇〇年
吉川幸次郎『中国詩史』筑摩叢書、一九六七年
吉川幸次郎『吉川幸次郎全集』全二七巻、筑摩書房、一九八四～九九年
吉田賢抗『論語』新釈漢文大系一、明治書院、一九六〇年
吉野朋美『後鳥羽院とその時代』笠間書院、二〇一五年
和歌文学会編『論集西行』和歌文学の世界一四、笠間書院、一九九〇年
渡部泰明『和歌とは何か』岩波新書、二〇〇九年
『日本歴史大事典』全四巻、小学館、二〇〇〇～〇一年

中文文献

伊永文『東京夢華禄箋注』中華書局、二〇〇六年
王国維『人間詞話』上海古籍出版社、一九九八年
汪紹楹『藝文類聚』上海古籍出版社、二〇〇七年

王其和『東坡画論』山東画報出版社、二〇一二年
黄節『曹子建詩注』中華書局、二〇〇八年
王瑞来『鶴林玉露』中華書局、一九八三年
王仲聞『詩人玉屑』中華書局、二〇〇七年
王仲聞『南唐二主詞箋注』中国古典文学基本叢書、中華書局、二〇一三年
王仲聞『南唐二主詞校訂』中国古典文学基本叢書、中華書局、二〇〇七年
黄任軻等校点『蘇軾詩集合注』（清・馮應榴輯注）中国古典文學叢書、上海古籍出版社、二〇〇一年
王文錦『礼記譯解』中華書局、二〇〇一年
黄苗子『画継』『画継　画継補遺』人民美術出版社、一九六三年
歐陽修『新唐書』中華書局、一九九七年
王力『詩詞格律十講』商務印書館、二〇〇二年
夏承燾『唐宋詞人年譜』商務印書館、二〇一三年
何寧『淮南子集釈』中華書局、一九九八年
何文煥『歴代詩話』中華書局、二〇〇四年
葛兆光『且借紙遁』広西師範大学出版社、二〇一四年
葛兆光『古代中国文化講義』復旦大学出版社、二〇一四年
郭紹虞『詩品集解』『詩品集解　続詩品注』人民文学出版社、二〇〇六年
胡暁明『万川之月――中国山水詩的心霊境界』生活読書新知三聯書店、一九九二年
孔凡禮『容斎随筆』中華書局、二〇〇五年
孔凡禮『墨荘漫録』中華書局、二〇〇二年
施旭昇『中国戯曲審美文化論』北京広播学院出版社、二〇〇二年
司馬遷『史記』中華書局、一九八二年
謝思煒『白居易詩集校注』中華書局、二〇〇六年
朱謙之『中国音楽文学史』上海人民出版社、二〇〇六年

朱瑞熙『宋代社会研究』中州書画社、一九八三年
徐吉軍『中国風俗通史　宋代巻』上海文芸出版社、二〇〇一年
徐鉉校定『説文解字』社会科学文献出版社、二〇〇五年
徐震堮『世説新語校箋』中華書局、二〇〇六年
徐培均『李清照集箋注』上海古籍出版社、二〇一〇年
周振甫『周易訳注』中華書局、二〇〇二年
章培恒・駱玉明『中国文学史』復旦大学出版社、一九九六年
辛文房『唐才子伝』古典文學出版社、一九五七年
鄒同慶『蘇軾詞編年校註』中国古典文學基本叢書、中華書局、二〇〇七年
戚良徳『文心雕龍校注通訳』上海古籍出版社、二〇〇八年
銭穆『銭賓四先生全集』台湾聯経出版公司、一九九八年
曾貽芬『開元天宝遺事』唐宋史料筆記叢刊、中華書局、二〇〇六年
曹旭『詩品』上海古籍出版社、二〇〇三年
曹旭『詩品集注』上海古籍出版社、二〇一一年
曹雪芹『紅楼夢』人民文学出版社、二〇〇八年
孫崇恩『李清照資料彙編』中華書局、二〇〇五年
宗白華『美学散歩』上海人民出版社、一九八一年
宗白華『美学与意境』人民出版社、一九八七年
脱脱『宋史』中華書局、二〇〇〇年
陳安仁『中国上古中古文化史』上海古籍出版社、二〇一五年
陳鼓應『荘子今注今訳』中華書局、一九八三年
陳鼓應『老子注釈及評介』中華書局、二〇〇三年
陳鉄民『王維集校注』中国古典文學基本叢書、中華書局、二〇一三年
沈約『宋書』中華書局、二〇〇三年

程俊英『詩経注析』中国古典文學基本叢書、中華書局、一九九一年
任秉義『詩詞通論』遼寧人民出版社、一九八四年
聞一多『唐詩雑論』中華書局、二〇〇三年
房玄齢『晋書』中華書局、二〇一一年
葉朗『中国美学史大綱』上海人民出版社、二〇〇二年
余英時『余英時文集』広西師範大学出版社、二〇〇四年
楊伯峻『論語訳注』中国古典名著訳注叢書、中華書局、二〇〇五年
熊志庭『宋人画論』湖南美術出版社、二〇一〇年
陸遊『南唐書』南京出版社、二〇一〇年
李卓『中日家族制度比較研究』人民出版社、二〇〇四年
李澤厚『美学三書』安徽文芸出版社、一九九九年
李昉『太平広記』中華書局、二〇一〇年
李民『尚書訳注』上海古籍出版社、二〇〇〇年
劉學鍇『李商隠資料彙編』中華書局、二〇〇一年
劉昫『旧唐書』中華書局、一九七五年
繆香珍『李清照與朱淑真評傳』台湾商務印書館、一九八九年
逯欽立『陶淵明集』中国古典文学基本叢書、中華書局、二〇一六年
黎翔鳳『管子校注』中華書局、二〇〇六年
魯迅『魯迅全集第四巻』人民文学出版社、二〇〇五年
『全唐詩』中華書局、一九六〇年
『漢語大詞典』上海辞書出版社、一九八六年
『宋詞鑑賞辞典』北京燕山出版社、一九八七年
『古代小説鑑賞辞典』上海辞書出版社、二〇〇四年
『先秦詩鑑賞辞典』上海辞書出版社、二〇〇五年

『古文鑑賞辞典』上海辞書出版社、二〇〇五年
『宋詩鑑賞辞典』上海辞書出版社、二〇〇三年
『唐詩鑑賞辞典』上海辞書出版社、一九八五年
『漢魏六朝詩鑑賞辞典』上海辞書出版社、二〇〇六年
『中国歴史大辞典』上海辞書出版社、二〇〇七年
『元曲鑑賞辞典』上海辞書出版社、二〇〇八年

彭丹 ほう・たん

一九七一年生まれ。日中比較文化・比較文学研究者。中国四川大学で日本文学を学び、中国西南航空公司勤務を経て日本留学。東京学芸大学大学院（修士）、法政大学大学院（博士）。法政大学国際日本学研究所客員学術研究員、同大学社会学部兼任講師ほか。著書に『中国と茶碗と日本と』（小学館）、『唐物と日本のわび』（淡交新書）がある。

筑摩選書 0166

いにしえの恋歌《こいうた》 和歌《わか》と漢詩《かんし》の世界《せかい》

二〇一八年一〇月一五日 初版第一刷発行

著者 彭丹《ほうたん》
発行者 喜入冬子
発行 株式会社筑摩書房
東京都台東区蔵前二-五-三 郵便番号 一一一-八七五五
電話番号 〇三-五六八七-二六〇一（代表）
装幀者 神田昇和
印刷製本 中央精版印刷株式会社

 ISBN978-4-480-01673-7 C0390

筑摩選書
0022
日本語の深層
〈話者のイマ・ココ〉を生きることば
熊倉千之
日本語の助動詞「た」は客観的過去を示さない。文中に遍在する「あり」の分析を通して日本語の発話の「イマ・ココ」性を究明し、西洋語との違いを明らかにする。

筑摩選書
0023
天皇陵古墳への招待
森 浩一
いまだ発掘が許されない天皇陵古墳。本書では、天皇陵古墳をめぐる考古学の歩みを振り返りつつ、古墳の地理的位置・形状、文献資料を駆使し総合的に考察する。

筑摩選書
0025
芭蕉 最後の一句
生命の流れに還る
魚住孝至
清滝や波に散り込む青松葉――この辞世の句に、どのような思いが籠められているのか。不易流行から軽みへ、境涯深まる最晩年に焦点を当て、芭蕉の実像を追う。

筑摩選書
0026
関羽
神になった「三国志」の英雄
渡邉義浩
「三国志」の豪傑は、なぜ商売の神として崇められるようになったのか。史実から物語、そして信仰の対象へ。その変遷を通して描き出す、中国精神史の新たな試み。

筑摩選書
0029
農村青年社事件
昭和アナキストの見た幻
保阪正康
不況にあえぐ昭和12年、突如全国で撒かれた号外新聞。そこには暴動・テロなどの見出しがあった。昭和最大規模のアナキスト弾圧事件の真相と人々の素顔に迫る。

筑摩選書 0050

敗戦と戦後のあいだで
遅れて帰りし者たち

五十嵐惠邦

戦争体験をかかえて戦後を生きるとはどういうことか。五味川純平、石原吉郎、横井庄一、小野田寛郎、中村輝夫……。彼らの足跡から戦後日本社会の条件を考察する。

筑摩選書 0055

「加藤周一」という生き方

鷲巣力

鋭い美意識と明晰さを備えた加藤さんは、自らの仕事と人生をどのように措定していったのだろうか。没後に遺された資料も用いて、その「詩と真実」を浮き彫りにする。

筑摩選書 0066

江戸の風評被害

鈴木浩三

市場経済が発達した江戸期、損得に関わる風説やうわさは瞬く間に広がって人々の行動に影響を与え、政治経済を動かした。群集心理から江戸の社会システムを読む。

筑摩選書 0072

愛国・革命・民主
日本史から世界を考える

三谷博

近代世界に類を見ない大革命、明治維新はどうして可能だったのか。その歴史的経験から、時空を超える普遍的英知を探り、それを補助線に世界の「いま」を理解する。

筑摩選書 0075

SL機関士の太平洋戦争

椎橋俊之

人員・物資不足、迫り来る戦火――過酷な戦時輸送の重責を、若い機関士たちはいかに使命感に駆られ果たしたか。機関士OBの貴重な証言に基づくノンフィクション。

筑摩選書
0077

北のはやり歌

赤坂憲雄

昭和の歌謡曲はなぜ「北」を歌ったのか。「リンゴの唄」から「津軽海峡・冬景色」「みだれ髪」まで、時代を映す鏡である流行歌に、戦後日本の精神の変遷を探る。

筑摩選書
0078

紅白歌合戦と日本人

太田省一

誰もが認める国民的番組、紅白歌合戦。今なお40％台の視聴率を誇るこの番組の変遷を、興味深い逸話を交えつつ論じ、日本人とは何かを浮き彫りにする渾身作！

筑摩選書
0082

江戸の朱子学

土田健次郎

江戸時代において朱子学が果たした機能とは何だったのか。この学の骨格から近代化の問題まで、思想界に与えたインパクトを再検討し、従来的イメージを刷新する。

筑摩選書
0089

漢字の成り立ち
『説文解字』から最先端の研究まで

落合淳思

正しい字源を探るための方法とは何か。『説文解字』から白川静までの字源研究を批判的に継承した上で到達した最先端の成果を平易に紹介する。新世代の入門書。

筑摩選書
0094

幕末維新の漢詩
志士たちの人生を読む

林田愼之助

幕末維新期とは、日本の漢詩史上、言志の詩風が確立した時代である。これまで顧みられることの少なかった志士たちの漢詩を読み解き、彼らの人生の真実に迫る。

筑摩選書
0096

万葉語誌

多田一臣 編

『万葉集』に現れる重要語を一五〇語掲げて解説する《読む辞典》。現象的・表面的理解とは一線を画しつつ、各語に内在する古代的な論理や世界観を掘り起こす。

筑摩選書
0105

昭和の迷走
「第二満州国」に憑かれて

多田井喜生

破局への分岐点となった華北進出は、陸軍の暴走と勝田主計の朝鮮銀行を軸にした通貨工作によって可能となった。「長城線を越えた」特異な時代を浮き彫りにする。

筑摩選書
0116

戦後日本の宗教史
天皇制・祖先崇拝・新宗教

島田裕巳

天皇制と祖先崇拝、そして新宗教という三つの柱を軸に、戦後日本の宗教の歴史をたどり、日本社会と日本人の精神がどのように変容したかを明らかにする。

筑摩選書
0117

戦後思想の「巨人」たち
「未来の他者」はどこにいるか

高澤秀次

「戦争と革命」という二〇世紀的な主題は「テロリズムとグローバリズムへの対抗運動」として再帰しつつある。「未来の他者」をキーワードに継続と変化を再考する。

筑摩選書
0119

民を殺す国・日本
足尾鉱毒事件からフクシマへ

大庭 健

フクシマも足尾鉱毒事件も、この国の「構造的な無責任」体制＝国家教によってもたらされた――。その乗り越えには何が必要なのか。倫理学者による迫真の書！